気まぐれニンフ

フィクションのエル・ドラード

気まぐれニンフ

ギジェルモ・カブレラ・インファンテ

山辺弦 訳

Colección Eldorado
水声社

本書は、寺尾隆吉の編集による〈フィクションのエル・ドラード〉の一冊として刊行された。

気まぐれニンフ ★ 目次

あのニンフたちを、おれは永遠のものとしたい。（ステファヌ・マラルメ）

これは物語ではない。（ドゥニ・ディドロ）

躍起になって更生させようとする校正者たちよ、英語的表現が紛れ込んでいるのをもし見つけても、触れるべからず。これぞわたしの文章だ。ページの中にそっと残しておいてやってほしい。動かすなかれ、動くことなどないのだから。つまるところ、この話はわたしがこれまで三十年以上も住んできたイギリスで書かれたものだ。我がダチのギ・ド・モーパッサンなら、移ろう《アンパッサン》人生と言うことだろう。言葉もまた移ろっていく《ド・モ・パッサン》のだ。

序

量子物理学によれば、過去は消し去ることができる、あるいはもっと悪いことに、変えてしまうことができる。過去を消去することも、ましてや変えることも、わたしには関心がない。わたしが必要としているのは、ふたたび過去を生きることを可能にするタイムマシンだ。そのマシンとは記憶である。記憶により、わたしはあの不幸で、時に幸福だった日々をまた生きることができる。だが、幸か不幸か、わたしが過去を生きられるのはただ一つの次元、つまり回想の次元においてのみ。曖昧な知識（彼女についてわたしが知っているすべてのこと）が、彼女が生きた過去というきわめて具体的なものを改変してしまうかもしれない。このことを、とある現代の歌の歌詞はわたしよりもうまく言い表しているようだ。《僕という不動の物体が／彼女という抗いがたい力に出会う時》。光子は過去を否定しうるかもしれないが、いつだってスクリーンの上――ここでのスクリーンとはこの本だ――に投影されもする。わたしの物語が持つ唯一の美点は、それが本当に起こったという点である。

　この話は、動詞の時制（過去を創造し真実として想像させるための補助に過ぎない）に関係なく、常に現在形である。ある一枚のページ、言葉と記号とに満たされたページに目を巡らせる時、その巡りゆきは常にいまおこなわれている。現在のわたしが、すぐさま読まれることになる言葉を書いているその瞬間におこなわれているのだ。しかしながら書かれたものというのは、読み手に過去を創造させ、その過去を信じさせようとする――そのいっぽう、語られた過去は未来へ向かって進んでいく。わたしとしては読者に、文章が生み出す《フルータ》その未来《フトウーロ》を信じるのではなく、自らが読んでいる過去の中に未来を作り上げてほしい。書くことと読むことということの協定によって、わたしたち（わたしと目撃者であるきみ）は、我が罪をふたたび目の当たりにし、ある一時期のわたしであったところの人物を仔細に点検することもできよう。この本はその時期を書き《エスクリト》、刻み込ん《インスクリト》でいるものだ。

　文章を読む目が、見ているものを信じられないような時もあるだろう。それがフィクションと呼ばれるものだ。だが常に必要なことは、読んでいる現在と語られている過去を読者が混同することであり、この二つの時制がともに、話《ナラシオン》の筋《アクシオン》の頂点《クルミナシオン》である未来へと進んでいくことなのだ（思いがけない脚韻というのはいいもんだ）。だがすべての話は実際のところフラッシュバックであることを思い出さなくてはならない。フラッシュバックの最も明確な例は、アンティノウスの館で自らの冒険《アベントウーラ》と逆境《デスベントウーラ》を語る、ユリシーズの語りである。ユリシーズの語りの前に、竪琴が音色を奏で、宮廷の歌い手が詠唱する、叙事詩的というよりはドラマティック、ほとんどメロドラマティックな場面だ。おとぎ話の語り手は、いつもきまって《むかしむかし、あるところに》と物語を始める。あらゆるフィクションは「むかしむかしあるところに」なのであって、わたしのこの話も例外なはずはない。断じておとぎ話《アダ》ではないけれど。せいぜい宿命《アド》の物語と言えようか。無《ナダ》の物語と。

　わたしは現実に隙間を作らなければならなかった。わたし自身が、その時その当時における、その隙間だった。こんなことを言い出せば驚かれるかもしれない、驚いてほしくはないのだが、ハバナは当時存在していなかったのだ。思い出すのは（思い出すと胸が熱くなる幼少期の記憶だ）、「在りし日の海賊たち《ピラータス・デ・アジェール》」シリーズのカードだ。お菓子一つにつきカードが一枚付いていて、みんなカード目当てに買っていた、持ってないやつも持ってるやつもあり、ときには何度も同じものを引いていた。お菓子は口実に過ぎなかった、でも食べてたけど。「板歩きの刑」と題されたカードには、船体から海に突き出された細長い板の真ん中にいる、一人の男が描いてあった。彼は黒ひげ《ボカ・ネグラ》、いや海賊《ブカネロ》なのだった。板のこちら側では馴染みの海仲間たちが、サーベルを手にしている。あちら側には、馴染めそうにもない海があり、船のそばを泳ぐサメたちが見えている。板の上の罪人は、英語の格言にある通り、《悪魔と青く深い海の狭間》にいる、つまり進退きわまる状態なのだった。

　いま、板の上の不幸な者とはわたしのことだった。実人生が海賊のカードのように構築されていく、これをしてアイロニーと言う。すべてを蝕む役割を担当したのは彼女だ。彼女はまさしく感染症のようだった。あの夏、彼女はすべてを支配した、ちょうどバクテリアが生命《ビダ》を支配するように。でも彼女は、わたしたちが出会った時には愛らしいバクテリアだったし、彼女からの感染は愛すべきものだった。わたしは感染したまま生き、しばらくのあいだ発症していたのだ。

だがわたし自身の外部、わたしたちの現実の外部に、現実はなかった。映画と同じように、スクリーン上の時間が外の世界の時間を宙づりにしていた。しかし――いまになってわかるが――人生は映画じゃない、どんなに人生が現実みたいに思えようとも。でも特殊効果が使われている場合はどうかな？　語りはその空白を埋めようとするもの、しかしその空白こそが語りの中心にあるのだ、なぜならその中心が――言ってしまおうか？――他ならぬエステリータだったからだ。またもや、逃亡の果てに残るのは星の尾《エステラ》のみ。

語ることには（つまり、語っている最中は）犯しかねないさまざまな危険が潜んでいる。その一つが人生を生きるあいだに犯してしまうもので、語らないという危険である。人生は常に一人称になっている、たとえ、《とどのつまり》行き着く果てがどうなるか知っているとしても。疑いようもないが、三人称のほうがより安全だ。だがそれは同時に、必ず嘘になってしまうような、距離を含んだ伝達でもある。嘘の遠さは小説のもの、一人称の近さは人生に由来するもの。三人称はどこへも行かない。あらゆるものは虚構だ、しかし、単数単独かつ独特な一人称はそう思わせない。

人生とは《そのまま《プレ・タ・》》《着て行ける《ポルテ》》ものなのだ、もし「プレ」を過去の出来事《プレテリオ》の略とみなし、《着て行ける過去》と解するならば。読者はもしお望みなら、何も起こってなどいないのだと、あるいは、この貧乏ジャーナリストと彼が発見したものは、現実ではけっして起こらなかったのだと信じることができる——当然、わたしの記憶の中でだけは例外だが。

気まぐれニンフ

過去という名の亡霊は、霊媒たちを使って口寄せする必要も、開けコンマ、と唱えて呼び寄せる必要もない。記憶の世界において、過去は世のものならぬ霊魂《レヴエナント》だ。手のひらを下にして両手を机の上に置いたり、まじないの三度のノックに応えたり、「そこにいるのは誰？」と問いかけたりする必要はない。過去の霊は常にそこにいる。水の入った花瓶に一輪の黄色い花があれば十分だ。魔力を秘めた呪文を繰り返したり、魔法《キャスト・ア・スペル》をかけたりしなくてもいい。すべての死者は生きてそこにおり、黒いガラス棚の中、カメラ・オブスクラの中、作られた作品の中に陳列されている。過ぎ去った存在は生きている、なぜならわたしたちにとっては死んでいないからだ。わたしたちが生きているのは、彼らが死なないからだ。わたしたちは命ある死者なのだ。

過去に関して、わたしたちは時間を空間であるかのように見てしまう。すべては遠くにあり、その隔たりの中で過去は眩暈のするほど広大な草原としてある、それは例えばものすごく高いところから落ちた時、そのあまりの落下の時間、すなわち隔たりのために、動いていないも同然になってしまうのに似ている。ちょうどスカイダイビングのようなものだ、とんでもない速度で落ちているにもかかわらず、当人たちにとってはまったく落ちてなんかいない。わたしたちはそんな風に、記憶の中を落ちていく。何もかも元の場所にあるように思え、何も変わってはいない、なぜならわたしたちは一定の速度で落ちている最中だからであり、それを外から見ている者たち、つまりあなたがた読者だけが、どれだけ落ちたのか、どれほどの速さで落ちたのかに気づくことができるのだ。過去は動くことのない土地であり、わたしたちは一様に動きを加速させながらそこへ向かっていく、だがその道のり（空間のなかの時間）において、自ら望んだにせよそうでないにせよ落下している（時間のなかの空間）わたしたちには、その運動に影響されぬよう離れて見ることはできない。たとえ停止していても、時間は眩暈を引き起こす、そして眩暈とは空間だけが与えることのできる感覚なのだ。

過去が姿を現すのは、ただ虚構の現在を通してのみだが、あらゆる虚構はいずれ死に絶える。だから過去の中から残るのは、誰かに譲り渡すことのできない、個人的な記憶をおいて他にない。

文学ぶりたいわけではなくて、わたしが関心を抱いているのは、同時に生起するいくつもの考えを表現するものでありながら、一つまた一つと順番に続いていくしかない言葉によって表される真実だ。

ある文章は常に道義上の問題だ、それはわかっている。倫理的な記憶というものは存在するのか？　それとも記憶とは美的なもの、つまりは選択的なものなのか？

記憶もまた、入ることはできても出口がない場合がある迷宮なのだ。しかし、記憶の回廊はつかみどころがなく無数にあり、記憶の外にはただ一つの現実の時間しかない、そして思い出されるのは前者のほうなのだ——つまり、いまここにいるわたし自身の現在においては、タイプマシンが真のタイムマシンとなるのである。

いまわたしがおこなっている書くという行為は、記憶がとる形態の一つでしかない。わたしが書くものはすなわちわたしが思い出すもの——そしてわたしが思い出すものとはすなわちわたしが書くものだ。

この二つの行為のあいだにはいくつもの省略が存在する——それが亀裂となり、あとに残るものとなる。それがつまりはわたしの作る隙間、回想された時の空間だ。

思い出すは易く、忘れるは難し……あの歌はそういう歌詞じゃなかったか？　それとも……？　思い出せない、忘れてしまった。思い出すことは何かしらの言語に刻み付けるという行為だ。だが忘れることに似た行為はない……。

愛とは繊細な迷宮であり、自らの中心である、黒い怪物を秘匿している。

汝の名はアテナイのテーセウス、その欲望は果てナイ。ああ、アリアドネよ、わたしはきみをナクソス島ではなく、トロッチャに置き去りにしてきたのだ。いまわたしは記憶の冥府へと降りていき、死者のうちからきみを連れ出そう。もう一度きみに会うために、わたしは忘却の川であり永久の迷宮であるレーテーの水の上を歩いて渡らなければならなかった。カローンはもういまはアルメンダレス川に架かる橋で働いてはおらず、マレコンの硝石も曇って見せていたガラスレンズをコイン一枚の賃金で磨いてくれていたが、そのおかげできみを見つけ、出会うことができた。そしてまた別のガラスを通して――今回はタクシーのフロントガラスだったが――、わたしはふたたびきみに会ったのだ。

　彼女がもう死んでしまったように聞こえるだろう――その通りだ。死とは無限に続く夜の延長なのだろうか？　死が生を立入禁止区域《コト・ベダード》にする。すぐ隣にこんなミニアチュール（小さく可愛らしい絵という意味がある）があるというのに、わたしときたらボレロについての考察ばかりに熱中しているなんて変だと思われるかもしれない。考えを試論として書いているのはいまのわたしだ。あのころはただ音楽を聴いていただけだった。

　彼女は死んだ。自殺？　いや、一番不自然な死、つまり自然死だった。いずれにせよ、時間が彼女を殺した。だが確かなこと、恐ろしいこと、決定的なことは、あのエステリータ、エステラ、ステラ・モリスは死んだ、ということだ。いま彼女の記憶を再構築するのは、このわたしだ。彼女は一人の人間だったけれど、あのひどい運命の果てに、一人の登場人物に変わってしまった。彼女の人物そのものも見事だったと、ここで言っておかなければならない。

彼女は死んだ、熱帯から、キューバから遠く離れて。でも実のところ彼女は、熱帯の出身でもなければ、ハバナ出身でも、彼女を知ったあのラ・ランパの出身でもなかった——いま彼女を知ったと言ったが、もちろんそんな発言は馬鹿げている。わたしは一度も彼女を知ったことなんかなかった。いまだって知ってなんかいない。でもわたしは彼女について書く、彼女と知り合いではなかった人たちが、彼女のことを思い出せるように。わたしにとっては、彼女はずっと忘れがたい人だった。でも死んでしまったいまとなっては、より容易に思い出すことができる。彼女を想像したり思い出したりする時よりも、いまのほうが彼女がいないことを実感するとしたら、それは的外れだ。どちらも同じことだ。そうだ、嘘を書くこともできる、でも真実自体がすでに十分なでっち上げなのである。

彼女のことを知ったわけではないと言ったが、むしろ彼女と出会ったと言うべきなのだ。通りで、ある午後、彼女がハバナの都心に来た郊外のおのぼりさんとして、道に迷っている時に。それでもわたしにとっては出会いだった。ペルチンの弾く《懐かしき出会い》というボレロがあるが、まさにその通りだった。不思議と、歌は記憶を言葉にする。ネストル・アルメンドロスがわたしを訪ねてきて、わたしがレコードプレーヤーでアル・ジョルソンが歌う《荷積みを見に行こう》をかけた時、彼はこう言った。この曲を聴くたびに、おれは思い出すんだろうな、このアパートの居間を、家具に照りつける太陽、遠く向こうに見える人々と海を、それからきみがそのソファに座って、Tシャツのまま、アルじいさんの曲を聴いてるのを、死んだアル、ミシシッピを下っていく蒸気船、ロバート・E・リーの荷積みを見るために待っているアルの曲を聴いてるところをさ。

昨晩またラ・ランパを巡った。それは夢じゃなかった、夢よりもなお巡り続けるもの、つまり記憶だった。ブランリーと一緒にO通り（ゼロ、O、おぉ）へとやってきた時のことを思い出した。ラ・ランパは若く、わたしも若かった。だがO通りの交差点はすでに沸きかえっていた。

当時のわたしにとって、ハバナとは魔法の島であり、わたしはその探検家でもありガイドでもあった。ある時期には自分のことを愛のフランク・バックだと信じ、密林に入って彼女を連れ出し、二人してそれを語って暮らす――もっとも、お話と小噺との隔たりに橋を架けられるのはわたしのほうだけだが――のだと思っていた。疑いようもなくハバナは、わたしの宇宙の中心だった。本当に、わたしの宇宙そのもの、一個の明るい星雲だった。ハバナを巡ることは銀河を旅することだった。天には二つの太陽があった。

この物語はその五年前には起こりえなかった。そのころだと二十三番通りはL通りで終わっていたし、ラ・ランパはまだ建設されていなかった。向こうには、マレコンと並行して路面電車の線路があり、折に触れて、永遠の少しだけ手前までの路線を走る路面電車が姿を見せていた。もちろんすでにホテル・ナシオナルも、胸壁に囲まれた高台に君臨していたが、今日ホテル・ヒルトンがあるところは当時窪地で粘土質の平らな囲い場があり、わたしも何度か球遊びをするために来たことがある。ただの一勝負も勝てなかったそのフィールドは無くなってしまい、戦いの神マルスのフィールドではなく、例の美の女神ヴィーナスのフィールドとなったわけだが、わたしにはこっちのほうが向いていた――おそらく、だが。

すべては一九五七年六月のある午後に始まった。暑い日だったが、でもそこまでじゃなかった。わかってもらえるだろうか。わたしたちは夏至線にぴったり寄り添う灼熱地帯にいたが、メキシコ湾流が街に爽快さを与えてもいたのだ。領海線の外洋は何マイルもある。それに、ＢＧＭと同様に有能なる冷房だってあった。

一人の女性の物語を、まずは一人の男性とともに始めても悪くはないと思う、この男はわたしにとっては脇役で、やがて重大な結末をもたらすのは、女性のほうだけれど。まして当時、その女性はまだ少女だった。いっぽう、男性のほう、つまりブランリーは、魔性の世話人《ファクトトウム・ファタル》、若いファウストにとってのメフィストフェレスだった。ともかくもわたしはブランリーのおかげで、まだ彼女が名前を持たないぐらい早い段階で、彼女と知り合ったのだ。

ロベルト・ブランリーの頭が柱とドアの間から覗き、長い首はそのドアによってちょん切られていた。磨りガラスのドアには、奴の細い体がぼんやりと見えていて、その横にはこんな文字が並んでいた。

編集部

《いまこそ我が首、刎ねなば刎ねよ》とキューバの詩を引用してもよかっただろう。とはいえまだブランリーの目は、存在と無のあいだでぎろぎろ動いていたから、完全に生首になってしまったわけじゃなかった。奴はいま言葉の針金で錠前を外し、ドアを完全に開けてしまおうとしてる、もっとも鍵をかけたことなんか一度もなかったけど。

「取り込み中かね、それとも単に落ち込み中かね」奴は皮肉たっぷりにそう聞いた。わたしが忙しいはずなんかないのは明白だった、靴を脱いで机の上に両足を乗せ、天井の煙染みを見渡していたんだから。ついさきほど追加したばかりの行為は、口を救命具みたいに繰り返し膨らませるというものだった。

「別に全然。でも仕事しないならしないでやっぱり疲れるな」

「そのトーーリ」

はっきりさせておくが、ブランリーが喋っていたのはイタリア語じゃない、でもわたしたちのあいだにはアントニオーニのやる気のなさよろしく、シャーネーゼという気分が発動していたのだ。あるいはパーヴェーゼ的なテーゼが、と言うべきか？　このわたしにオマカセしたおかげで、あるいはむしろわたしのデマカセのおかげで、ブランリーは校正係（彼いわく《ガレー船の奴隷》）として雇われ、機械室の上の小部屋で、他人のセンテンスをメンテナンスしていた。現状の『貼り紙《カルテーレス》』誌社の姿はといえば、タバコの煙流も手伝って、一日とともに沈みゆく船といった趣きだった。

「おやつを食べに行くってのはどうかね？」救助者よろしく奴はそう提案した。奴はまさしく、自身は船を見棄てるつもりはなかったのに、沈没寸前のタイタニック号に見棄てられたライトラー中尉だった。

「どこに行くんだ?」

この時奴は、かつてのように、約束《シタ》一つ取り付けるのに引用《シタ》を用いて、さあ行こう、手術台の上で麻酔をかけられた患者のように、午後が空に向かって伸びているところへ、なんて言いはしなかった。せめてもの幸いだ。

「ラ・ランパにさ」

「遠いよ」

「まだ早い時間だからな、存在にとっては」

「わかったよ《オルライト》」

わたしは出かけようと立ち上がった、もちろん先に靴を履いてからだけど。

「準備はいいなアルカーノ、それいけダイダロス」ブランリーが歌った。

これはある言葉を変形——『死と変容《トート・ウント・フェアクレールング》』——させたもので、元ネタはアルカーノ・イ・ス・マラビージャスが演奏に入る合図として、あの不滅の司会者が言う決まり文句、「準備はいいかな、アルカーノ?　それいけデルモス」である(デルモスというのはスポンサーについていた石鹸だ)。ベルベットのごとき声の司会者は、ボレロを流す前にこんな風に言ってもいた。「ドライバーの皆さん、どうかこの番組にダイヤルを合わせてください。そちらへ音楽をお届けします」

「ではいざ行かん」ブランリーが促した。「この世の盛者の虚しい栄光へと」

時々ブランリーは、いけすか無い上に知名度も無い詩人になる、だからもしその午後だけで奴が一度ならずエリオットの言葉を借り済ます——いっぽうの『貼り紙』誌社は、いまでは奴の借り住まい——ことになったとしても、わたしは驚かなかった。

「独り彷徨い迷う迷宮を、記憶に留めるために」奴は詩人としてよりも預言者としての才能があるらしい。

「そして時には、二人して彷徨うことも」哀れな徒弟たるわたしは言った。

タクシーは馬鹿でかくて、黒い棺みたいだった。そのため運転手はO通りに入れず、やむなくフンボルト通りからインファンタ通りへと抜け、わたしたちはそこで降りた。O通りをワカンバに向かって歩いた。アフリカっぽい名前だが、ラ・ランパ映画館に併設されたお洒落なカフェテリアのことだ。エル・ベダードのこのあたりは、数年前二十三番通りがマレコンまで繋げられて以来新規出店がランパつされていた。この四ブロックのあいだは、一メートル四方あたりの喫茶店、カフェテリアおよびナイトクラブの数で言えばハバナ最大だった。さらにそこにはいくつかのテレビ局や広告代理店があり、人々が歩き、会話し、時が過ぎていくに任せている騒音と混ざり合っていた。数えきれないほどの女たちが行き来していた。どんな服を着ていたか、あまり注意していたわけじゃないが、スカートが見えたから女性だったはずだ――もっとも、またしてもスコットランド人にしてやられた、という可能性も大いにあるけれど。

「カフェ・ブランカ」、歩道からワカンバの入り口に降りていきながらブランリーが言った。中に入ってカウンターに座った。ブランリーはウェイターに、よく知った仲みたいに兄弟と呼びかけ、オレンジジュースを頼んだ。ブランリーのことだ、本当のところはわからない。

「ここのジュースはまさにミューズの味だ」ブランリーがうんちくをたれた。

わたしは自分用にアップルパイとカフェオレを頼んだが、なんだか落ち着かずにさっさと平らげた。もう帰ろうと席を立った。すると風邪をひいた太い女がやってきて、わたしの席に座った。喘ぎながら鼻水をすすり、あまりの重さに椅子は軋んでいた。もし風邪っぴきの太った女がここに座り、その会話を聞く羽目になったのじゃなかったら、わたしはいつもそうするように、たとえ座る席がなく一人アップレてもしばらく残って、ブラックのコーヒーを頼んでたところだった。エスプレッソ一杯頼んで飲み終えるまでにどのくらいかかるだろうか？　四、五分か、もっと短いか――それでもあちこちに後遺症が残らずにはおくまい。

「今日のおすすめは何かしら？」太った女が尋ねた。

「くだらねえ連中だ」ブランリーが言った。わたしたちは店を出た。

O通りのほうからでなく、店内を横切って七段ある階段を登り、裏手の扉から出ると、そこは映画館内のスロープに通じていたが、映画館の名前そのものが坂《ラ・ランパ》という同語反復なのだった。他に何か案のある方？　本件は賛成少数により承認されました。カフェテリアや通路や映画館の入り口は、自動ドアのついたブロンズとガラスの壁で区切られていて、暗い場所にもかかわらず外で輝く太陽を反射しており、まるで束の間混乱を引き起こす合わせ鏡のギャラリーのようだった。向こう側には目もくらむような街路と、光の帯のような歩道があった。ここまでは地理のお話だったが、いつのまにかわたしの好きな夏が始まりかけていたのだ。映画館に入ってすらいないのに、わたしは映画館を出た。

おかげサマーで、それからの一時期はこれぞ夏と呼ぶにふさわしかった。続いてある種の堕落が訪れ、最終的にはすべてが、さだめし（定めし？　なんともぴったりの言葉じゃないか？）不幸とでも言うべきものへと変わり、いつものように不幸は幸福よりも長く続いた。もしわたしがブランリーみたいに三弦のトレスを弾けたなら、リュートだか流土《リユード》だかのメロディに乗って、素敵なお嬢さんに似つかわしいバルコニーを飛び越え、弦仲間である上弦の月の明かりに助けられて部屋に忍び込むことができていただろう、そうしたらあの夏は完璧なものとなっていたに違いない――でもいまやわたしは語り手、これから果たすべきは悪者の役目なのだ。

もうすでにラ・ランパを歩き出したわたしは、カロバールをかけて、煌めきギラめく海とマレコンとが二重に返してくる反射光から目を守っていた。それは二枚の鏡のように、ヴィーナスが二重写しになるのを待っている——それほど美女不足なのだ。美女なら何だっていいのに。たぶんみなさんは、美女とはどういうものかご存知だろうが、カロバールとは何か、どういうものなのかは知らないに違いない。カロバールとはサングラス、本来サン除《よ》けグラスと言うべきもののことで、フレームの金属が白いものは安物、金か銀製ならもっとも高価、もっとも幸か不幸か、深緑のガラスさえ付いていれば、変装用途のみならず熱帯生まれの目を完全プロテクトしてくれること請け合いだった。カロ・バールと言えばその意味を察するに、熱《カロール》から守る遮断物《バレーラ》ということだろうが、本来ならば太陽から守ると言うべきだろう（じゃあサンバールって名前になりそうなもんだが）。とにかくカロバール眼鏡と呼ばれていた。眼鏡、つまり眼の鏡だ。ダマスカスへ向かうかのごとくラ・ランパを下っていく聖パウロなら、「カロバールによって暗闇が晴れた《ペル・カロバーレス・イン・エニグマータ》」と言うことだろう——もっとも地名の由来的に、「騙すカス」たちに踊らされているだけかもしれないが。

下に見える海の向こうは、雲のない空の色で、ただただ濃密で高密度だった。それだけでなく、別種の青色が差し込んでいた、エメラルドの筋からコバルトブルー、蒼から青、そして最後にマリンブルー。

背景にあったのは、マレコンと言う名のぎざぎざした色付き緞帳で、そこから海の風景が見えていた。マレコンとその壁は砂の色をしていて、実際には二重の鉄筋コンクリートでできているのに、まるで紙粘土の海岸のように見えた。そこマレコンでハバナが終わっていた。あとは海だ。

彼女を初めて見たのはその時だった。金髪だった。いや、ブロンドだった。日陰にいたのに、その神のごとき髪、肌、そして目は、日のヒカリが彼女ヒトリだけに降り注いでいるみたいに輝いていた。彼女はいた、そこにいた。もう四十年以上も前のことなのに、いまだに彼女の姿をまさにいま見ているかのように思いだせる。その時以来、わたしはただの一日も彼女を思い出さない日はなかった。黄金でできたパラソルのような金の光の輪に包まれて、その一瞬その場所に停止していた姿が、時の中で永久に停止することになるのだった。服装は控えめで、おそらく制服だったかもしれない、と言っても学校の制服じゃない白の服だった。けど日陰に入れば、それが仕立ての服で、色も白ではなく明るい砂色だとわかった。彼女を見ているわたしたちのほうを彼女が見て、助けを求めるかのように言った。

「一番を探してるんだけど」

「俺のことだな」ブランリーが言った。

「違う、この通りの一番地のこと」

人に頼みごとをする感じじゃない彼女の口調に、わたしはまあまあがっかりした。

「ここが一番地だよ」彼女の後ろの建物を指さしながらわたしは言った。

「ボティフォルって人を探してるの」

「ビューティフルか」ブランリーが言った。

「ボティフォル」手の中の紙切れを見てから彼女が言った。

「字はBotifollって書くけど、ビューティフルって読むんだよ」

わたしはあいだに入ってやることにした。

「確かに、名前はボティフォルだし、その人の事務所はその建物の中にあると思うよ」もう一度後ろのほうを指さしながらそう言った。

金色で短く、束ねないままの彼女の髪が風に揺れていた、それともくるくるとかしげられる頭の動きに従っていたのかもしれないが、その姿はまるで、ごく若くして自分のことを老女のように考えている女性、あるいは女性になったばかりの少女のようだった。まるで初めて履いたかのような、ミドルヒールの靴をいまだに覚えている。でも彼女の微笑みときたら、海は遠くあっちにあるにもかかわらず、まるで歯に当たった波が、厚い唇の奥で泡と消えゆくかのようだった。この最初の姿が、まさにすべてを支配してしまった。魅惑的な彼女に、まさしく魅惑されてしまったのだ。わたしたちを包む風はさなぎのようだったが、彼女はブランリーとわたしのあいだ、脇によけて通り過ぎていく人々のあいだを飛び回る蝶なのだった。どこかに止まりたいのに時間がない、とでも言うように、まっすぐにたなびく髪の毛を羽とする昼の蝶だ。このバタフライは、さらに驚くべきエフェクトとして、話すことができた。

「わかった」そう言うと彼女は振り返って背を向けた。

前から見た時もだが、後ろから見ても小さな体だった。振り返りを繰り返して、ふたたびこちらを向いた。

「実はチャンネル2を探してるんだけど？」

「ならテレビが要るんじゃない？」ブランリーが、すぐさま逆に、聞き返した。いかさまキャグニー、と奴なら言うだろうが。

「テレビ局のことだって」彼女が言った。「受付はどこか探して」

あまりに真剣なその言葉と、絞り出してうわずった声のあまりの無垢さに、わたしは他人事ながら恥ずかしくなった。

それさえ他人事のブランリーは、こう言い放った。

「もう行こう」

「探しているところが見つかるといいね」わたしは言った。そう言ったのは礼儀を欠くまいとしてだろうか、それともそう願ったのだろうか？

「だといいけど」そう答えた彼女を、その歩道に残して去った。P通りを戻ってインファンタ通りまで行くと、まだタクシーに姿を変えた棺桶が停まっていた。待っていたわけじゃないだろうが、わたしたちは乗り込んで、インファンタを下っていった。道すがら、ほとんど鏡に映った像のように、あの女の子、迷い探し回っているあの少女の姿を想像した。歯のないところに、奥歯の痛みに似たものを感じた。あるいはウイルスなき風邪のようなものを。

「どうした？」ブランリーが尋ねた。

「何？」

「どうかしたのかよ」

ちょっと間をおいてからわたしは言った。

「ラ・ランパに忘れ物をしたみたいだ」

「何だって？」

手を振りながら言った。

「大したことじゃない」

いや、大したことだ。

「映画館から出てくる時忘れ物したんだ」

「でもおれたち映画館には入ってないよな」

わたしは真剣な表情を作った。

「戻ろうか？　まだ時間はある」ブランリーが言った。

「一人で戻るよ。お構いなく」

「いますぐにか？」

棺桶を降りようとした時、足を踏み外し、歩道と縁石の境目に倒れかけた。コケるのは好きじゃない、何かの前兆のようで。でもその時つまずいたことについては、何も気にかけなかった。大きな間違いだった。自分のぶんの代金を払って、戻ることに決めた。びっこを引き引き歩いていると、角のところでブランリーが止めに入った。

「ああ、ここにいたか。どこ行くんだ？」

「そこのタクシーに乗って戻るんだよ」

「どこに戻るんだ？」

「ラ・ランパに戻らなきゃ。ウェンパと一緒に行く」

「そこに行って何をするつもりなんだ？」

「まだわからない」

タクシーのドアを開けた。ブランリーは常々、タクシーに乗ってると悪魔に出くわすぞ、と言うのが口癖だった。

「タクシーに乗ってりゃ」ブランリーが言った。「いつか悪魔に出くわすぞ」

わたしは何と答えたんだろう？　車に乗りドアを閉めて、運転手とご対面した。悪魔はもうそこに来ていた。

なんてこった、そこにはいたのだ、そのタクシーあるいは賃借り車の中、鯛《カラ・デ・パルゴ》のお頭みたいな車のハンドルを握り、運転席にどっしり腰を据えたふしだらさの化身が、座ったまま見るからに待ちかまえていた。わたしは彼の隣の席に座り（いつも運転手の横の助手席に座っていた。副操縦士になりたかったのか、それとも民主主義をやりたかったのか？）、わたしの友達、相方、偽善なき我が運転手になりたがっているこの男と旅立つ用意ができていた。顔が彼の魂を表していた。分厚く赤く、ヒタイまで肥大した顔から突き出た赤い唇を舐めんばかりだった。その時も、いついかなる時も、見えるのは彼の頭だけだった。ハンドルの前に鎮座し、目は赤紫と真紅が混じっている。道徳と言う名のギロチンが首を切り落としたせいで、体全体が頭の中に詰め込まれてしまったみたいだった。

「どこまで行きましょうか、旦那？」彼が尋ねた。

「インファンタと二十三番のところまで」

ウェンパは今度は答えなかったが、そのほうが有難かった。女殺し《ウエンパ》、というのは『貼り紙』誌社内でこのみだりに淫らな男につけたあだ名で、この男がきまって話し出す話題がたった一言に要約されていた。つまり、いかに自分が床上手か、ってことだ。仮に形式がオーラルなものでも、あらゆるエロティック文芸とは退屈なもので、結果この男の話も退屈なものだった。

「あれぞまさしく毛の生えた丘《ランパ》でさあ」そう彼が言い、わたしも相槌をうった、なぜならわたしの唯一の望みは、全速力で飛ばしてくれること、気合一発ゴールまで突き進み、走りまくって、間一髪で間に合わないなんてことがないようにと、ただそれだけだったからだ。この不快な男がいまやわたしの共犯者、信じがたくも、レプラ病みの我が従者レポレッロなのだった。待ち合わせの場所に（その時はまだ待ち合わせは成立してなかったけど）着けるかどうかは、彼にかかっていた。そのことは彼には言わなかった。言ってどうする？　またおしゃべりを始めるのがおちだ、ブランリーがよく言っていたが、クズな奴ほどグズな奴。進め、リンカーン、進め！　きみがぼくの希望のすべてだ！　でもリンカーンじゃない、車はマーキュリーだった、そのマシン、その自動車は、まだカルロス三世通りを抜けてすらいないようだった。こんなことがありうるのか？

「車両混雑してるんですよ」急に技術的な口調で説明してきた。「先を行ってるあのあたりがね」

　時代の一歩先を行くなんとも興味深い情報じゃないか。あらかじめ報道局にでも教えてやってたらよかっただろうに、だって誰だろうが、先のほうが詰まってるってことぐらい見りゃわかるんだから。

　その時は何も言わなかったが、読者のみなさんには言っておこう、タクシーあるいはタクシー業界とわたしとは、長期にわたり有意義なる関係を結んできたと。しかしながら聖書に手を置いて、あるいはシェイクスピア全集に手を置いて誓ってもいいが、このタクシーこそは、わたしの指示に従い、わたしを望むところまで連れて行ってくれた初めてのタクシーだったんじゃないだろうか、他ならぬその日、その午後初めてそうなったんじゃないだろうか。記録にはないが、そう記憶していた。だがおわかり頂ける通り、記憶もまた選択的なものである。我らはみなプルーストの、そしてその家政婦セレスト・アルバレの子供たちなのだ。

「お急ぎみたいですね」ウェンパはそう言うと、地獄から吹き出す火の玉のように、斜めに走る通りを突っ切って行った。見てくれ、わたしは恍惚の時《エスタシス》に向かって死に物狂いで走っている――少なくとも心のなかでは。その時だった、わたしの足代わりとなったこの放蕩者が、重力の法則よりももっと厳格なる交通法規をあざ笑うかのごとく振り向いて、首以上に口をひん曲げながら言ったのだ。

「あらゆる書き手はみんな死にます」

「何？　何だって？」

「我が夜の相手はみんなイキます」

わたしは返事もしなかった。返した言葉はすべて、他の車のあいだに鼻面を押し込んで掻き分け進ませるための指示だけだった。すると急に、白い壁の前で停車した。行き止まりなのか、このレースも終わりなのか？　そうじゃない、わたしたちは白いバス（その名も白バスという同語反復的な路線名のバス）の真後ろにつけていたのだ。わたしは弾き出されたようにタクシーを出た――さすがにドアを突き破って出たわけじゃないけど。代金は明日払う、運転手にそう告げながら走り出し、鯛のお頭がそれで結構ですよ、と請け合うあいだも、わたしは広いハバナの中で唯一わたしが目指しているゴールに向かって走って行った。ウェンパはまだタクシーの中から、ほとんど叫ぶように言っていた。

「思う一念鬼をも殺す、ですよ」

例の角にもう着こうという時、縁石に登ってみると、金髪の少女が白いバスに乗り込もうとしているところだった。彼女だ！　片方の足はもうステップにかけ、もう一つの足は歩道にある、片方の手はドアに押し付けられ、もう一つの手は手すりを摑もうとしているものの、まだ午後の早い時間の、生ぬるい空気に泳いでいる、だからわたしは叫んだ、ダメだ！（いまはカギカッコをつけてる暇さえない）。彼女はわたしのほうを振り向いたが、見てもわたしが誰だかわからないようだった。

「何？」

「行っ、ちゃ、ダメだ」

　わたしが発した反戦の叫びじみた声を聞いて、彼女は手すりから手を離し、バスから離れて両足とも縁石の上に戻した、彼女の靴――キューバン・ヒール――の先端が、軽く道のへりを叩き、もう一方の足はしっかりと後方に伸びていた。ラテン語で話しかけてみようか？　というのもこのわたしは、こんな時にはきまってスピノザよろしく長々しい弁舌を振るうのだ（棘《エスピノサ》のない薔薇はなく、スピノザのない語りはない）、だが今回は長々しくその場に居続けることもなく、バスまで行って彼女の腕をとろうとする、なぜなら彼女とわたしのあいだには空白が生み出されていたからで、空白に対する棘々しい嫌悪感こそは、わたしにしつこくつきまとう性向だからだ。冗長な校長による後遺症だな。

「まだ、ダメ、だ」

「あたしに言ってるの？」彼女が尋ねた。

「そうだよ」後方のドアの脇にきてそう言った。誰かが車内から声をかけ、彼女は停車場からそしてそのバスから離れようとした。そのバスは機械というよりもはや生き物となり、もはや行き頃を迎えていたのだ。深いため息とともにドアを閉ざし、白い鯨は出発した。不幸にもモーターの音が、わたしの言葉を聞こえづらくしていた。

「行っちゃダメだ、って言ったんだ」

「どうして？」

「ぼくが、忘却反対派だから」

幸いにもバスがその騒音で、今度はわたしの詭弁を聞こえづらくしてくれた。コピーするため彼女に近づいた。ここでのコピーするとは、しっかりと目に焼き付け記録を取るということだ。小柄な熱い体を目に焼き付けた。彼女は心を動かされることも、体を動かすこともなく、太陽の彫像と化していた。なぜその場を離れなかったのか？ それともこう言ったほうがいいだろうか、なぜその場に留まったのか？ その理由はわからなかったし、彼女が教えてくれることもついになかった。その時の、ほんの一瞬の出来事だった。もしかして誰かの命令だったとか？ 彼女は断じて、バスに乗るのをやめるべきなんかじゃなかった。この誤った行為により、彼女はわたしを勝ち取り、同時に敗北した。もしあの時彼女が去っていれば、もう二度と彼女の姿を見ることはなかっただろう、彼女はトラフィックに紛れてしまい、わたしはトラジックな気分に沈んだことだろう。わたしだって鏡を見たことくらいあるから、自分が面白おかしく、愉快な存在でいなければならないということ、いわば自分自身を盛り上げるMCのような存在でいなければならないということは心得ていた。

「きみは何を求めてたの？」

「建物の場所よ」

「それは知ってる、何をしようとしてたのかってこと」

「仕事を探してたの。受付係募集の広告を出してたから。あたしが受付なんて、ねえ？　すぐに見つかっちゃったわ」

「じゃあ雇ってもらえたんだ」

「なんでよ！」

「だって職が見つかったって……」

「職が見つかったんじゃなくて、嘘をついたのが見つかったのよ」

「嘘を言ったの？」

「年齢をね」

「けどきみは働くには若すぎるだろう」

「そうかな」

「見てすぐにわかるよ」

「ねえ、その話もうやめない？」

「もし不愉快なら、きみのこと年増って言ってやることもできるよ」

「不愉快とかじゃないけど、歳のことは話したくないの。他の話してくれない？」

「いいとも。例えばきみに、パルメニデスの詩を暗唱してあげることもできる」

「誰それ？」

「すごく長いおヒゲの、すごく年取った詩人さ」

「年寄りに興味ない」

「代わりにこう言ってあげることもできるよ、夜は星をちりばめ、星は遠くで震えている、って」

「天体ってどれのことよ？　まだ太陽が沈みきってすらないのに」

「美人さん、天文学がわかるのかい」

「あたし？　どうして太陽が沈むのかさえわかんないわ。それとあたしは美人さんって名前じゃない」

「じゃあ何て名前？」

「エステラ」

「やあ、天文学に戻ってきたな。エステラとはステラであり、ステラとは星のことだ。つまり、きみは星なんだ」

「ほんとに？」

「ほんとだ。スター《エストレージャ》を名乗っていいんだよ」

「エステラのほうがいい」

「エステラ、つまり星の尾なら、きみがあとに残すもののことだ」

「あんたの名前は何？」

「みんなと同じような名前だよ」そう言って自分の名前を言った。

「みんなそんな名前ってわけ？」

「たいていはね。それで、きみの名前は？」

「エステラよ」

「エステラだけ？」

「ううん、苗字はモリス。エステラ・モリス」

「きみってユダヤ人なの？」

「ユダヤ人？　何それ？」

「ポーランド《ユダヤ》人かってこと」

「あたしの顔ポーランド人みたいに見えるの？」

「いや、でもユダヤ系でもおかしくはない」

「違うわ、知ってる限りでは」

「お父さんがそうなのかな」

「ギリ父よ」

義理の父、と言う代わりにギリ父と言ったので、うんちく好きのわたしは訂正しかけたのだが、彼女は続けて言った。

「別の話をしよ」

わたしは彼女の手を取って道を渡った。歩道のところまでついて来てくれたのはいいが、やっぱり別の通りをもう一度渡ることにした。車が多すぎて渡れなかったのだ。このインファンタ通りと二十三番通りの交差点には信号が必要だった、この何本もの通りを横切るのは危なっかしかったからだ。手を取ったまま彼女を導き、道を渡らなくてもすむような道を選んだ。そのあたりにはデリカテッセン風レストランが入った高層のランパ・ビルがあったし、その向こうにはアイスっぽいものを売っているダッチ・クリームもあった。その店の女の子たちは、オランダ娘の衣装——あるいはオーナーが田舎のオランダ娘の衣装と思っているもの——を着て接客していた。そのさらに少し先には、農業省のアール・デコ様式の建物があった。

わたしはハバナでも指折りの大斜面に目をやると、ランパ映画館の向かいの歩道を登っていき、O通りにきたところで、彼女に方向転換させて向きを変え、ホテル・ナシオナルの入り口へと続く坂を上って行った。

太陽は毎日、明日も昨日と同じように昇る、でも彼女はまさにこの時そこにいて、わたしの横を歩き、午後と同じ熱を帯びている、そう、彼女こそが現在なのだった。この日をつかめ《カルペ・ディエム》、古代の声がわたしにそうアドバイスし、わたしはその通りにした。明日のこと、将来のことなんかじゃなく、今日、今日なんだ、キョーという言葉はミョーなものでもあるが、でもその時、一瞬よりも長く続く瞬間のあいだは、今日とはある種の永遠のことだった。ああ、昼間が広がって長い午後となり、終わらない夜へと続いていけばいい、鶏が鳴くんじゃなくて、人間と同様生きてはいても見分けのつかないスズメたちが、あらゆる街角で都会っぽくピイピイ鳴くような夜明けがやってくればいいのに。

　わたしたちは庭園の入り口にやってきて、あたかも到着を心待ちにされていた客であるかのように表門を抜け、黄昏の招客として椰子の木の下を通り、目印かつ象徴の役割を果たしているブロンズの小さな像が、水に濡れて緑色になっている噴水、いつの日かわたしが夜の泉として言祝ぐであろう噴水の横を通っていった。でもいまあるのはその日だった、あの六月の長い一日、その終わりには絢爛な黄昏（なにしろいつもの夕方と一緒くたになどできなかった）が、遠い海の遠い水平線に花火のような光景を見せていて、坂道になった街路は薄紫色から灰色、青色に変わっていき、金と茜色をした西風と対照をなしていた。

　わかってる、こんな風に言うと、まるでわたしが後期印象派、淡い太陽の光のもと輝く街を讃えたピサロみたいに思えるだろう。でもその午後（午後の時間自体はほとんど重要ではなかったが）は、わたしには確かにそんな風に見えたのだ、わたしが望み、求め、もうすぐ到達する夜へと変わっていく午後のひととき。熱帯の一日は、ある種の熱帯的関係と同じく、突然不意に、きっぱりと終わりを告げる。しかしまだ光は残っていた。

　芝生の上に座らないか、と彼女を誘った。

「あたしの母は」彼女が言った、「草の上に座らせてくれないのよ」でもそう言うやいなや、刈られたばかりの草の上に座った。干し草の匂いがした。わたしは隣に座った。

「あれ何？」尋ねられたわたしは振り返った。「銅像？」

見えたのは庭園の縁に置かれ、我関せずを決めこんだ海に狙いをつけている大砲だけだった。

「違うよ、あれは大砲」

「大砲？　戦争で使う？」

「かつて使われてた。いまは白塗りの卵の殻だ。戦争で使う大砲は白くない」

「そうなの？」

「国連の大砲じゃない限りね。あの大砲はぼくよりも無害だ」

わたしは声を出して笑った、彼女は微笑んだだけだった。黄昏の少女、宵の明星の表情。

　午後の時間は遠く過ぎ去りつつあり、夜のとばりが落ち始めていたが、そのあいだには絢爛なる色の黄昏があった。彼女を見つめた。近くで見た彼女は少し斜視ぎみで、すごく若く、ほとんどお嬢ちゃんのように見えた。もっと親しくなろうと心に決めた。

功を奏したためしのない我が流し目を向けてみたが、見えたのはある自然現象――あるいはむしろ夜という現象――だった。わずかに灰色のガーゼがかかったオレンジ色の半球体。もう一つの金星《ヴィーナス》のように、月が海から現れつつあったのだ。

そのヴィーナスの姿は、輝きつつ海から、我らが地中海であるメキシコ海流から現れてきた。彼女の後ろ、劇場の幕よりも波打つ海に、太陽に照らされた女神が、若々しく美しく輝いていた。

月光が彼女の顔をどんな風に輝かせているかと、わたしはそちらを向いた。彼女はアフロディーテじゃない、けどわたしは彼女に恋してしまった（簡単に恋に落ちる奴だとは思わないで頂きたい）。だが、大西洋から昇る月を見た、それだけで恋に落ちてしまうなんて、嘘のような話だ。とにかくわたしの場合はそうだったわけで、月が海から出ると同時に、わたしは彼女の手を取り、彼女はされるがままになっていた。少なくとも抵抗は示さなかった。

太陽が、沈んだというよりは春分や秋分と同じ激しさで落ちていった。突如として、わたしたちはいま二つの光に挟まれ、そのあと闇が訪れて、マレコンを通る車のヘッドライトが灯っていった、光に照らされた人々が上のほうで輝き、さらにその上、正面の方角には、高層マンションの窓に明かりがともり、その建物のさらに上には数えきれない星々があった。ハバナの上に落ちかかる夜、熱帯の夜。

「星がたくさん！」

「あれが」孤独に輝く星を指さし、「金星だよ」

「星占いに詳しいの？」

わたしは微笑んだ、とんだいんちき野郎だな。

「まあね」そう言った、「占い師じゃないけど、『貼り紙』誌専属の占星術師カルベル博士とは仕事仲間だ」

「母がよく読んでる」

「カルバーリョ生まれのカルベル博士は、読むってよりは参照するのが正しいんだよ」

「母はそうしてるわ。星の巡りが悪かったら、絶対大きなことはやらない人なの」

「博士いわく、星々は導いても縛りつけることはしない、ってさ」

「母に言ってやってよ」

「お母さんに会ったらすぐ言おう、いつになるかはわからないけど。ぼくもさすがに天の声ってわけじゃないからな」

マレコンの向こう、水平線の向こうに、オレンジ色の球体が一つ、そしてそこからぶら下がっているような雲がいくつか。カリブの月だ。彼女は月を見て言った。

「太陽みたい」

「真夜中に輝く太陽だな」

彼女はどきっとしたように身を強張らせた。

「もう十二時なの？」

「まだ早い。さっきのは引用だよ」

「びっくりするからやめてよ」

「美しい夜だ」わたしは言った。「そう思わない？」

「怖いって感じるわ」

「いつだって夜は明ける」

「夜は自分が死人みたいに思える」

「きみは不滅だよ」

「キスしてよ」彼女はそう言った。

彼女にキスした。唇をしっかりと結び、密閉し、封をしたままで、わたしたちはキスをした。もしわたしの淫らな舌で彼女の唇をこじ開けでもしていたらきっとお気に召さなかっただろう。キスってのは見た目以上に複雑なものだ。黒々とメモを取るべきキスもあれば、白紙に戻されるキスもある。

月に押し潰されそうな夜だった。あたりはすべて夜闇で、いまのわたしは夜遊びというより夜の散歩をしたい気分だった、だっていまは草の上に座っていて、ふらつき回りたいなんて気持ちはなかったからだ。これこそがわたしの求める夜間の時間だ。そのころはしょっちゅう、夜間外出してさまよい歩いては夜の扉を開けて回っていた。でもその時は彼女と一緒だったのだ。ああ、ステきなエステラ。

青白い炎のような月光によって、幻想的なトロイ《イリウム》の塔へと変貌したホテルの塔にかかる月を見たわたしは、月とは駆け巡る媚薬、と引用した。《オー・レンテ、レンテ、レンテ・クッリーテ・ノクチス・エクイ》朗唱せんばかりにそう唱えた。

「何？」

「何って何？」

「何て言ったの」

「おお、緩やかに、緩やかに走れ、夜の馬よ」

「何それ？」

「詩文だよ」

「あんた詩をつくるってわけ？」

「ぼくじゃない。オウィディウスっていうぼくの友達だ」

「おいでやす？　そんな名前あるの？」

「ラテンの名前だよ」

「ラテンアメリカのってこと?」

「そこまでは言いかねる」

月が上から庭園を照らし、夜をまるで昼みたいに見せていた。草には銀が張られ、あらゆる花は青くなり、大砲は蒼白に見えた。その時だった、彼女が話し出し、わたしは初めて彼女のソプラノの声を聞いた。ほどなくしてわたしは、彼女は感情が高ぶっている時——あるいは動揺している時——、そんな風に一筋の糸みたいな声で話すのだと知ることになる。

「あたしのこと好き?」

「好きだよ」

「誓う?」

「誓うよ」

「誰に誓う?」

「きみに誓う、あらゆるものに誓うよ」指で空を指すまでもない、わたしは続けた。「月に誓おう」

「ダメ、月に誓わないで」

そう言われたわたしは、《スウェアー・ナット・バイ・ザ・ムーン》と引用し始めた。

「それ何なの? 英語は一言もわかんない」

「シェイクスピアだよ、ロミオとジュリエット」

「ロミオって名前の男の人知ってるわ。笑える名前よね」

「泣ける名前でもあるんだよ。ぼくの知り合いは、男と女の双子で、ロミオとジュリエットって言うんだ。二人は離れられない。ほぼ同時に死ぬんだ」

「毒を盛られて？」

「いや、結核っていう、ロマンティックな病気でだ」

「毒で死んだほうがよかったね」

「死なないほうがもっとよかった、まだ若くて騙されやすい美男美女だったからね」

「じゃあ死んだのは大成功だったわ」

わたしはごろんと横になり、頭を膝枕に乗せた。

「何してんの？」

「芝生をベッドにするのさ。きみはぼくの枕だ」

「頭おかしいんじゃない？」

「ここからなら星がもっとよく見える」

「立ってよ、お願い」

「それに夜の月も」

「プリーズ」

「英語禁止」

「お願いだから！」

頭をどかして、彼女を草の上に寝かせた。わたしのベッドに。オーデンみたいにな、あの詩人は男色家だけど。

「あんたってヘンなことするよね」

「ヘンになるのは全部きみのせいだ」

その時、入り江の向こう岸、カバーニャ要塞のほうから閃光が見えたかと思うと、すぐに轟音へと変わり、その音はマレコンを通ってこちら側のこちらの砦まで届いてきた。

「いまの聞いた？」

もちろん聞こえていた。

「あのすごい音」

「ぼくの心臓がドキドキしてるんだよ」

「違うわよ。九時の大砲だわ。もう九時よ」

「まだ早い」

「そんなことない、遅いわよ。すっごく遅いの、あたしにとってはね」

「アタッシュの取っ手を摑まなきゃいけない時間ってわけだ」

「遅いから家に帰らなくちゃ、母親より先に。じゃなきゃ殺されるわ」

「ただしかし……」

「ただしかし？」

「なんでもない、なんでもない。単に空白を埋める言葉だ」

「あんた口をつまんでられないのね」

「つぐんでられない、ってのが正しい」

「添削しようっての？」

「文法に関してだけさ。詮索したいのはきみの家、あっちのほうの、アルメンダレス川の岸辺にあるだろう」

「妙なことばっか言うのね」

「愛ゆえさ」

「あたしと会ったばかりなのに、どうして愛なんて言えるわけ？」

「愛とはそういうものだ。バッハのように盲目で、ベートーヴェンのように難聴で、ヴァン・ゴッホみたいに片耳なのさ」

「うぇっ。人多すぎ」

「説明するよ。バッハはアンナ・マグダレーナの夫だった、ベートーヴェンは甥っ子問題で頭がおかしくなったし、ヴァン・ゴッホはゴーギャンのせいで狂人になった」

「何言ってんだか！　色々出てきてわけわかんない。あんたの名前何だっけ？」

女性ときたら！　知り合って十分ほどで、もうわたしの名前を忘れているのだ。わたしは名前を告げた。

「長い名前。言っとくけど名前覚えるの得意じゃないの」

「だと思った」

「もっと短い呼び方ないの？」

「Gって呼んでいいよ、何人かの女の子はそう呼んでる。Gやんって呼んでる子もいるけど。選んでくれりゃそれに応えるよ」

「あんた何者？」

「映画評論家だ」

「何よそれ？」

「二十世紀的商売《トゥエンティース・センチュリー・ジョブ》さ」

「え、何、何？」

「なんでもない、なんでもない。ただのティトゥロ、つまり肩書き、でなければ著作名だよ。肩書きってほどのことですらない。どのみち公爵とか伯爵とかの爵位持《ティトゥロ》ちでもないんだから」

「一言もわかんないわ」

「まったくどうでもいいことさ。アルトゥーロ・デ・コルドバが言っていた通りだ。頼むからそれは誰って聞かないでね」

「俳優さんじゃない？」

「まだ遅くないよ。ほら」

「その時計、広告のやつでしょ？」

「どの広告？」

「南極だかのヒゲの人の。あれでしょ？」

「北極探検家だよ、ヒゲは剃らないけど時計はつける人だ」

「だから買ったの？」

「ぼくに永久凍土まみれのヒゲが生えてるみたいに見える？」

「どこにもヒゲ生えてないわ」

「青ヒゲだけの青二才さ」

「ほんと変な言葉遣い！」

「でもヒゲもじゃ《バルバ》って名前の奴は信用してない。バルバ・ヤコブだろうが別の奴だろうが」

「ねえ、あんたってどっか別の時代に生きてんの？」

「まさか？」

「別の時間とか」

「違うと思うよ。きみはそうなの？」

「違うわ」力を込めてそう言った。

「どうして違うって？」

「もしもっと前に生まれてたらもう死んで灰になってるはずだもの」

「カピート《パイプ》だな」

「何て言った？」

「カプット《おだぶつ》だな、って」

「何なのよもう」

「ぼくのことは多言語話者だと思ってくれ。色んな言語を喋る人ってことだけど」

「まったくもう」

彼女がわたしを見た。二人とも見つめ合った。

「もうほんとに遅いわ」

「思ってるより早い時間だよ。人がたくさん集まってる音聞こえない？」

「静かなのが聞こえるだけ」

「もっとよく聞いて。風が椰子の木の羽を揺らす音、二十三番通りの往来の音、マレコンの車の騒音が聞こえるから」

「それが全部聞こえてるの？」

「他の音も聞こえるよ。高台を取り囲む路面電車の音が聞こえる」

「高台ってどこの？」

「ここさ」

「路面電車ってどれのこと？　いまは路面電車なんてないのよ」

「でも思い出は残る。ちゃんと聞けば、線路の上の軋みや、上にあるトロリーのパチパチいう音が聞こえるよ」

「ダメ、冗談じゃなくて。もうほんとに遅いわ」

「愛の時刻としては遅くはない。神々にとっては早い時間だ」

「何の話してるの？」

「何もかもがいま始まるのに、帰るなんてなぜなんだい？」

「遅いもの。母が」

「例のご高齢の貴婦人か」

「高齢じゃないわ」

「じゃ貴婦人ではあるんだね」

「全然そんなんじゃないわ、でもあの人と激突したくないのよ」

「衝突したくない」

「それ。何だっていいわ。ほんとにヒトデなしなんだから」

「ヒトデとご縁がないのかい？」

「そんな言葉ないっけ？」

「あるけど、人でなし、だよ」

「じゃあそれよ。人でなし。それにあたしのほんとのお母さんじゃないもの」

彼女は初めてそう明かした。

「あたしあの人の継子なの」

「じゃあお母さんは白雪姫の継母ってことだな」

「そうよ。とっても、とっても意地悪なんだから。サイアクよ」

「悪妻《アクサイ》ってわけか」

「あの人が鏡の前に立つのは、質問をするためじゃない、一番この家《ベジャ・デ・ラ・カサ》で美しい女はこのわたし、って言うためなのよ」

「美しい家《ベジャ・カサ》さんって苗字の男性に会ったことあるよ」

「それで何?」

「なんでも。ただの閑話だ」

「ただの何?」

「閑話だよ、余白の中で話すことだ」

「言葉知りすぎてて呆れるわ」

「言葉尻も好きだしね、捕らえるのが得意だから。お母さんがどうだって言うんだい?」

「帰ってあの人と顔合わせたくないの。もう行かなきゃ」

もうほとんど立ち上がりかけていた。

「行かなきゃ。ほんとに」

立ち去ろうとした。

「今度はいつ会える?」

ある種の質問はボレロのように響く。それは別にまずい事態じゃない。深刻なのは、答えまでもがボレロのように響く時だ。

「わかんない」まだ救いのある答えだ。「明日とか?」いいぞいいぞ。「家まで送ってくれる?」

「家はどこ?」

マリアナオ。ラス・プラジータス。犬が走ってるところの裏手のほう。

彼女が言おうとしていたのはドッグレース場、犬の競争場のこと、ニセモノのウサギのあとを追いかけるグレーハウンドたちのことだった。

「ドッグレース場だね」

「それ」

「遠いな」

「すごく遠い。もしあんたが嫌だったら……」

「ぼくはきみと一緒にいたい」これで相手に呼びかける言葉を付け加えれば、もういっちょボレロの歌詞の出来上がりだ。

「じゃあもう行こ？」

「行こう」ブランリーが乗り移ったみたいにわたしはそう言った。

起き上がる前に櫛を取り出した。暗闇だとなかなか難しい。でも月の光があったのでは？　月を鏡にして櫛を使えるほど明るくはないんだよね。シャツの胸ポケットからＬＭの箱を取り出したが、もちろん彼女にも吸わないかと聞いておいた。

「吸わない」はっきりそう言った。

「そこでぼくが吸った」わたしは言った。もはや詩句を贈るにはもう遅い時間、でもキスを贈るにはまだ遅くない。彼女に身を寄せキスをした。けれどもわたしと彼女のあいだに割って入ったのがめがね、メガネ、そう眼鏡なのだった。わたしはそれを外した。そこからは、なんとも珍妙な見開き具合の彼女の目だけしか見えなくなった。

「こういうことをするのってどういうこと？」彼女は聞くともなくわたしに聞いた。

「蝉《シガラ》はひと夏のあいだしか生きない、葉巻《シガロ》となるともっと短い。語源学《エティモロヒーア》によるとね。昆虫学《エントモロヒーア》かな」

「言葉知りすぎてて呆れるってば。行こ？」

上のほうでは、ホテルの小道の椰子の木が、愛の行進の道を作る緑の旗みたいに振られていた。O通り正面の歩道では、木々の間から見える自動車のライトが、枝の形を浮かび上がらせたあと、光のトカゲみたいに壁を這い進んでいた。反対側には例のホテルが、巨大ながらも調和した優雅な姿を遠くに見せていた。ただ椰子の木だけがリアルだった。寓話の場合とは逆に、わたしがこのお話を話すのは、教訓を得ようとしてのことじゃない。ディドロがすでに、《これは物語ではない《ス・シ・ネ・パ・ザン・コント》》と言っていたのを思い出した。この小説は小説ではなく、ありうるかも知れないキョオクンはトオクに、トオクに消えていく。情け深くも夜は澄んであり、でももっと明澄なるこのわたしは、情け容赦なき挙に出た。彼女に向かって、出し抜けに言ったのだ。

「いつもブラしてないの？」

彼女の大きな目が、巨大と化すほどに開かれた。それもただ、質問に驚いただけのことだった。

「どうしてわかったの？」

そう聞き返す代わりに、罵り立ち去るのが妥当だった。でも彼女がしたのは、明白きわまりない事実について、わたしがどうやって知ったのかと聞くことだけだった。まだ一緒にいてくれて、平手打ちを喰らうこともなく、ただこの質問だけするってことは、婉曲語法の仮面（デカルトみたいに、仮面《ラルウァート》をかぶって、仮面《ラルウァート》をかぶって）なしに突き進んでもいいのだという証拠だった。情け容赦のなさにも屈託のなさで返す、それこそ誰あろう彼女だったのだ。いま我は進まん《プロデオ》。

「わかるのさ」わたしは言った。

「そんなにわかりやすい？」

「ときどきね」

愛の歴史とはすなわち、たった二、三人のお洒落な女の子の人生録のことだ。当時、周囲から敬意を集めていた女性たち、あるいは敬意を払われて然るべき女性たちのうちで、ブラジャーの着用をやめたなんて人は誰もいなかった。あの時代わたしが知り合った女性たちの中で、ただ一人エステラだけが、それとわかるほどに、シャツの下で乳房を剥き出しにしていたのだ。彼女に出会った時、まだ彼女のことを知らない時に、本当に驚いたことはこれだった。すぐに見抜けた。熟練の我が目はこうした眼力を備えている、わたしが興味あるのは、見事なる物事よりも、見ものなる物事のほうなのだ。

小綺麗に照明の整った通りをふたたび歩き出したが、交差する通りは暗い道ばかりだった。彼女が隣を歩いていた。名はエステラ・モリス。彼女こそは愛、わたしはそう信じていた。そしてわたしはこの新たなる永遠の経験のお相手《オプヘト・デ・ラ・エスペリエンシア》／実験対象なのだった。O通りと二十三番通りとの角までくると、そこはイギリス車の展示会場になっていた。オースチン・ヒーレー、MG（忘れ難いイニシャルだ）、その他色々。二十三番通りを進み、アラスカ・ビルディングの前を通っていったが、その通りを渡った向かいには、クライスラーとキャデラックのショールームがあった。海岸に打ち上げられた鯨のようなラジオセントロの建物の脇を通っていった。そこの角には、毎晩のようにザ・キューバン・アーティストという男がいた、といっても単に、音楽を演奏している（本人はそう信じている）みじめな賑やかし屋で、ぼろぼろの櫛にティッシュの切れ端をかぶせたものやチャルメラの類を楽器として使っていたが、このチャルメラときたらぎりぎり五音の音階《ペンタトニック・スケール》が吹けるやつで、絶えず軋むような音を立てていた、そしてそれにも構わずこのミュージシャン（何かしらの形容をしなければ仕方あるまい）は、ブカブカ鳴る変な形をした小ラッパの音の合間に、《ザ・キューバン・アーティストにご協力願います！》と繰り返していた。

二十三番通りの信号で道を渡って、三十二系統のグアグアを待った。そのバスが、その時わたしが運命の場所と信じていた目的地に連れて行ってくれるはずだった。グアグアは新車のGMのバスで、遅れずに着き、今度こそ乗ることができた。バスに乗っているあいだずっと、彼女の横顔を見つめてばかりだった、たまに彼女の物憂い視線に出くわす時もあったが。手を握ったが止められはしなかった。家は本当に遠かったが、旅自体は大満足なものだった。もう夜遅かったから、前もって何か食べておくべきだった。けれども愛に——本当に愛だったのか？——空腹はない。これぽっちも腹が減ってはいなかった。最終的にグアグアは、サンタ・フェ・トレイルの入り口のところにわたしたちを残して去っていった。

放電灯の光が、ドッグレース場から聞こえてくる無数の叫び声を飾る光輪のように見えた。彼女の家はその横にあった。他の家も密集していた。むしろバンガローと言ったほうが正しい、あるいはブランリーならもっとガンバローよって言っただろう、わたしはそれを繰り返すのみ、友達が言うことを繰り返す病なのだ。夜と同じくいたいけな彼女、エステラ、エステリータ《エステラちゃん》がドアを開けると、彼女よりも先に月の明かりが入っていった。彼女は居間の明かりを点けた。入って座ってて、すぐに戻ってくるからと言われた。腰を下ろすと正面のところ、ローテーブルの上に、ど真ん中に飾られた人物写真があった。どうやらパイロットのようだった、襟のところに翼の形をしたものを着けてたからだ。彼女が居間に戻ってくると、急に腹が減ってきた。わたしは立ち上がった。

「すぐに戻る」

「どこ行くの？」

「すぐ来るから」

外に出た。自分が卑屈に思え、それでいて妙に高ぶった気持ちだった。ぼくはバカじゃない、でもアホみたいに恋をしている。彼女がぼくをロバに変えてしまったんだ。変身はそれは見事なものだった。愛とはジキルの薬なんだ、ジャコー。サンタ・フェ通りを渡り、向こうの一角にある「ピッキング・チキン」へ向かって真新しい歩道を歩いていると、わたしは自信と強さを感じ始め、夜とともに湧き上がってくる勇気に満たされてきた。かかってきやがれ！　そのブサイクな顔をかち割ってやるぜ！　幸いなことに、誰もかかってはこず、どの車も激突してはこなかったし、夜風に回る風車が巨人へと姿を変えることもなかった。「ピッキング・チキン」に着くと、一個ずつ紙箱に入ったフライドチキンを二つ買った。帰り道は足裏の膨らみに体重をかけながら歩いた。まるでアスリートの歩き方だ。気分が良かった。良すぎたかもしれない。戻ってみるとドアは閉まっていた。最初はやさしく、そのあとはがっつりと呼び鈴を鳴らした。中から声がした。

「誰？」

彼女だった。

「ぼくだよ」この時もそうだったが、名前を言って誰だか明かす時はいつも、不安な気持ちを覚えてしまう。

「ああ」

かんぬきの音がし、それから錠前、掛け金ときて、やっとドアの隙間から、その隙間いっぱいに彼女の顔が現れた。ようやくドアが開いたのだ。いま彼女は透けたネグリジェを着ていた、ベビードールとも呼ばれる代物だが、その名前がついたのはキャロル・ベイカーが出ていた同名の映画のせいだった。もっとも彼女はベイカーと全然似てなかったけど。

「何だったの?」

「ほら、チキンを買ってきた」

「帰ったんだと思った」

「ちゃんと来たでしょ」

「まあ、入って」

「お母さんは?」

「まだいないわ、でもご近所さんのほうが気になっちゃう」

中に入って、パイロットの写真の向かいに座った。

「これは誰?」

「わたしの婚約者《ノビオ》」

「カッコいいなあ」わたしはそう言った。写真なんかに怖気づくもんか。

「いい感じのクソ野郎よ」語気を強めてそう彼女が言った。

「ああそう?」

「母の恋人《ノビオ》なんだけど、わたしとくっつけようとしてくるの。上等の結婚相手ってやつよ」

「ほんと?」

「母親の婚約者ってわけでもないのに、わたしの婚約者ってことになってるのよ」

「カッコいいなあ」それが口から出た言葉だった。

「そんでもって、なんと、パイロットなのよ。クバーナ航空の」

「ほんと？」

「お兄さんもパイロット」

「遺伝なんだろうね」

彼女は自分の人生について語ってくれる代わりに、私設博物館にも等しい家族写真のアルバムなるものを手渡してくれた。最初は結婚式という名のショーの写真が並んだギャラリーから巡回し始め、最後は一座総出のパーティーの締めくくりが出口となった。

「これがきみのお母さん？」

「そうとも違うとも言える」

「なんでそんな言い方なの？」

「お母さんだけどお母さんじゃないのよ。言ったはずよ」

ミスは忘れろ、ヒスの元。もちろんそんなことは言わずに、ゆっくりと食べすすみながら、見えちゃってるフトモモを素早くチラ見してたんだが。

居間には中央にものすごい鏡があり、見た目は装飾的で――ヴィクトリア朝様式、エドワード朝様式、はたまたモダニズム?——金色の枠に嵌っていた。わたしはこの姿見に（と言っても自分の姿を見たわけじゃないが）たまげてしまった、だって家の鏡ってやつは、バスルームとか居室とかにあって、戸棚の内側に隠れてるものだったからだ。マイルームだけのマイルールってわけじゃないよな?

「この家の嫁入り道具なの」エステリータが言った。「この忠実な下僕であるあたしもそうだけどね」

「さて、これからどうする?」

「これからあんたは帰るのよ、母が帰ってくるから」

「今度また会えるのはいつ?」

「明日よ、ここのビーチで、三時に」

「わかった」

わたしは帰ろうとした。

彼女がわたしにキスした。フライドチキンよりもシナモンの香りのほうが勝っていた。

脇の芝生では、機械式のスプリンクラーが雨を真似ようとして回転していた。草のほうは飼いならされてしまっていて、偽の雨が空から降ってきていると信じて疑っていないようだった。また別の場所では、水がさあさあ降る音の下か上かを通って、何かゆったりとしたメロディーのピアノが鳴っており、ピカピカ光る赤と白の看板は、「キブ」と川の名前のついた住宅を指し示していた。しるしが夜闇に勝るなんて思えたためしはない。このしるしに拠りて《イン・ホク・シグノ》。

「循環する夜」とは言えなかったが、吹き出す水は確かに循環式だった。エステラの園の夜。控えめなエデン、わずかに残された夜。

何か看板でも立てとくべきだったけど、そこにはただの一つも、お約束の《**芝生に入るべからず**》って訓示すらなかった。何も見えなかった。この島の夜はあらゆる公園を見えなくするだけじゃなく、その注意書きまでもが見えなくなってしまう。

街道に出ると、思ったよりも遅い時間だった。もうバスは走っておらず、タクシーの姿も見えなかった。いま来るのはグアグアぐらいで、一時間に一本、孤独な霊魂のように走っていた。一台やってきたが、ドアが開くのを待つ必要はなかった、この時間にはドアは常に全開だったからだ。乗り込むと、こんな時間なのに、ハバナっ子らしい自信満々の態度で運転手が言った。

「厄介ごとがあったみたいだな、兄ちゃんよ」

そう言われて、《まあそうかもな》と答えるべきだった、わたしは感謝していたのだ、なぜならこのタイプの人は夜明け頃によくいるが、彼は誰がやっつけて誰がやられたのだとは一言も言わなかったからだ。しかし彼が口にしたのは、夜明けよりも忘れがたい言葉だった。

「剣を納めな、兄ちゃん、夜露で錆びちまうぜ」

彼が黒人であることに気づいたのはその時だった。間違いない、先にオセーロよな、彼もまたもう一人のオセローだったのだ。

この日をつかめ——というか、この夜を。いや、日だ。丸一日だ。記念に白チョークで印をつけておけ。ホテルの白岩を削ったらどうだろう？　丸印をつけろ。目を描いとく？　それもつけとけ。その日を刻め、その日をつかめ、その乳房をつかんでやれ。そのペチャパイを、と言うべきか。刻め、頼むから、ぼんやりするな。その日を刻め。一九五七年六月十六日のことだった。その日だっけ？　いや勘違いしてる。絶対十六日なはずはない。でも六月で、一九五七年だった。多分十六日じゃなかったけど。おそらくその日ではないと自信を持って言える。でも、信じてほしい、六月で一九五七年だった。まあ、できれば十六は脇においておこう。赤丸印をつけなくては。日付はほっとけ、ほっとけってば、どうだっていいんだから、本当の日付じゃなくて嘘の日付になるはずさ。誰が本当の日付

を求める？　だからさ、ほっとけよ。もうそのことを蒸し返さない方がいいと思うけどね。チョーク
をつかめ、その日はほっとけ。

わかってたとも、グアグアなんか乗るべきじゃなかったんだ、でもじゃあどうしろってんだ？　ラス・プラジータスなんかまでタクシーで来てたら、いわゆる目玉どころかタマの一つまでもが飛び出し、もう片方だって無事ではすまなかっただろう。バスの中では作曲家のルスグアルド・マルティとその妻マリーナが前のドアから降りようとしていて、わたしも近づかないわけにはいかなかった。一緒にいる二人の子供は間違いなく彼らの子だった。その不器量さを見れば、醜き一家が大集合してることは誰にでもわかった。マルティの頭は脳水腫のようで、横から見るとドビュッシーの頭に似ているることが救いだった。だから作曲家になりたがるのかもしれない。ルスグアルドは背が低いから、高飛車でしっ高ぶりな音楽とその高音域を必死で追っているのだ。彼はベダード・テニスやハバナ・ヨット・クラブの子供たち（大きな子供たちのことだ）の口調を真似ていたが、それはかつて実際に上流階級だったのにいまでは落ちぶれた人たちの、ゴミクズ《グァグァ》の中に黄金を漁るかのような話し方だった。連中は例えばドクターのことはドッターと二重子音を使い、バカげてるの代わりにバアげてると言い、目を閉じていればその姿はサン・イシドロやパウラのロバみたいに見えるのに、話し方はまったくのベダード風あるいはミラマル風なのだった。金持ちの、もはやお構いは無しのスノッブたち、でも不思議なことに、彼らの誰一人としてオカマは居無し。わたしは挨拶するほかなかった。見つかってしまったのだ。

「あらおたく」――金持ち一家がよくやるような言い方で細君のほうが言った。「こんな時間なのに、こんなところで何してるの？」

「やあマリーナ。ぼくのためにビーチ利用時間の予約でもしてくれてたってわけですか？」

本人に似てお堅い音楽を作る桂冠作曲家、ルスグアルドが割り込んできた。

「マリーナが言ってるのは……」すると彼女が割り込んだ。

「ルス、思ってることは自分で言うわ」

明らかに照らされる側だった光《ルス》さんのほうは（こんな屋号のヤローなんて聞いたこともなかった）、わたしに近づいてこう言った。

「ここで何してる？　ビーチに来るような柄じゃないだろ」

「びちょびちょの美女を見にきましてね」

ルスグアルドは、わたくしヴァン・ゴッホの耳に、いかにもマルティらしい口ヒゲを添えた巨大な頭をもっと近づけて囁いた。

「クソ野郎め」

真面目な音楽を作曲する奴っていうのはこんな感じで、全然誠実じゃない。二人はそのまま、ご子息たちを引きずりながらビーチへと歩んでいった。鏡よ教えて、本当のことを、この世で一番醜いのは彼？

新設された道路は、古くからある「サンタ・フェ・トレイル」へと続いていた。かつて弟と一緒に、何度もその「サンタ・フェ・トレイル」を途上ずっと歌いながら通ったのは、その先にあるアルカサルやマジェスティック、ベルドゥンといった映画館に行くためだった。その新しい道路は、愛の幾何学へと続く黄金の道みたいだった……。わたしは車も気にせず道路の真ん中を歩いた、単純に何も走っていなかったからだ、若すぎるその街道は、最近封切られたばかり、あるいはまだ公開されていないかのようだった。若すぎるエステリータが、最近お披露目されたか、あるいはまだデビューしてない女性のようだったのに似ている。エステリータに似ている。

そこらの一帯というか、宅地というか、外れの地区は新しすぎて、どこにも木がなく、庭師が未来のため、この先二十年後のために植えたのだといわんばかりの、やせ細った低木の茂みがちらほらあるばかり。今日は植え込み、明日は並木道。

わたしは道を渡り、愛を探しに、愛しい人を探しに向かい、もうビーチは目の前だ、我が海の星《ステラ》・聖母《マリス》よ。

海に目をやる、まるで初めて見ているみたいだった。いにしえの海、現代の海。そのあと現れた彼女の姿は、初め耐え難いほど現代的に思え、つぎに海そのものと同じくらい古く見えた。彼女こそが、この本を生んだ女性、というか女の子だった。だが波間から現れるヴィーナスとは違っていた、その時の海は浅瀬だったし、彼女は彼女で幕の後ろから登場するみたいに、海《マール》と言うよりは大理石《マールモル》と言うべき建物の大きな門から出てきたからだ。海が笑っていた、とゴーリキーは書いた。マヌケめ。

彼女は微笑み海から出てきたのか、それとも、彼女は微笑む海から出てきたのか？

誓ってもいい、彼女はブリジット・バルドーみたいだった。だが考えてみてほしい、その年には現代的な女の子たちはみんなブリジット・バルドーみたいだったのだ。彼女はブリジット・バルドーを模倣したミレーヌ・ドモンジョと、誰にも似ているとは思われたくないと思っていたらしきフランソワーズ・アルヌールの合いの子だった。アルヌールの頭と目は黒くて、エステリータは髪に瞳に肌の色味と、すべて蜂蜜色だったたが。

彼女の手、ピンク色のお手々は、綺麗に洗われていた。そういう清潔な手をしている女の子がわたしの好みだ。だが彼女はよく爪をかじっていた。かつて『リーダーズ・ダイジェスト選集』で読んだのは、爪をかじる女性は不運で不幸せということだった。もうしばらく『選集』は読んでいなかったものの、彼女の手を見るのはやめにした。腕はどうだろう？　短く丸っこかったが、雪のように白いとは言えず、むしろ日焼けして黄金色。腕はひじのところまで金色の産毛に覆われていた。両腕、両ひじにも。この産毛は桃の肌と呼ばれるものだが、キューバに桃は存在していなかった。蜜の肌と言うほうが適当だろう。とにかく、蜜色だった。目にも蜜。砂糖から最後に蒸留されるのは、顔の蜜《ミエル・デ・カラ》。ヴァージン蜂蜜。でも豚に真珠、ロバに蜂蜜とも言うんだったな。ともかくも彼女は聖母《ヴァージン》だった。

まあ、脚は綺麗じゃなかった。短く、ひざまでむっちりとしていて、くるぶしのくびれもほぼなかった。やはり短い太もものほうは悪くなかったけど、シド・チャリシーみたいとは言えなかった。だが彼女こそは真のエステラ、月下美人の如く匂い立ち、海のように熱く、近く、揺れ動いている。おお、ステラ・マリスよ！

「あたしのことなんだって？　マタ・ハリス？」

「ああ、違うよ、ステラ・マリスさ、海の星って意味」

「名前で呼んでくれるほうがいい」

「そうしよう」

「《海の星》だって。あのねえ、あたし泳ぎもできないんだから！」

ボレロの歌にこうある、愛することは女神に出会うこと。愛することは男を女に縛りつける、名前のない何か。つまりは、彼女を通して神聖さを高めること。愛することは宿命、愛とは神聖なもの。いや増す熱、新たな青春、ふたたびの崇拝。

またもやパニックが、苦悶が湧き上がってきた。胃のあるべき場所には空白が、しつこくつきまとう深淵があった。間違いない、わたしは恋に落ちていた、彼女を愛していて、愛は月《ルナ》の姿がよりよく見える、しかしそれ自体は見ることのできない衛星《ルナ》のようだった。神様、つまりはこれが愛だったのだろうか？

わたしは彼女にキスした。

「どうしてこんなことしたの？」

「きみを愛しているからだ。わかるだろ、愛はたとえユーガンで見えても、実際はユーカンなものなんだ」

ビンタされるな、と思ったら、された。プシッ！　パシッではないそんな音がした。

「どうしてこんなことしたの？」

「そうなりたくないのに、あんたのこと好きみたいだからよ」

彼女はわたしに近づき、信じるかどうかはお任せするが、わたしにキスした。わたしは身を離した。

「じゃあ、どうしてキスする？」

「したいからよ」

彼女は微笑んだ。

「したくてしたくない。それが問題だ」そうしてわたしが初めてタイミングよく黙ったおかげで、その沈黙のご褒美とでもいうかのように、彼女はもう一度キスした。彼女も沈黙したままだった。ただキスの音だけが聞こえた。

「怖がりだな」わたしはそう囁いた。

「怖がり？　あたしが？　ハ！　これ笑うところ？」

「きみは怖がりだ」

だが彼女は笑わなかった。

「言っとくけどね」と彼女。「昨日あんたの人生を救ったのはあたしなのよ」

「ああ、そう？」

「ああ、違う。いい、よく聞いて」この言い回しは彼女のお気に入りで、彼女が見事なまでに体現しているキューバ精神からくるものだ。「あたし未成年なのよ」

もし、彼女の話し方がジョーゼツになったぞ、と思われたなら、それはいま読まれているのがショーセツという、キョーレツな言葉づかいをする代物だからだ。彼女はいつもの口調をやめて、すでにして答えであるような質問をわたしに喰らわせた。

「さあ、怖がってんのはどっち？」

頭のてっぺんからつま先まで見下す、まさにそんな感じで、彼女はわたしのつま先から頭のてっぺんまで目をやった。

「あんたってバカなのかしら。それともバカのふりしてんのかしら、そのほうがタチ悪いけど。あたしが十六にもならないって気づかなかったの?」

神様。女性の合意が認められるのはぎりぎり十六歳からだ。彼女は未成年で、たったいままでそのことを言ってくれなかった。十六にもなっていないだって! ビックラ、真っ暗。お近くの刑務所にてしめて一年八カ月と二十一日。なんで気づかなかったんだろう? なんでもっと前に言ってくれなかった? なんでいまそのことを言い出して、こんなに落ち着き払ってる? 真っ暗、ビックラ。

「びくびくしないの」相変わらず仰々しい声で彼女は言った、「誰も気づきゃしないわ」

「本当の話か? どうしよう?」

「何もしなくていいでしょ、何もしてないんだから」

「こんなに大人っぽいのに……」

「警察にとっては大人じゃないわ」

セックス警察っているんだろうか?

「警察?」

「裁判官とかでもいいけど。あんたは刑務所行き、でもあたしは更生施設行き、そのあとアルデコアで過ごすの、あたしが十六になるまで、ね」まるで結婚式で《死が二人を分かつまで》と言ってるかのような口ぶりだったが、実際はもちろん違っていた、これは身分の差を超えた結婚でもなかったし、わたしはといえばまだ彼女に何の贈り物もしていなければ、何の段取りも踏んでいなかったのだから。

「どうしてアルデコアに？」

「犯罪を犯した女用の刑務所なのよ、非行少女たちの」

「なんでそんなことにそんな詳しいの？」

「父親が裁判官なの」

「裁判官だって？」

「だった。今年死んだわ。だから仕事探してたの。まだ探し中。なんか知らない？」

「理論的には知らない、でも実際的には多分知ってる」

「どういうこと？　なんでそんなヘンな喋り方なの？　まずいまからする質問に答えて。あんたは結婚してるわよね」ここでは最後の文に疑問符を付さないでおこう、どういうわけか、これは実際には質問じゃなかったからだ。

「結婚してる、失敗した結婚だけど」

「母さんの言う通りね」

ここで置かれた休符のうちに、彼女のファルセットが聞こえた。

「あたし母親に予言されたんだ、色黒で、背が低くて、タバコ吸ってて結婚してる男に恋するって。ちなみにあんたタバコって吸う？」

「いや、小葉巻《シガリロ》だけだ」

「葉巻《シガロ》よね」

「うん、まあシガロだね、シガリロだけど」

「ならまだいっか。母親が予言者だなんてやだしね。さあ、あたしたちどうするの？」

「どうするってどういうことだい？　まさにいましてることをするのさ、だろ？　過去はどうとでもなる。一緒に、二人共に、死と忘却が訪れるまで、どっちか早い方が訪れるまで、愛を誓い合えますように」

愛というのはまるで、いつか取り上げられてしまうもの、実は一度もそこにはなかったものを与えられることに似ている。

「きみのこと話してよ」

「うーん」

「何もかも知りたいんだ」

「うーん」

「きみのことをさ」

「うーん」

「どういう意味なの？」

「何が？」

「その、うーん、が」

「ああ、そのこと」

「そう、そのこと」

「うーんはうーんよ。だしぃ、自分のことを話したくないってことよ。それでいい？」

「だしぃとは言わない、それもそうだし、とかって言うんだよ」

「それもそうだし？」

「ただ考えてみりゃ、きみのだしぃのほうがぼくのそれもそうだしより素敵だな、海へと英語で呼びかけるみたいじゃないか、アァ、シー！　ってさ」

「意味わかんない。全っ然わかんないわ。あんたが思いつくのっていつも、ものすごく不思議なことや、ものすごく変わった言葉」

「まさに見習い修行だな」

「修行って何の？」

「詩行のさ。きみが喋ってるのは脚韻だ」

「それって何か悪いんだ？」

「また脚韻を踏んでるよ。散文で話す時は韻を踏むべからず」

「あたし散文で話してんの？」

「生まれてからずっとそうしてきた」

「誰がそんなこと言ってるの？」

「モリエール」

「さっぱりだわ。そんな人さっぱり聞いたこともない。誰なの？」

「ぼくの友人の劇作家だ」

「あんたも友達も変人ね」

光の効果で、いま彼女の顔には目も眩むような光輪が生じていた。

黄金の少女、『ゴールデンガール』こそは、西洋の神話だ。ヘレナ（といってもリンゴのほう）、イソルダ、ティツィアーノのヴィーナスが、マリリン・モンローとともに回帰する、《宿命の原子が急迫する金色のアフロディーテを繰り返す》、かのアルゼンチン人はそう書いた、そしてこのわたし、ここで彼女の目の前にいるわたしにも、そんな金髪の少女が、わたしにとっての黄金の金髪娘がいたのだ。罵詈雑言さえもがなお黄金。

翌日、彼女は『貼り紙』誌社に電話してわたしにつながせた。ワングエメルが喋っていたからほとんど聞こえなかった。ワングエメルは編集長で、人々が大声で、というよりは最高出力で話す人々の国キューバにあって、一番大きな声で話す人間の一人だった。その時のワングエメルは最高潮の時期で、ステントルと競うほどの大声だった。かろうじてわかったのは、その夜エステラがわたしに会いたがってるということだった、十時ごろ、キブで彼女を待つこと、キブとは川べりにあるナイトクラブで、彼女の家のすぐそばにあった。わたしは答えた、わかった、行くよ、十時だね。電話を切ったあと黙っていると、その隙をついてワングエメルが我が名前を叫んだ。なんでかって？　その朝まだ顔を合わせてなかったから、挨拶したってわけだ。まったく人づきあいってやつは。

ワングエメルは退屈にして愉快なる男だった。わたしは彼に対して情愛を抱くようになったけれど、性格面にはいくつかたまらなく嫌なところもあった。その一つが臆病さで、何をしてでも自分の地位にかじりつこうと躍起になっていた。その怖れは内に秘められ、他人に感染することはなかったが。その上彼は現状維持マニアだった。わたしの周囲ではすべてが不動でありますように、わたしたちの雑誌が変質することなどありませんように、この地位が永遠に続きますように。保守的なのが度を過ぎて、座っている椅子までもが回転椅子なんかではなく、床に打ちつけられたかのごとくどっしりとした脚のものだった。

けれども、彼がわたしに抱いていた愛情まじりの敬意には、心を打たれるところがあった。それにわたしは、彼が新聞を読んでいるところ、それも他でもない、例えば『ニューヨーク・タイムス』なんかを読んでいるところを見るのが好きだった。まるでその外国の新聞が、『貼り紙』にとってだけでなく、満点パパをつとめあげている彼の家族にとっても見逃せないニュースを届けてくれるとでも言いたげだった。もう一つのこだわりが、自分が読んでるものに注意を向けてもらうためにわたしの名前を叫ぶことで、開戦を告げる「なあおい！」の声を、押しつけでなく鷹揚に発しては、わたしにも見せてくるのだった。たいていの場合は愚にもつかない代物だったけれど、ただ轟くようなその声は、まるですぐ近くで鳴る警鐘みたいに響いていた。

キブ川のほとりにあるキブ庭園の奥にはガジュマルの木があったが、その姿はまるで死に場所を見つけられずに、立ったまま死んだ象みたいだった。川沿いには生け垣のような竹の柵があった。言わば野生のままの庭園だ。屋内からのピアノの音が外で交じり合うコオロギとカエルの合唱団は、自然のみわざにより、声を合わせて歌いつつ、ときに秘密の模倣的諧調《オノマトペ》を奏でていた。

「キブ」と言う名のバーは、小川と呼ぶべきキブ川にかかる小さな橋を、半ば占領するように建っていた。小川のほとりから橋が伸びる。ビルトモア地区からすら外れたこの区域のミエだ。見るからにみすぼらしかった。でもその夜は、橋も向こう岸も霧のせいで見えなかった、小川と竹やぶから発生するこの区域の霧は濃霧となるのだ。その橋を渡るといっても、川越えってほどのことじゃなかった。

彼女には向こう側で待つよと告げてあった。恋をすることは急病にかかってしまうこと、回復期すらその一部であるような病にかかることだ。この、テラスとは言いがたいささやかな橋の見た目そのものが、病の一部なのであり、その一部のさらに一角をバーが占めているのだった。

隅のほうにピアノがあった。この街のあらゆる片隅にはどこにだってピアノがある。ちょうど百年前にゴットシャルクがキューバに来た時、五十台もの（！）ピアノが勢揃いし、ときにユニゾンを奏でる集団コンサートを開催できたのも、故なきことではないのだ。五十台のピアノと五十人のピアニスト。一人ひとりにピアノがあった。いまこの場にいるピアニストは、独奏というより孤独奏を奏でていた。ピアノのそばに近寄ってみると、慎ましく張り出した部分に、ほとんど目に入らない貼り紙がしてあった。《パキートのピアノ演奏》、その下には《パキート・エチャバリーア　リクエストにお応えします》とあった。

「このソンはなんて曲です？」

「ボレロだよ」

「曲名は？」

「《ピアノ》。ピアノが主人公のボレロなんだ。歌詞はこうだ」

ピアノよ、ぼくの悲しみに寄り添ってくれるのか歌ならぬ鼻歌は続き、ピアノのコードより短いコーダで終わった。

「《裏切り《パーフィディア》》は知ってます?」

「もちろん」

「弾いてもらえますか?」

「もちろん」

彼は歌い出した。《なあ／神様と話すことがあるなら／尋ねておくれよ／僕が君を深く愛さなかったことなどあったかと》

たぶんこんな風にして、わたしはその時居合わせたこのピアニストに、《裏切り》を弾いてくれと言い始めたのだろう。作曲者の名前は知らないが、その傑作は世界中至るところの人々が記憶の引き出しに保管し、時には楽器で弾き出したりもしているものだ。オーストラリアのアデレードにいたピアニストもこれを憶えてたし、ロンドンではハロッズの白いピアノの前に座って弾いていたピアニストもいれば、別の店ベイカーズで弾いていた別のピアニストもいた、ハリウッドはシャトー・マーモント・ホテルのロビーのピアニスト、そしてさらに別の、何人ものピアニストが世界中で、あのムードあるメロディを弾いているのだ。この曲は『情熱の航路』におけるベティ・デイヴィスとポール・ヘンリードのためのメロディであり、『カサブランカ』でイルザとリックが踊る時の音楽であり、『仮面の男』で、仮面の男こと冷酷なディミトリオスの愛人であるホープ・エマーソンが、不思議な魅力の美貌によって牛耳っているブカレストのキャバレーで、大音量のシンバルとともに演奏されるものでもある。その曲が持つボレロの雰囲気は、ゆったりしたサンバにも聞こえ、パリのホワイトワルツや、プチ・ブルガイヤがるブルガリアのメロディをも思わせたかと思えば、今度は東欧の民族音楽へと変わっていく。しかしその愛のメロディは、本物の愛のご登場によって中断されることになった。

バーで待ってるよと伝えてあったが、すぐに彼女は見つかった、川に面したテラス風に外に開けた壁のそばにいて、その開口部と背後の川が額縁のように見えていた。背後の霧、後ろの夜。すると、シクラメンの匂いが海の波のようにわたしの鼻に届き、彼女はいま初めて会った時のように、記憶の泡のなかをこちらに近づいてきた。しかしわたしはすぐに、妙なことに気づいた。わたしの手のひらよりもさらに乾燥しきっていた夜だったのに、彼女ときたらレインコートを羽織っていたのだ。まあ確かにそこのバーの外の壁には、いままさに海から出てきたばかりのように思わせるためニスを塗られた、剝製にされたイルカがいたのではあるけども。

一匹の鳩が彼女の頭上を飛んでいき、その白の動きが、川面と川にかかる橋を照らすナイトクラブのサーチライトに浮かび上がった。飼われている鳥なのか川辺にいる鳥なのか、その鳩は夜の中に消え、独りぼっちになった光は動き続けつつ、庭園のバラを一瞬のあいだ照らし出した。

どこからかスイカズラ（スペイン語ではマドレセルバ、「母」と「密林」という興味深い名前だ）

の香りがしてきて、庭園が一つの楽園みたいに思えた。そのうえもう一人のアダムと、新たなイヴも揃っているときた。

「この園はきみのもの、気に入ったかい？」

「あたしのもの？」

「引用だよ、言引きってやつさ。夜の言引き、愛の逢い引き」

遠くから絶え間なく物音が聞こえ、それがときに人間のわめき声に変わった。裏手にはドッグレース場があったから、その声はつまり贔屓の犬が勝ったことを告げるものだった。

「グレーハウンドは必ず心臓病で死ぬって知ってる？」

「全っ然知らない」

「走りすぎが原因さ」

「へぇ」

「犬は好きじゃないんだね」これは質問ではなかった。

「好きじゃないってのは違うわ。大嫌いだから」

「ぼくは犬を飼ってるよ」

「そんなことじゃないかと思った」

「だけどいいかい、負けてばかりのグレーハウンドは、最後のレースのあとで殺されちまうんだ」

「その子たちの運命ね」

「けど悲惨な運命だ」

「それでも運命には変わりないわ」

わたしたちは黙ったまま、サンタ・フェ・トレイルの脇、ビルトモアのど真ん中にある彼女の家まで歩き続けた。

「ここよ」

長屋ってわけじゃないが、一軒家とも言えない家だった。

彼女はポケットから鍵を取り出してドアを開け、入るなり居間の電気を点けた。背後には、物音もなく、いまなお月に、危うい月の光に照らし出された街路が広がっていた。《幽霊のような月の光によって、時折見えるあの暈輪《かさ》》。わたしが見たのは闇のほうだった、椰子の木の向こうに広がる、点々が散らばった、漆黒と言えるほど暗い空の闇だった。何かを言わなきゃならなかった。

「高き星々を動かす月よ」

「星占いを信じてるの？」

わたしは星占いに天文学と同等の信用を置いていた。他には手相占いも、茶葉占いも、サンテリーアや貝を放り投げて未来を変える占いも、カルベル博士の運勢予報も、フロイト博士の夢判断も、ペレス・フエンテス博士の万能塗り薬も、コウリー先生の胆汁排出療法も、煉獄のごとき効き目のベラコラテ胃腸薬も、ドクター・ロスのライフピル胃腸薬にも信用を置いていた、いっぽうエバノル鎮痛剤やリディア・E・ピンカムの生薬配合剤《ヴェジタブル・コンパウンド》は信用できなかった、というのも女性用の薬だったからだ。精神のウエスタン・ユニオンとも呼ぶべきオカルトの技法、人呼んでテレパシーも信じていた。魂の輪廻もたぶん信じていたと思うし、精霊も（聖霊であれ悪霊であれ）信じていた、そして何より、あの狂った哲学者の永劫回帰も信じていた。この一覧表を朗々と読み上げてやったが、エステリータの答えはあたしは何も信じない、というものだった。何にも。中国の図版占《チャラーダ・チーナ》いさえも。ああ、現代の女の子たちときたら。

　彼女はまだわたしを見つめていた。

「幽霊を信じる？」

「信じてないけど」茶化した調子で答えた。「怖れてはいる。茶化せる時は茶化すようにしてる。きみは信じてるの？」

「あたしも信じてない。でも前に住んでたニカノール・デル・カンポの家では幽霊が出てたわ。少なくとも一体は。あたしは見たことないけど。色々変な音はしてた」

「なんでわかるの？」

「軋む扉、鎖の音、鳴りやまぬ風」

「そういうお話は山ほどあるさ、目に見えない鎖とか、軋む扉とか、唸る風とか。それこそ唸るほどある」

「できるんなら幽霊を信じたい」

「どうして幽霊を？」

「何かを信じるためよ。あたし何も、何一つ信じてないもの」

「ヒゲもじゃヤコブの詩句みたいだな」

「ヒゲの誰？」

「ある詩人のことさ、髭は生やしてなかったけど、ヤコブの梯子を登って死後の名声という天国に登ることを望んでいた」

「ああもう。わっかんないわ」

今度はぼくをじっと見据えた。

「あたしのこと愛してる？」

「その質問、ゾクゾクするね。もちろん愛してる」

「あたしは誓うわ。あなたは誓える？」

わたしは振り返って言った。

「夜の月にかけて」

「月に誓うのやめて」

「それもそうだな」わたしは言った。「月に誓うことなんかない、もっと長続きするものに誓わなくちゃ。じゃあ、遠くにいるぼくの母にかけて」

「生きてるの？」

「遠くにね、ぼくの故郷、オリエンテ州だ」

「母がもっと遠くに住んでたらよかった。死んでるべきだった。あいつ大嫌い。誰よりも大嫌いだわ」

わたしを眺め回した。リアクションを見たかったのだろうか？

「いま何時？」

「まだ早い」

「見せて」

わたしの腕を取り、彼女の肌がわたしの肌に触れた時、夜にも熱帯にも増して濃密な熱を感じた。その時わたしは、愛とはただ単に、ぎこちない時代、どうにもしっくりこず住みにくい時代の中で、ちょうどぴったりの場所に存在したという、運命的な偶然の一致に過ぎないのだと悟った。愛とは原因なき結果なのだ。

「一つ聞いていい？」

「ダメなわけある？」

「武器になるもの持ってる?」

「いまはご覧頂けないが、持ってるよ」

「真面目な話よ。大真面目」

「ビーチで会ったあの作曲家と人違いしてるぜ。ぼくは真面目じゃない」

「銃を持ってるかって聞いてるの」

「ぼくの顔が覆面警察、もしくは顔出しテロリストみたいに見えるってのかい? いや、拳銃は持ってないし、生まれてこのかた見たこともない」

「手に入れられない?」

「無理だろ。何に使うんだ?」

彼女は一呼吸も置かずに言った。

「母を殺すのよ」

「お母さんを殺すつもり?」

「あたしじゃない。あんたがやるのよ」

まさにその瞬間、まさにその場所で、わたしは飛び上がり、それから落ちてくるのが正解だったんだろう。だが問題は時間とか空間とかじゃなく、道義的問題なのだった。とはいえ倫理を持ち出すべき時でも場所でもなかった。わたしは話を聞いてみることにした。

「どうやったらぼくがきみのお母さんを殺せるんだ？」

別に方法や段取りを聞いたわけじゃなくて、我が驚きを表現したかったんだが。

「斧で。台所に一つあるわ」

彼女の思考は隙がないばかりか血も涙もない論理に従っていた。

「なんでぼくがお母さんを殺すんだ？　もし殺すとしたら、ぼくには動機がなければならない」

「あたしが頼んだからよ。他に動機なんかいる？」

ほんのナノ分の一秒のあいだ、わたしは彼女の目にいままでなかったものを見たが、それは一瞬で消えてしまった。ほんのナノ分の一秒、それが永遠に続き、宇宙の尺度になることがある。星占いの知識、天文学の知識があったわたしには、彼女の眼差しを測ることができた。その目の中にいる彼女、永久的永遠的永続的なるその瞬間の彼女は、彼女ではなかった。人が違っていた。気が違っていた。間違いなくエステリータは狂っていたのだ。狂人で、それでいて真っ当に正気だった。

「もしぼくにやってほしいって言ったことを望むのなら、自分でやることだね。殺しは遊びじゃない、アイランズいわくね。いやアイルズか」

彼女は赤ん坊のような大きな目、澄んだ無垢な目でわたしを見た。瞳孔は巨大だったが、周りの白目の部分も広く、それが彼女の目をより開いた丸いものに見せていた。

「ママを殺してほしいの」彼女は言った。

聞き間違いなんだと思った。その目は無垢なままだったが、まばたきはただの一度もしなかった。まばたきをしない目は危険な眼差しを生み出す。もしや彼女は、わたしと同じ探偵小説を読んでいたのだろうか、それとも同じ犯罪映画を一緒に見たんだったっけ、バーバラ・スタンウィックがヴァン・ヘフリンにカーク・ダグラスを殺すよう頼むやつとか。ジェーン・グリアがロバート・ミッチャムにカーク・ダグラスを殺すよう頼むやつとか。それかジーン・シモンズが母親と父親、さらにはロバート・ミッチャムを殺すやつとか。それとも暗黒小説が原作の映画を見たんだろうか。すべては暗黒。外の夜闇もそうだし、この家の大半もそうだ、なにしろ明かりが点いているのは居間だけだったんだから。白状すると、その時はあまりに驚いたので、せいぜいこういうクリシェを言うことしかできなかった。

「こりゃなんだい、暗黒映画《フィルム・ノワール》か何かか？」

「なんて言った？　わかんないわ」

「いやいや。なんでもない」

「そう」

「つまりぼくにお母さんを殺してほしいと？」

「本当のお母さんじゃないわ」

「知ってるよ。言われなくても。継母だもんな」

「そうよ」

わたしと同じく、彼女も子供のころ『白雪姫』を見ただろうか？

《極悪非道の継母　小人の一人に殺害さる》朝刊紙のうちでも一番暗黒に包まれつつ、血生臭いニュースで真っ赤に染まってもいる新聞『アタハ』には、そんな見出しが踊るだろう。

「せめてあたしが殺すのを手伝って。いい？」

「いや、良くないよ。悪いことだ。すごく悪い。きみと会ったのが夢だったとしてもまだそのほうがましだ。夢か、それとも悪夢か」

わたしはその家を出た。果たして、どうやったのか覚えていないが、その時わたしは自分が行ける限り遠くまで、つまり、自分の家まで行った。彼女を、夜とともにあとに残してきた。彼女はいつも見せている顔を放棄し——蜂起し、と言ったほうがいいか——髪は金髪ながら、頭の周りには黒い思考の糸が巻きついている、冷酷な少女の性質を露わにしたのだ。わたしにはその時の彼女が、何であろうと、たとえわたしには絶対にできないことであろうと、やり遂げてしまうような気がした。

家に着いたのはすっかり遅い時間だった。街は眠っているのに、わたしは眠らずにいた。音を立てずにドアを開き、前室から居間に入った。自分の部屋のほうへ行き、もう一つドアを開けた時、妻が、半ば口を開け、落ちくぼんだ目をして眠ってるのが見えた。安らかな寝顔だった。細君とは逆に、細心の注意を払ってわたしは服を脱ぎ、反対側に寝て、これまで起こったことを思い起こし、同時に明日何が起こるのかを想像した。明日とはつまり、今日のことだ。

目を凝らすと、あとに残してきた彼女の姿が見えた。その時彼女が白い服を着ているのに気づいた。白い靴、白い靴下、白い服。足りないのは白い頭巾だけだった。看護婦の格好をしていたのだ。手には斧を、手斧を、ピッケルを持っていた。

彼女こそが熱帯のリジー・ボーデンとなるのか？　不満を抱えし少女リジー、それは確かだ、まだ完全体のリジー・ボーデンとなるには時期尚早だが。もっとも、キブ川がフォールリヴァー、例の虐殺が起きたマサチューセッツ州の街の、キューバ版になるはずなんてなかったが。トカゲ、カメレオン、いやいやリザードのリジーは、当初致死量の青酸を投与することで継母を毒殺しようとしていた。朝食は一人で取り、その時はこう言っていた。《熱すぎるとお腹に壁が出来るのよ》。そう、ちんぷんかんぷんだ。そのあと短く高笑いを発した。それから少し経ってから上げた声は、助けを求める叫びだった。《早く！　来て！　殺されたの、母が！》（ボーデンはこの時の倒置法を心底憎んだ）。ボーデン夫人、つまり母親、リジーの継母は、眠っているあいだに斧で打たれて殺害され、その顔は文字通り、オノのくほど粉々に砕かれていた。午前のうちに、リジー・ボーデンは二つの殺人の罪で逮捕された（ついでに父親も殺していたのだ）。動機は、継母が前夜の残り物で作ったひどいスープを出したから、という説がある。寄せ鍋ならぬ臭え鍋。この親殺しは色んな詩句に歌われることになったが、そのはしりとなったのはこういう四行詩だ。

リジー・ボーデン斧を取り
斧で母さん二十打つ
はっと気づいて悔やみつつ
父さん四十に増やし打つ

この詩には著作権《コピーライト》もないが、きっとフォークロアと呼ばれるあの匿名作家によって書かれたものに違いない。世界に数々の詩と悪夢をもたらした、リジー・ボーデンが眠った家はこちら。元凶は月経にあった、なぜならこの独り身の、ほぼ独りぼっちだったリジー・ボーデンは、生理による不調と痛みに苦しんでいたからだ。担当弁護士は最終弁論で、《陪審員である紳士のみなさま、もし被告が罪を犯したとすれば、彼女は自然が生みし怪物ということになる。ですがご覧なさい》、そう言うとこちらも人を刺しそうな人差し指で彼女を指さして、《彼女がそんな風に見えるとでも?》眼鏡以外は美形のミス・リジー・ボーデンは、無罪になった。事件の凶器である、斧あるいは手斧は、どこからも見つからなかった。

わたしはその時気づいた、彼女の斧は、わたしの手中にあったのだ。我がリジー・ボーデンは、その斧を要求することも取り戻すこともしなかった。わたしはその斧をあるべき場所に戻すため、二本の指で摑んで、シンクの下に入れた。その前にハンカチを使って、自分が付けた指紋を——そしておそらく、その後彼女の痕をも（わたしはこういう偶然の押韻が心底嫌いだ）——拭き取っておいた。

いまや彼女はわたしを見ていなかった。しばらく前から見ていなかった。後ろの壁を見ていたが、その壁には何もなかった。彼女の眼差しと同じくらいの空虚。彼女のその空の眼差しこそが空虚を生み出していた。カラッポ、それがこのダダッコの別名だった。

彼女の体から視線をふと外した時、あの居間がもう夜から朝に変わっているのに気づいた。何もなかったはずのところにはいま大きな鏡が見えた——少なくとも奇妙な感覚に陥っていたわたしにはそう思えた。催眠術にかけられた（あるいはむしろ服従させられた）その鏡に近づくと、月の中に血まみれの自分の姿が見えた。鏡像も、そしてミラージュじみたそのミラー本体さえも、ほんの一瞬で消えた、すべてはわたしの——ポーの助けを借りた——想像力の産物だったのだ。なんとか彼女のほう、現実のほうに向き直ったが、それこそは（虚像にせよ虚弱像にせよ）どんな鏡像よりも残虐で、危険に満ちたものだった。ドアを目指してわたしは歩いて行った、その時歩き始め、そのあともなお歩き続けていた。

彼女は近づいてきて、わたしの首の周りに片腕を回した。その顔には不安が、肉体には怒りがいっぱいで、わたしはつい『肉体の怒り』に出ていた、怒りにして肉体たるフランソワーズ・アルヌールを思い出した。わたしだけのフランソワーズ・アルヌールは、わたしを絞め殺そうとしていてもおかしくはなかった。そんなに難しくはない。首に腕を回し、ぐっと押せばバキっという代わりに、くぐもったブピっという音が一つ、そんでいっちょあがり！　生から死への旅路はかくも瞬く間だ。

「あたしも一緒に連れてって」

一緒に、きみと一緒に。

わたしたち二人は庭を横切って、まっさらな歩道を歩いていき、アスファルトが詰められたばかりの通りを渡って、キブ区域とキブ川、キブの思い出をすべてあとにした。二人でタクシーを捕まえた。彼女が先に乗り、わたしが乗る番になって初めて、いま着ている服と履いている靴の他には、彼女が家から何も持ってきていないことに気づいた。

こんな早朝からブランリーは、何をしにわたしの家に来てたんだっけ？　すぐに見送りのためだと思い出したが、それまで忘れていたのだ。わたしの目には昨夜の思い出だけしか映っていなかった。オルガ・ギジョーの《ゆうべの夜》だ。

いまが昼ならば、また夜が来るのだろうか？　見送りってのは我が弟のためのもので、その日の午後海路ロシアへ向かう船に乗るのだった。海路でロシアになんて行けるものか？　パリだって川で行けるのなら、ヴォルガ川を行ったっていいだろ、オルガ？　このオルガというのは弟の恋人の名前だった。いつの日にか、はたまたいつの夜にか、オルガのもとを訪ねてみなければ。

また夜が来て、エステラとの待ち合わせは昼間になるだろう、午後、その日の午後だ。今日の夜《クエスタ・セーラ》。

誰だろう《キ・サラ》、誰だろう《サラ》。

　一日の食事のうちでも朝食が抜群に好きだ。群を抜くといっても三食しかないから、一番の推しだと言うべきか。一番押しに弱い奴ら、それがオスと心得よ。押忍。

　朝食の席にはブランリーもいた、弟をヨーロッパに連れて行く船まで付き添うつもりだったのだ。ブランリーはいたのに、家族のほうの面子が揃っていなかった。

「ソイラはどこだい」ブランリーが聞いた。ソイラはわたしの母だ。

「昨日オリエンテに帰っちゃった」弟が言った。

「炎天《エンテン》の大地オリエンテよ」ブランリーは鼻歌を始めた。「シボネイ族の生まれ故郷」ここで中断して言った。「でもきみたちはシボネイじゃない、タイノだな」

「母さんはヒバラに帰ったんだ」弟がはっきりしっかりした口調で言った。

「ヒバラは何とも韻を踏まないな」とブランリーが言った。「イバラ、くらいのもんか」

「母さんは東のオリエンテに帰った」弟が言った。「そしてぼくは極東に行くんだ」

「ロシアは極東じゃないぜ」ブランリーが言った。

「ソヴィエト連邦と呼ばれている」父が言った。「未来の国だ」

「過去のおまけつきだがね」ブランリーが言った。

「ジェフリーズが言っていた」父が言った。「未来は明るいとね」

「じゃあぼくはソヴィエト連邦に行くよ」弟が言った。なんとも明るいやつだ。

「ツンドラで何もかもブン取られるさ」ブランリーの宣告が下った。

父はソヴィエトの未来に話を戻したが、我が妻は朝食のあいだ口を開かなかった。わたしの娘、つまり彼女の娘を、母が一緒に連れて行ったことさえ話題にしなかった。いまやこの女たち《ザナーナ》の居場所に残っているのはただ、台所から出ることなく絶えず補給と供給をおこなっている祖母だけだった。

妻が席を外した、多分トイレだろう。朝食が終わったのに祖母は台所から出てこなかった。父は居間で新聞を読んでいた――朝刊か昨日の夕刊かは問題ではなかった、父が問題にしていなかったからだ。わたしは右から左へとあたりを見回し、弟を、続いてブランリーを見て、ぴかぴかのコーヒー沸かし器には自分の顔が映って見えた。見事なまでに、そこにはドラマの道具立てがすべて揃っていた。その時のわたしにはもちろんわからなかったが。いまはわかる。人生は、カフェオレ入りの三つのカップの周りで決まってしまったのだ。

「行くんか」ブランリーが言った。

「行こうか」弟が言った。

「移動か」わたしは言った。

わたしたちは出発しようとしていた。弟は一念発起の使命を抱いて、ブランリーは一進一退の膀胱を抱えて（もはやトイレを借りるとも言わなかった）、わたしは一心同体の結合を夢見て。この言葉遊びが的を得ていることに、その時わたしは気づいていなかった。遊びがどこへ向かうのか知ることはできない、ときには火遊びになることもあるだろうが。

弟を無事船に乗せ、パスポートも乗車券もヨーロッパの滞在先も問題視されないのを見届けた後も、わたしたちは弟がロシアに、ソヴィエト連邦に、URSSに（名前はさまざまだが、政治権力は一つだけの国だ）行くのがバレるんじゃないかと心配していた。ラ・マキナの波止場からタクシーに乗って、ブランリーはその近くで降り、わたしは『貼り紙』誌社に戻った。編集長は短編を読むあいだも口を微動だにさせずにいられる人だった。わたしは口をつぐんでいた。でも気分が高揚していたから、執筆協力者（『貼り紙』の記者に正社員はほとんどいなかった）とワングエメルが交わしている会話にもうんざりすることはなかった。アンヘル・ラサロの他にもいた共和派の亡命組は、その誰もがワングエメルの考え出した偽名をサインに使用していた。自分でも言っていたが、ワングエメルは偽名を見つけてくることにかけては達人級で、彼自身の名前さえもが偽名じみていた。

気分が高揚していたのは、エステラが電話をかけてきて、次の日アトランティック映画館の前で待ち合わせることになったからだった。昼食はとらなかった。全然空腹を感じなかった。興奮によるものか、それとも愛ゆえだったのか？　その時初めて、わたしはエステリータを狂おしいほど愛していることに気づいた。大衆歌の歌詞の通りだ。

気が狂いそう、
もう一度君に会いたくて。
どこか近くで、マリア・テレサ・ベラが苦悩に満ちたハバネラを歌うラジオの声がしていた。

だがその日は午前中から、待ち合わせのある午後のことを考えていた。かつてわたしは《約束は三時》と書いたが、その言葉が現実になろうとしていた。早めに着くよう心がけたが、三時になっても彼女はおらず、冷房に誘われてアトランティック映画館に入ることにした。三時半になってもいなかった。来るのか来ないのか？　確認をとったときの、行くわよと言う彼女の声には、裏のないはっきりとした意思が感じられた。四時になってついに、ウールワースの建物の日陰、三番目の出口正面に彼女の姿があった。わたしを待っていた。じゃなきゃ誰を待ってたっていうんだ？

蝶という存在は、美の掟に従っているかのように思える。蝶と蛾はまるで別種の昆虫みたいだ。『ブリタニカ百科事典』には、《諸言語のうち両者を区別するものはほとんどない》とある。アレビージャ、つまりシャクガとかポリージャと呼ばれている種類の蛾もいるが、英語ではただ単にmothだ。蝶たちはみな、その場を離れることもないままに、卵から始まって完全無比の虫へと至る魔法の旅路を進んでいく。卵の多くは蜂の巣型の美しい構造を見せる。幼虫は普通、胸部に鉤爪のような脚を持ち、腹部からはまた別の、短くも対称的で、表面に鉤のついた脚が出ている。カプセル型の頭には左右それぞれに六つずつの眼、それに一対の短い触角もある。これほどおぞましい形の、いつ見てもスクリーン上の獰猛な宇宙人を想起させる原型が、花々とともに生きる完全無欠の虫へと変わっていくなんて、信じがたいことだ。

クリトリスが小型版ペニスのことだとすれば、クリエロというのは芋虫たちが体をつなぎ留める短い鞍のことだ。ある種の分泌物が出て芋虫を埋没させ、繭の形成に寄与する。近年、この並外れた昆虫の、ある並外れた性質が、日本人研究者たちによって発見された。Papilio Xuthusという格調高い名前を持つ、いわゆるアゲハ蝶のオスは、性的用途に使う提灯を備えている。完全なる昆虫が持つこの道具は、「肉なるものの道」を照らすために使われるのではなく、夜闇のうちにセックスを求める目のごとく、メスの生殖器の入り口を探り当てるために使われる。これまで知られていなかった、この秘められし器官の機能は、今回初めて明らかにされたものだ。

栄光の時に辿り着く前に、蝶はしばらくのあいだじっと動かずに、繭《ニンフ》を破るまで待たなくてはならない。さなぎになった幼虫の中には、あごを使って繭を破壊し、花園を舞う——あるいは密林を舞う

——並外れた生き物となって飛び立つものたちもいる。羽の生えた美の化身、自然界からの贈り物だ。

しかし、ある熱帯の巨大な蝶は、タタグアという名前で知られ、不吉な前兆と考えられている。蝶という種は、スペイン語のマリポサもそうだが、各言語で風変わりな名前をつけられているものだ。バタフライ、パピヨン、それからイタリア語では、輝かしき夜の住人といわんばかりのファルファッラ。

《花から花へと蜜を吸う》というボレロの歌詞の通り、蝶は集めた花の蜜を栄養とする。目を引く羽の模様は、敵を惹きつけたり追い払ったりするもので、天然の見事な変装でもある。心奪われる外見をしていながら腐肉を食べる種もいる。蝶における最大の科はニンフという名前の科。あらゆる蝶は通常、きわめて短いあいだだけ生きる。

エステラは小柄だった。とても小さかった。もし無声映画のスター《エストレージャ》であったならばそれが普通だっただろう。でも彼女は無声映画のスターじゃなかったし、それに、普通でもなかった（だが当時のわたしは、そんなふうに思っていなかった）。エステラは本当に、少女のようだった。彼女の目、ひねくれと寄る辺なさの中間にある眼差しを繰り出せる目さえもが、顔いっぱいに見開かれた少女の目なのだった。大きな頭と長い首は人形のよう、彼女はマネキンそのものだった。というかマネキンよりも美しかった。宝石じゃなくても本物の雰囲気を備え、キャラットはなくてもキャラは強烈だった。

わかってるわかってる、カラットって言うんだろ、バラッドと韻を踏むよな。けど二つの言葉を喋れるってのに、片方の言葉を正したからって何の意味があるっていうんだ？　我ら二足歩行の、二股生物。

いまわたしは彼女の姿を見た、そしてその姿は、やがて未来において、あるいは郷愁という名で呼ばれる奇妙な未来の（もしくは過日の）果実において、もう一度見ることになるものと同一だった。彼女が着ていた、いまやもう存在していないだろう服は、丈が短かった。短すぎて太ももが始まるあたりで終わっていた。当時の女性たちの大半が受け入れられないくらい大胆で過激なものだった。スカートの丈は道徳心と正比例していたのだ。たぶん、少女のような外見の彼女は、どこでだってお構いなしにスカートを穿いていただろう。家の中でも、グアグアの中でも、永遠にごろつきたち（田舎者、悪党、ミイラのパレードを見るためなら、はるばるエジプトからさえやってくるだろう盗掘屋たち）の住みかとなった、あの十二番通りと二十三番通りの墓地周辺でも。上半身のブラウス（と呼べればの話だが）も同じように短かったが、今度は本来あるべき丈をかろうじて覆う程度で、そこから先は二本の細い肩ひもとなり、肩を通り背中を通って、ふたたび服の下部につながっていた。乳房は小さく、小さいがゆえにこちらも持ち主同様スカッとお構いなし、呼び止めも制止も意に介さぬ風情だった。わたしは貪るような視線を向け、動かないで、と言った、たとえ一瞬でもその中に彼女を永遠に留めたかったのだ。ただ一つわたしが怖れていたのは、中年の（もしくは中流の）ご婦人か誰かが通りがかり、勃起しかけつつ躍起になっているわたしを見咎めることだった。写真家でもあるまいし、わたしには《あそこの島を見てごらん！》なんて声すらかけられなかった。なんとも白々しい言葉だ。

コルセットや胴巻き、あるいはブラジャー（《下着》と称され、胸を締め上げ整形する衣服）またの名をブラ（フランスの胴着《ブラシエール》を短くし「メイデンフォーム」ブラジャーとして製品化したアメリカでの呼び名）をつけてないってことは（ちなみに現在のフランス語では乳支《スーティアン・ゴルジュ》えと言うのだが、こんなにも沢山の呼び名でもって、皮膚を被覆せんとする衣服は他にない）、つまりは彼女の胸を包んでいるものは何もないってことで、それだけでもたまらなかった。エステリータの服の下はほとんど、いや、まったくの裸だったのだ。

初めこそ喜ばしいものだったこの驚きは、次第に警戒心に取って替わられた。この子はわたしが初めて出会う、典型的ないまどきの女性なのだ。しかも女性というわけでもなく、せいぜい女の子、わたしが惜しむことなく賞賛してきたフランス映画に出てくるヒロインのような格好をした女の子なのだった。

日なたじゃなく、その平凡で醜悪な建物の日陰に彼女はいた。近づいていくと、頬から顎にかけての顔全体が短いうぶ毛で覆われていて、日差しに輝く塵をまとっているかのようにはっきりと揺れ動いているのが見えた。まるで星のタルカムパウダー、黄金の綿毛のようだった。化粧が微細な鱗片となっただけだったかもしれない、それとも実際に輝き煌めくうぶ毛が、金のスペクトルを顔に与えていたのか。髪の毛のほうも、多分ワセリンのせいだろう、いつもに増して金色に見えた。

髪の両側には、ヘアクリップというかヘアピンが一個ずつ刺さっていて、陽を受けて黄金のように輝いていた。当然金メッキだったが、ティアラをかぶった王女のヘアスタイルみたいにも感じさせるものだった。しかしながらエステラの頭は体に比べて大きすぎ、出っ張って湾曲したおでこは、薄い眉から出発して、やがてちりぢりに金髪となっていた。気取った印象すら与えそうなものだが、不思議とそんなことはなかった。わたしが思い出したのはある金髪の娼婦で、金色のヘルメットのような彼女の頭は、愛人のヒモ男の頭をも悩ませていた。だがあの金髪はまぎれもなく女だった。エステラはまだ小さなエステラちゃんだった。その時のわたしにはそう思えていた。

エステラは蝶だったが、ついこないださなぎをさぁ脱ぎましたよ、と言うべき段階だった。わたしの印象は、運を味方につけたハンターが受ける印象とまったく同じものだっただろう。わたしが手を伸ばし、指を開くと、突然細長く軽い網が手中に現れる。見ぃつけた。捕まえた。

そこにいた彼女の姿は忘れがたいものだった。そう、永遠に記憶の中に固定されたのだ。二十三番通りと十番通りとの角のところ、歩道のセメントの上にではなく、ちょうど十セントショップの入り口のところに立っていたが、中に入ろうとはしてはいない、なぜなら日曜日で店は閉まっており、そのことはトートロジカルな《閉店》の札でも告げられていて、ラジオセントロの入り口にはあった《三時に開場します》というお知らせすらなかったからだ。幸いにも、通りには人がほとんどいなかった、とにかく大勢はいなかった。あらゆる肉体は日陰へととんずらしていたのだ。

人がまばらなのは幸いだった、そんな服装のエステラは誘惑に満ちていたからだ。着ているものといえば、重力と節度とに逆らうような、色とりどりの大きな花の柄が入ったスカート一枚ぐらいのもの。もっとも化粧は、初めて会った日とは反対に、ばっちりしていたが（目にはマスカラとシャドー、薄紫色のアイライン、チークに口紅）。戦闘準備としてメイクしてきたことが、顔の彫りを深くして深い濠に身を潜めようとしているのがわたしにはわかった。彼女は戦いのつもりだったが、わたしにはカップの中の、いやメイキャップの中の嵐に思えた（仕方ない、これはしょうがない）。

褐色の目の眼差しは大人の女性の力強さを備え、すべては一体となって（視線、見つめる時の頭の傾き、水面に浮かび上がるセイレーンのように、眼の奥から湧き出してくる何か）、深いところへ向かう旅路への誘いとなり、わたしはといえば彼女の、古めかしい香水の匂いに夢中になっていた。

「エステラ、きみこそは星の残す尾《エステラ》」わたしは言った。

「だってあたしの名前だからねえ？」

「きみの香水のことだよ」

「母親のよ」

「貴き母君をどこに残してきたんだ？」

「部屋に閉じこもってるわ」

「じゃ行こうか?」

「どこに?」

「すぐそこさ、十番と十七番の角。アトリエっていう名前のクラブなんだ」

いざアトリエへ。クラブというのはナイトクラブのことで、ここには名前を記した看板を置く代わりに、入り口の歩道のところに開いた絵の具のパレットがあったが、それがあまりに馬鹿でかくて、絵を描くのが趣味のランプの精が飛び出てきたとしても、さすがに大きすぎるなと感じたことだろう。

「ていうか」彼女は叫んだ。「これ何なの?」

「ヴァン・ゴッホが建てた家だよ。中にはもう一方の耳がある」

「ほんとの話?」

「すごいよね、これこそポスト印象派の偉業だ」

「ほんっとに大半は何言ってるのかわかんないわ」

「ランプの精は、いや天賦の才はいつの世も理解されないものだな」ああ、若者ってやつは。

「もういいわよ。ここ入るのよね?」

イコンか! そりゃイカン! 実物大のペルチンの写真を目の当たりにしたわたしはそう叫んだ。エル・ペルという名で知られるペルチンが、葉巻を持った手で、分け隔てなく白と黒の鍵盤を愛撫すれば、混血のピアノもご満悦。《世界が誇る偉大なボレロ》、彼の音楽をそう宣伝するその偉大なポスターを前にして、わたしはびっくり仰天してしまった。世界なんてデカい宣伝文句に目をつぶることはできても、耳は、耳はふさぐわけにはいかない。音楽の魂の海、そこには女性の声で歌うセイレーンがいる。十七番通りの逆側の終点、音楽の岸辺の対岸では、ラス・デ・アイーダがもうすぐ歌い始めるだろう、ほらもう歌が聞こえてきて、そのメロディがみんなをメロメロにしている、いっぽうこのわたしはユリシーズよろしく針路変更して、鼓膜を蠟《ろう》で、蠟ソクで、あるいは耳クソで塞ぐのだ。

　真っ昼間の暗闇という、使い古された軽々しい文句は、本来地獄の比喩として使用されるべきものだ。だがともかくいまわたしは、わたしたちは、わたしの横の彼女は、天頂から陽が照りつけ、かつての路面電車の名残である線路がクロムのように輝く十七番通りから離れ、日光から夜へと入っていく、それがまさしく、昼であってもナイトクラブと呼ばれる場所なのだ。これは地獄への入り口ではなく、ある種の楽園への入り口だ。《真昼間こそが、最も明るい暗闇を支えていた》んだ、その腕をとってな。この詩句とわたしの温かい手とが、昼間の世界から紛らわしい、紛いものの暗闇へと導く。夜を口寄せ、呼び寄せたい奴は誰だ？　俺だ俺だ！

　太陽の目くらましを受け、さらに鉱山のトンネルよりも暗いこのナイトクラブに入ってからは目くら増しとなったわたしの目は、カメラ・オブスクラに変わってしまった。全然、全然何も見えない。ゼンゼンゼン。わたしは何度もつまずいたが、彼女は入るなりするすると入り口からダンスフロアへ向かっていった。猫みたいに暗闇でも目が見えるのか、それとも以前来たことがあるのか？　背の低いダンディーな支配人《メートル》が席に案内してくれたが、わたしは手探りで座らなきゃならなかった。濃密な闇。昼間行く映画館の暗闇とは違っていた、映画館なら暗くなるその前か後かに、常に画面から発されている白い光が来始めるからだ。ここでの暗闇は永続的だ。それでもこの黒の支配人《メートル・ド・ノワール》は、間髪入れず何をお飲みになりますかと聞いてきた。キューバ・リブレ、自由なキューバだよ、他に何があるってんだ？　支配人はこの上なくてきぱきと動いていた。

それで、この音楽はどこからだ？　なお一層暗さを増した、どこかの暗い片隅から聞こえていた。ピアノの音だった。少なくともこの音の巨匠《メートル》であるピアニストには、自分と同じくらい黒い鍵盤から伸びた、白い鍵盤が見えていたのだろう。市民夜警の二角帽じみた、ピアノの黒い胴体と同じ肌色をした黒人だということは見てわかった。全身エナメルだ。夜行性のせむし男、それこそまさしくこのピアニスト。わたしは表にあるパレットの、指を通す穴の下、色とりどりの絵の具跡の上にあった、《ペルチン、鍵盤の魔術師》という文句を思い出した。手をさっと一振り、するとボレロが終わり次のボレロへ。

「ボレロか。死にそう」

もしどこかで誰かがわたしのことを、独楽のように軽やかに踊れるといったとしても、お願いだから信じないでくれ。独楽回しの役すらできない。幸いなことに、彼女はもう一度叫び直した。

「死にそう！」

ボレロがスキかどうかにかかわらず、キスするにはちょうどいい音楽だろう。でもそう口にはしなかった、いまはそんな時代じゃなかったし、まだ彼女のことを知らなかったからだ。全部は知らなかった。本当には知らなかった。そのあいだペルチンは、リズムのないボレロというか、ボレロと呼べるかもなと思えるメロディをメドレーで弾いていた。このペルチンって馬鹿チンはピアノ音楽を作り替えていたのだ。こういうのパラ・フレーズっていったっけ、それとも気が・フレール？　踊るためでなく聴くための音楽だった。満足の笑いが漏れた。笑いながら正す《カスティガット・リデンド》。もしボレロが書けたら、本が書けなくても気にならないだろう。暗がりの中で、彼女はわたしのほうを見て言った。

「何を笑ってんの？」

「エルビス・プレスリーなんて好き？」

「何それ？」

「エルビス・プレスリーだよ」

「見当もつかない」

「音楽に興味ないの？」

「絶対聴かないわ」

「きみはコステロみたいだね」

「誰のこと？」

「コステロだよ、アボットの相方さ。アボットとコステロがダンスフロア脇に座ってたんだ。アボットがコステロに聞く、《踊るの嫌いなのか?》《嫌いだねぇ》とコステロが言う。《つまるところダンスとは何か？　カップルが、淡き光りの中、音楽とともに、抱き合ってることだ》《で、それのどこがダメなんだ?》そうアボットが尋ね、コステロが答える。《音楽さ》」

「あんたは踊りたいの?」

「ぼくがしたいのはきみと一緒にいることだよ、淡き光りの中抱き合ってね、音楽はきみがどうでもいいって言うなら、ぼくもどうでもいい」

　笑いの感覚よりは愛の感覚のほうが、彼女にはしっくりくるものだった。うら若き花籠の乙女（なんちゅう職業だ！）なんかとは違っていたのだ。茜さす君はわたしにアカンサスを捧げてくれるだろうか？

　とはいえペルチンがふたたび気分を盛り上げてくれて、わたしは立ち上がり、暗闇の中かろうじて彼女の手を見つけ、腕を引いて踊りに誘った、そして彼女が踊り始め、わたしたちは踊った。わたしたちのしていたことを踊りと言えればの話だ、ほとんど動いてすらいなかったんだから。ひどく遅いテンポのボレロだった。遅い以上だ。「ル・プリュ・ク・レンテ《レンテよりおそく》」。フェスティナ・レンテ《ゆっくりいそげ》、つまりゆったりしたフェスティバル。その時急に、周りの何もかもが停止した。彼女は泣いていたのだ。それともグリセリンのニセ涙だったのか？　なぜ泣いているのか、誰のために泣いているのかと、わたしは尋ねた。

「音楽よ」手のひらを目に、濡れた鼻にやりながら彼女は言った。ひょっとして音楽アレルギーなんだろうか？

「音楽は好きじゃないって意味だと思ってた」

「音楽っていうより、この音楽よ。耐えられない。座ろ」そういうと彼女は元のふかふかの鉄椅子に戻った。

「どうしたの？」

「なんでもない。お願いだからもう行こ」

「本当は何なんだい？」

「なんでもない。それが本当」

「でもいい雰囲気じゃないか……二人きりでさ」

「あの音楽よ」

ペルチンはまだ《懐かしき出会い》を演奏していた。

「音楽がどうした？」

「なんでもないの」

「ペルチンは嫌いなのか？」

「全然よ。我慢できなくなるの」

「ペルチンに？」

「ペルチンにも、彼のピアノにも、蓄音機に変わっちゃったあの場所にも。もう行こうよ？」

ここでやっと、彼女が嫌っているのはその音楽なのだとわかった。我ながら鈍い奴だ。

「だめ。ていうか、行こ？」

「どこに行く？」

「あんたが好きなとこでいいけど、BGMのないところ」

「ペルチンはまだ《懐かしき出会い》を弾いてる」

「ボレロにはいいタイトルね」

「そのとおり。いいボレロだ」

黒と金の日よけがかかった外の扉には、色彩豊かなパレットと黄金の絵筆を添えた「アトリエ」の看板の横に、「ペルチン　ピアノショー」という文字とペルチンの写真が貼られた譜面台があった。火は点いてるんだろうが煙は立っていない葉巻を手にし、ピアノと同じくらい真っ黒に縮毛矯正された髪で、微笑んでいる。吟遊詩人のマエストロ。

「じゃあどこに行きたい？」

「さっきも聞いたじゃない、言った通り、あんたが行きたいところよ」

あの日連れて行けなかったところに彼女を連れて行けると思うとわくわくした。ロラが歌っていたような、隔離された場所。女というのは本に似ていて、ベッドに連れて行きたくなる。まだ手垢のついていないらしい本ががさつに綴じられている。用意するものは本切り鋏。紙切り刀でも十分だ。

彼女と同じく蜂蜜色をした月が、まるでビンゴカードみたいに数字で呼ばれている、そのせわしない通りの上にかかっていた。十七番通り、一と七。サイコロ《ダド》任せの宿命《アド》。神はわたしたち二人をサイコロ遊びの道具にしていた。天命よりも頑迷な運命がわたしたちをふたたび結びつけた。賽は投げられ、いまはわたしに味方してくれていた。こねくりまわされた希望が下心に変わってしまっているのは、わたしではなくこの運命というやつのせいだ。そういうことにしとこう。

けれどもある日には――一日にすら満たないあいだのことだったから、むしろある夜、ある午後と言うべきだが――、彼女は月の光と太陽の恵みを受けた束の間の女神のように煌めき、同時に、やまない稲妻のように閃いた。いや、それにも増した輝きが、音もなき美しい輝きがあった。あの午後、アストラルだかアトランティックだかいう（どっちでもいいが、とにかく星とか大海原に関する名前だった）映画館の前で、あの愚かなる牧神の午後に、若々しい、多分あまりに若すぎる美女を見つめているわたしには、彼女が花のごとき贈り物、忘れられぬ忘憂草《ワスレグサ》であることがわかっていた。そのことを確かめるために、いまわたしはこのページを書いている。「午後」には「後」の字があるけど、別に「後の祭」ってわけじゃない。半世紀だろうが、さらには一世紀後だろうが、人生の中であの彼女の姿が目に浮かばなかった日はない、ハバナっ子らしく10《テン》セントと呼んでいたウールワースの日陰に立ち、熱帯の喉と自称していたあの声で、短くてむちむちながら優美な脚を隠しきれていないハイヒールを履いて。ああ、エステリータよ！　彼女とその記憶とは別々の星。このわたしはエッチな以上におセンチなのだ。

だが、わたしがいま思い出すのは、わたしが思い出したいこと、つまりまだ日中なのにまったき夜と化したあのナイトクラブの、暗がりと冷たさの中で《完全に》を演奏するペルチンだ。彼女のほうは、当然ながら、何も思い出すことはなかった。そんなこと興味がなかったのだ。でもわたしのほうは彼女を、カナダのような冷たさと、墓のような暗さの中に記憶しておきたい。英語で「記憶する」と「刻みつける」がいかに似通っているか、考えてみてほしい。彼女を思い出すということは、記憶の中に彼女を刻みつけることだ。わたしは彼女のすべてを思い出す。

夜の馬ならぬ夜の車が緩やかに走り、歌も天地《あめつち》も、それにあわせて緩やかに動いていたのは、ただ放熱制御のために過ぎなかった。だが、その夜に負けないくらい舞い上がっていて、空さえ飛ぶことのできたわたしが、そろそろと歩かなくちゃならない道理なんてあるだろうか？　腕を回しても、エステリータは姿勢を変えなかった。動きさえしなかった。いまのわたしにとって、ベダードという磁気ボトルから消失する一点《「バニシング・ポイント」》となったのは、この時だったのだろうか？

歩いていると、木犀草の匂いや、月下の夜香花の匂いや、アバニータスという、最先端の女性のための最先端の香水の匂いがした。まったくこの女たちときたら！　こんな危険な混合臭は嗅ぐべきじゃない。彼女とキケンなカンケーになったあかつきには、どんな匂いがするだろうと自問してみたが、誰も答えてはくれなかった。わたしに何をするのも彼女の気持ち一つで、わたしが望みうることは、ただ自らの意思で決めることを許された部分と、彼女の気持ちが一致することだけだった。

彼女はそんな風だった、そんな風に見えていた、その時そんな風にわたしは彼女を見ていた、そうしていくうちにわたしは、彼女が月よりも夜よりも大きな意味を持っていることに気づいた。彼女は一つの詩であり、いわばいまこの瞬間を書いているのだ。

「宿《ポサダ》に行くけどいい？」質問ならざる質問だった。

「いいわ」

「でもきみは未成年だよな」

「もう違う。十六歳になったもの」

「いつ？」

「今日家を出てきた時よ、あたしもう大人なの」

これは朗報！　実のところ、それはまだ犯していない犯罪に対する特赦のようなものだった。

宿《ポサダ》というのはホテルならざるホテルのことだ。フランス語ではオテル・ド・パッセと呼ぶ。巡礼者に宿を提供するためではなく、助平男とその連れの女《あま》に部屋を提供するためにある。ただし女《あま》のほうは男と違って、尼《あま》さんとまでは言わずとも、必ずしも全員が劣情に苛まれた烈女でいるという贅沢な選択を許されているわけでもないが。ともかくも隠れ家としては機能するだろう。もはやわたしが気にかけているのは強姦罪ではなかった。隠れ家に着くことを考えていた。つまるところ、エステリータは逃亡者で、わたしはその逃走を助けているのだ。もし見つかれば何が起こるだろう？　幸いそうした宿では名前も身分も個人番号も聞かれることはなかった。ただ敷居をまたぎ、愛の迷宮へと突入するだけだった。そこではすべてが許されていた――レイプを除いては。無理に通せば、牢屋にぶっ込む《フォルニカチオ・ノン・ペティタ、アクサチオ・マニフエスタ》。しかしいまや、わたしには口実までもがあった。無理が通るのではなく、道理が通る《エクスクサチオ・マニフエスタ》ってわけだ。

　部屋をとる前に、家に電話することにした。

「電話はありますか？」

「その通路にあります」

　一瞬自宅の電話番号を思い出せなかった。罪の意識のなせるわざだ。ようやく電話すると妻が出た。他に家にいるのはわたしの父と祖母だけだった。父は耳が不自由で、祖母はもう寝ているはずだった、したがって不安げなその声は妻の声なのだった。

「何があったの？」

「なんでもないよ」

「大丈夫？」

「なんでもないって」

「いつ戻るの？」

「そのことで電話した。戻らない。わたしは家出したんだ」

学生じみたその用語も妻には愉快に響かなかった。

「ねえ、いったいどういうこと？」

「だからもう戻らないってこと、わたしは逃げるんだ、他の女と駆け落ちしたんだ」

まるでわたしの声のこだまのように、すすり泣く声が聞こえた。

「心配をかけたくないから連絡した。ぼくは大丈夫だ。元気だけど戻りはしない。聞こえた？」

「ええ、聞こえたわ」すすり泣きしながら妻は言った。

「何も問題ないから心配しないでくれ。ぼくは何があっても平気だ。もう切るよ。さよなら」

「じゃあね」泣きながら妻は言った。

電話を切った。女性が泣くのを聞くのは苦手だ。いつも涙に心がふやかされてしまう。でもふやけている場合ではないのだ。ここはやっぱりきっぱりと。わかっていた、妻はひとしきり泣くだろう、だがお手伝いさんはもう帰っているし、祖母は寝ている、父はといえばいくつかの出版社限定で本を読むのに没頭しており、夕刊以外には何も興味を示さない。となれば、泣いていても共感してくれる人間がいないのだから、しばらくして妻は泣くのをやめるだろう。痛みの目撃者なきところに涙なし。まだ血塗られてはいないその宿に、わたしは、わたしたちは入っていった。

苦あれば快楽あり。あとにはただただ眩暈あり。快楽《プラセール》、プラセールと言えばキューバ語では、都市内部にありつつ建物が建っていない未開の土地のこと。それとともにある種の物事が形作られ、あるいは壊されてしまうような愉しみのこと。喜びを生み出すもののこと。快楽《けらく》と読めば格式ばった用法になってしまう。アルセニオ・ロドリゲスのソン「きみの好きなところ」じゃないけど、何か大好きにさせるものによって、感度の中で生み出される感動のこと、快楽に渇え、夜の荒れ野で叫ぶ者の声がする。我は快楽の廷臣なり。名刺には「悦んで！《プラセット》」と書いてある。プラセールとは空き地《ソラール・ジエルモ》のこと。ソラールと言えば共用住宅のこと、わたしの祖先の家柄《ソラール》とも使う。ソラールとは付随住宅であり、付随住宅というのはつまり寄り合い住宅の別名で、長い部屋というよりは長屋のこと。我がスルエタ通り四〇八番のソラールは典型的な家族用集合住宅。それを四分《クアルト》の三にしたのが、ここでの一部屋《クアルト》。唯一の居場所、最後の避難所と考えられていたこの連れ込み宿。「結婚したら別棟で」という諺があるが、わたしたちに与えられたのは部屋が一つきりだった。休憩ですか宿泊ですかと、その夜のムードを決定づけるような夜番が聞いてきた。人情に動じていては冷徹なる徹夜番の夜警とは言えない、この夜警を見よ、人形よろしく無益な受難を生きる人間たちがうようよいるのに、何事にも何者にも何があっても、動じることがないのだった。

「今夜一晩です」

「五です」

「なんですって？」

「五ペソです」

こうして冷徹《セレノ》なその男はわたしに請求を突きつけた。冷たい女《セレナ》と言えば歌の題名。セレーナと言えば月のこと。セレナータを弾いておくれよ。我が小さな夜の音楽。マイネ・クライネ。

「あんたってめちゃ物知りじゃんね」ハバナ弁で彼女が言った。

「きみにわかるかな、ぼくの墓碑銘、つまりあの世への名刺になるものだが、それがどんな文句になるか？」

「ぜひ知りたいもんだわ」

「《あまりに知りすぎた》、だ。きみのはどんな風になる？」

「空白よ。何にも書かれてないわ。あたしは墓碑銘を貰えるような人間じゃない」

悲しそうに言ったわけでもなければ、声に恥じた調子もなかった。適切な申告をしたまでなのだ。

部屋に入る彼女、背後でドアを閉めるわたし、一歩、二歩と進む彼女、脇にベッドとひじ掛け椅子を従え、半ば小銭入れとも言うべき財布を、後者の上にか前者の上にか（思い出せない）放り投げつつ、歩いてきたのは部屋の中央、眺めるはまず遠くの蓄音機、続いてせり出した冷房機、浴室をちらりと見やれば、あまりに暗くて暗室のごとく、いかな性交写真も現像せしむるべし、時に性交は膣外射精《インテルプト》となろうが、インテルプトールと言えばこれは、部屋に入りし時に点けた電気のスイッチのこと、すべてを照らすべき光は、天井より来たる憎むべき溶剤の役目、さばかりかベッドの上では、深紅の共犯者の役目までも果たすに能うるのであった。以上《ヴォワラ・トゥ》が事件の真相だ。しかし彼女はおいそれと降参しそうにはなかった。

「じゃあ」彼女が言った、「これが連れ込み宿《ポサダ》ってやつなのね」

「そう言われてるね」

「コレが、ほんとに連れ込み宿？」

「他にもド・S・エリオットは逢い引き宿と呼んだし、サルトルはオテル・ド・パッセと、ニコラス・ギジェンは情け宿と呼んでいる」

「それってみんな、あんたの友達？」

「旅の道連れ、同伴者《コンパニエーロス・デ・ルタ》たちさ」

「ふうん」

ドアを念入りかつ邪念入りに閉めた後、部屋を検分しながら、いつも通り無関心な様子の彼女を見ていた。眺めていると彼女は無気力《ウアグラ・ブランダ》に彷徨いつつベッドに行き、そこに座った、まるでそのベッドが安物の椅子のよう、かと思えば揺り椅子のよう、はたまたソファーのよう、あるいはベッドのようでもあった（というか実際ベッドだった）。疲れを見せず、二度にわたる二声の逃亡劇《フーガ》にも、眠気を催した様子などまったくなく。わたしは彼女に言った、いやむしろ、彼女に尋ねた。

「大丈夫かい?」

「あたしは」彼女は言った、「クソ元気よ」

最初の夜に際して——いやむしろ、最重要の夜に際して——冷房がうなりを上げていたのに、暑かった。わたしは服を脱ぎ始めた。

きっと彼女は死ぬほど疲れているだろう、禁断の扉を開くルームの扉を開いても、部屋に入ったが最後、きっとベッドに倒れ込んでしまうだろうと、わたしはそう考えていた。でも彼女がとった行動には度肝を抜かれた。エステラはびっくり箱だった。

彼女はまるでバナナを剝いたみたいに服を脱いでいて、その皮を、ベッドを除けば部屋のただ一つの家具で、設置目的がよくわからないひじ掛け椅子の上に放り投げた。自分の恥丘より短いパンツを脱ぐ時に動きが止まったが、やがてそれを下ろし、片足また片足と引き抜くと、最後にそのパンティーをラインアウトになったボールみたいにひじ掛け椅子までキックした。これで裸になった。

「いつも真っ裸《マッパ》で寝るの」そう打ち明けるとベッドに横になった。

だけど寝るつもりじゃないのは明らかだった。もっとも、彼女の横のスペースを、そしてわたしのスパームを共有してもいいよなんて誘ってはくれなかったが。動かないまま、彼女はじっと天井を見ていた。わたしは服を脱ぎ終え、そっと腰掛けの上に置いて(ひじを掛けるだけだった椅子が、腰も掛けられる家具に変身だ)、ベッドに行き彼女の横に来た。彼女の乳房、彼女のペチャパイは、体と同じく極小だった。その時彼女は、つるつるした天井を穴があくほど見つめるのをやめて、わたしのほうを見た。考えを読まれちゃったんだろうか？

　廃墟と彫刻についてあらゆることを知っていたジョン・ラスキンは、ミス・グレイという生ける彫刻と結婚したのだが、彼女ほど灰色《グレイ》気分とかけ離れた人もいなかった。名をエウフェミアといい、みなが彼女をエフィーと呼んでいたが、背が高くどこからでも人目を引いていたことを考えれば、エッフィール塔と呼んでも差し支えなかっただろう。婚姻の日の夜、いくつもの蠟燭の灯りに照らされて、エフィーはヴィクトリア朝時代の風紀が定めしペチコート類をすべて脱ぎ捨て、自らの裸体を夫の前で露わにした。さあさあお立ち会いご覧あれ。ラスキンは生涯最大の驚きを覚えた。エフィーはその恥骨の上に、密やかな陰毛を生やしていたのだ！　ラスキンはその時まで裸の女性を見たことがなかった。真摯なる紳士であり、彫り物についての凝り者であった彼はもちろん、女性の彫像に恥丘と恥骨と性器が備わっていることは目にしてきた。みな女の性を一揃い有していた——ただ一つ、毛を除いて。エフィーの毛は彼女の髪と同じく、トウモロコシのヒゲのようなブロンドであり、見目《みめ》麗しき花嫁の御髪《みぐし》よりも見苦《みぐる》しいとは言えぬ立派なものだった。ラスキンは束の間凍りつき、それから初夜の寝室を出て行き——二度とそこへは足を踏み入れなかったのである。

　五年後、エフィー側から起こした離婚裁判の中で、当時まだ本当に美しかったこの美女がカミングアウトしたのは、上《カミ》ならぬ下《しも》のカミの存在じゃなくって、結婚生活においてついに果たされることのなかった寝室の真実だった。そのことを証明すべく、法が定めた三人の医師が彼女を検査し、彼女が無垢の処女《ウィルゴ・インタクタ》であることを宣言した。エフィーはこの案件に勝利し、ラスキンは頭がおかしくなった。

正気を取り戻した彼は、何年かののちローズ・ラ・トゥーシュに恋した。興味深い名前だが、より一層興味深いのは、ローズちゃんと呼ばれていたこのローズが、十二歳だったことだ。彼は彼女に求婚し、ローズ家の両親は、ローズちゃんが立派な薔薇《ロサ》になるまでは待つという条件で同意したのだった。どうやらラスキンは、毛なるものに姿を変えた棘の存在を忘れていたようだ、エフィーの時みたいに黄金の色ではなく、アイルランド人のローズが持つ黒檀色のそれは、ギリシャ語とラテン語を読み話すことのできる博識の彼には、毛は毛でも羊の毛同然だったに違いない。ラスキンには幸運で、ローズにとっては不幸なことに、彼女は婚姻を遂げる前、結婚式を挙げる前、さらには思春期すら終える前に死んでしまった。

昨夜、というか今夜、割礼を受けたことのない我が皮の中にラスキンが潜んでいたのかもしれない、それほどにわたしは、夜の、そしてベッドのど真ん中にいるエステリータを見ていた、見つめていた、真っ裸で、金色の頭の下に両腕が伸び、両足が分かれ、開いたヴァギナとその他もろもろ、彼女の恥部、核心の性器には、何も隠されたところはなく、すべてが披露されていて、そしてなんと、一本も毛がないのだった！　彼女の陰毛を輝かせていたのはその不在だった。そうなのだ、なんと壮観な、鏡とばかりに輝く石のような恥丘《プビス》・ド・シャヴァンヌ。ラスキンの理想像が目の前で、わたしにばっちり曝《さら》け出され、わたしをぱっちり目覚めさせた。轟く驚きから覚めたわたしは、瞬く間に距離の概念を飛び越え、ベッドへと潜り込んだ。これからおれは古典主義の彫像と寝るんだ。その時のわたしは、ほんの一瞬のあいだだけラスキンの仇をとろうという気持ちになり、そのあとは永久に（セックスの持続時間という、個人差により長さが変わる永遠だが）エステラと、いやエステリータと交合を果たし続ける心づもりになっていた。

　何にも覆われていないベッドの彼女（布で覆われていないのは彼女だ、ベッドじゃない）の、裏切りと夜の恥丘ときたら（地球と同じ音なのは故なきことじゃない、どちらもただ一つしかない球体なのだ）、デルヴォーの描く、わずかに月に照らされた青白い女たちみたいに見えた。だがエステリータは青白くではなく、金色に輝いていた。夜に開け放たれた窓から見える欠けゆく月が、彼女を照らしていた。デルヴォーの選ばれし乙女《ドモワゼル・エリュ》は、みなその両足のあいだに黒々した夜を備えているけれど、エステリータは違う。しかしながら彼女の二つの乳のほうは、フォンテーヌブロー乳房派のそれだった。わたしは例のいたずら好きな妹の真似をして手を伸ばし、乳房からネジを抜こうとしてるみたいに、あるいは弱き性の強化金庫についたダイヤルを回そうとしてるみたいに、人差し指と親指で彼女のレモンの片方を（あるいはもう片方だったかも）つねった。

「何してんのよ？」彼女は叫んだ。「痛いじゃない」

「ぼくのほうも痛いんだよ。すべてが痛い。あるメス猿《ウナモナ》が、じゃなくてウナムノが言った、スペインが我が心を痛ませる、ってあれだ」

「何言ってんの？」

振り返って体全体をわたしのほうに向けた。

「母に誓って言うけど、あんたって頭おかしいわよね」

わたしはあのミュジドラみたいにミュジミュジとつぶやき始めた。

「主よ憐れめよ、ああ割れ目よ」

「今度はいったい何だっての？　全っ然わかんないわ」

「いまこの射精の時に、父なるいにしえの創造主に祈りを捧げるんだ」

ある種《シエルト》、密室での合意《コンシエルト》となるよりも、野外でのコンサート《コンシエルト》となったほうが、内密さが慎ましさに変わっていい音がするし、耳に残るような音になる場合がある。口づけの場合がそうだ。公共の公園や宿で始められ終えられた口づけは、やがて終わりなき愛撫へと続き、唇は今度は大陰唇のために使われる。

彼女はといえば自分の唇を、ラスキンが理想を具現化したようなその性器について説明を加えるために使った。

「わたしまだ汚れないいいいの」

毛が生えないいいいの、と言おうとしたんだろうけど、いま言ったやつのほうがいいな。

「じゃあ、愛するにはきみはまだ若いね」そうわたしは歌詞を口ずさんだ。

「でもここにいるじゃない？」

どんな音楽も彼女の耳には入りやしない。この状況をして「危機」と呼べば正鵠《せいこう》を得ていただろうが、同時に性交と言えば二人の人間が同じベッドに入ることだ。わたしが期待してたのは、彼女がベッドから、あるいはベッドの上に、それかベッド脇に起き上がり、白い鎧のようにシーツを身にまとってやって来て、わたしを官能のさなぎの中に包み込む（手はシーツの端っこをつまみ、布に覆われた両腕はわたしの肩と背中に回される）場面だった。しかし彼女は上記のことはまったくやらず、裸でベッドにあおむけに寝そべったままで、もうすでにベッドから出ていたわたしは、その隣で立ち尽くす羽目になった。

「何を待ってるの？」

「きみを待ってる」

「立ったまんまで？　バカじゃないの！　痛そうだわ」

エステラ、カンテラ、カルデラ湖。その女淫魔《サキュバス》の洞窟の、男淫魔《インキュバス》の入り口は、今の今まで無毛で、無情で、洞穴《どうけつ》が開いたことはどうけっつまずいてもなかった。ヴァギナを嗅ぎな。なにしろ彼女はほぼ未成年の青年であり性年なのだ。性年期の性器。愛らしい恥丘に息づくＩの形とアイまみえよ。アイは愛の聖母のアイであり、愛妾のアイでもあり、真夏の地球に息づく愛の形を示す「真実の肖像《アイコン》」

でもある。女はみんな三角地帯を持っている。男が二人くれば三角関係だが、不貞を働くには太え神経でなくちゃならない。女二人と男一人だったらどうなるだろう？　三人の女による三角関係だったら？　性の幾何学にフェロモンの示す道はない。苦悶の道ならあるが。わかるかユークリッド？　あんたの定理は三次元だけど、辺が三つもある三角には向かないし、ベッドに至っては四辺もあるんだぜ。かくのごとく証明に性交せり《クオド・エラト・フォルニカンド》。ユークリッド幾何学によれば、すぐそこの直線《リネア》通りはずっと永遠に続いていくのかもしれないが、わたしの一番お気に入りのイズムであるオルガズムはそうじゃない。

　わたしは、映画でさんざん見たセックス後の喫煙行為を真似た。シガリロとマッチを取りに服の置いてあるところまで行った。火をつけ、吸いながらベッドへ戻った。こうやって火事が起きるんだったな。放火魔的な考えを彼女が遮った。

「あたしもいい？」

「何が？」

「吸っても」

「吸ってたとは知らなかった」吸うとは思わなかった、と言うべきだった。

「これまでは吸ってない、いまは吸うのよ。もういいんだから」

「これからは喫煙する女になるんだな」

「あたしはもう自由を満喫して生きる女なの」

いつも黙っていることなんかなかった彼女だが、いまのは彼女の決意表明だったのだと思う。彼女に自分のシガリロを渡し、二人で吸った。

「夜に硬《ハード》くあることはたやすいが、昼ともなると話は別だ」

「何？」

「引用だよ、とある文章を引き合いに出したのさ」

「あんたはヒキアイに出してばっかかね」

「言われて気づいたが、ぼくら実際、アイビキ宿にいるわけだな」

「で、何なの？」

この問いで思い出したのは、ガリシア文化センター、というかそこの劇場に、クプレ歌謡のスペイン人女性歌手がやってきた時のことだ。彼女は舞台裏で出番を待ちながら椅子に座っていて、落ち着かなそうに喫煙していた。近くにいたのは金づちを手にした道具係で、釘を打つための集中が訪れるのを待っているところだった。座っている女性歌手のスカートは膝の上まで上がっていて、見事な脚を覗かせており（彼女はその声と脚で有名だったのだ）、喫煙中ずっと場外サービスを披露してたわけだ。ひざまずいていた道具係は近くで脚を拝もうと、尻をずらすようにして女性歌手に近づいていった。すっとくるぶしに手を置いてみたが、女性歌手のほうは身動きしなかった。気づいていないようだった。道具係は、完璧な脚に手を登らせていった。まだ動かなかった。道具係は手を登らせ続け、脚に負けず完璧ですべすべした太ももへと進んだ（ソックスは履いてなかった）。太もものあいだに手を差し挟み、太ももは股間のところで、もはや太ももであることをやめ始めていた。ソックスを履いてないこの女性歌手は、パンティーも履いてなかった。パンティーという名称さえ知らずに、ショーツと呼んでいたんだろう。道具係は裂け目に指を一本差し入れた。ついに歌手は道具係のほうを見て、吸い終えたシガリロを床に投げ捨て、こう言った。「おソソにご到着よ。で、何なの？」わたしもおソソにご到着したのだった。

こんな歌がある。

その雲から降りて
ここにきて
現実の世界に

わたしがしたのはまさにそれだった。

わたしは眠れなかった。セックスよりも不眠のほうが持続するのだ。あるいは愛の音よりも、愛し合う音よりも、騒々しく交わる音よりも。オルガズムはしばしばオルガンに変わる。部屋の中、ベッドの中、夢なき暗闇の中で、わたしは明け方の音を聞いていた。人間が立てる音だ。でも真夜中に聞こえてくるその音は、いびきの音じゃなかった。うなり声、ほえ声、ああっという声、つまりは愛のたてる音だ。セックスの音だった、と言うほうがいいだろうか。他の女たちが、子馬に乗った魔女みたいに、唸り声をあげていた。愛する異端審問官に拷問されていたわけだ。エステリータはというと、あおむけになって、責め苦とはほど遠い眠りに落ちていた。

少なからず驚いたことに、わたしの立証したところによると、部屋には枕がなかった。わたしの嫌いなものがあるとすれば、それは枕のないベッドだ。


何に起こされたんだろう？　ベルの音だ。目覚まし時計の？　ひょっとして家の呼び鈴？　違う、電話だ、それにここは家じゃない、そうでしたよね？　ここは宿だ。電話に出た。いかにも明け方の声らしい声が、六時ですと知らせた。まだ眠ってようかな？　そしたらもう半日ぶん部屋を借りないといけなかった。わたしは起きることにし、その声に向かって（耳に向かって）言った、もう起きてベッドを出ます、いや部屋を、宿を出ます、わかりました（最後のはわたしじゃなくてその声だ）。

寝返りを打ち、起き上がろうとした。その時、向こう側で眠っている彼女の姿が見えた。彼女は裸で、彼女の裸を見るのはこれが二回目で、たぶんこれが最後にはならないはずだった。寄る辺もない真っ裸で、顔もすっぴんだ。ベッドのこちら側には寝ず、まるで二人のあいだには深い溝があるかのようだった。もつれた髪の毛は、いつもより暗い色に見えた。体毛の薄い体とそのポーズとは、横たわる裸の少女の影像のようだった。わたしは肩に触れた、一度、二度、三度目に彼女は起きた。

「何?」

「なんでもないよ」

「どうしたの?」

「どうもしないよ。寝てたから起こしただけ。それでいまきみは起きた」

「何するの?」

「すぐに起きよう。もう部屋を出なくちゃ」

「どこに行くつもり?」

「ぼくはまずシャワーに行く。きみはどこに行くのかな」

考えているようだった。

「お風呂入らなきゃいけない?」

「軽くでいいよ、軽くで。でもぼくはシャワーを浴びる。シャワーでパワーをシャワやかに、だ」

「勘弁してよ、まだ早いじゃない」

わたしは起き上がってシャワーを浴びに浴室に行った。この血塗られた宿のサービスで、洗面台にはごくちっぽけなグラビの石鹸が置いてあった。グラビは歯磨き粉の女王です。コルゲートだったらよかったのに。さらにいいのはエルサ石鹸だな。エルサとお風呂で歌エルサ。流れる水の下で、わたしは昔のボレロを歌った。突然背後でドアが開いた、ピストルを持った殺し屋、じゃなくてエステラだったが、彼女のほうがより正確な腕前を持っていそうだった。

「そんな風に両手をあっちこっちに広げてると、あんた猿みたいね」

朝の六時という、恋人にとって好都合な時刻《オラ・プロ・ノビス》であっても、やはり運に恵まれない（祈りを捧げよ《オラ・プロ・ノビス》）時間帯に、わたしたちは外へ出た。

やっと日の出が見れた。というか、見たのはわたしだけだったが、妙に気分が高揚し、元気が出てきた。その昔、まだ少年だったころには、浅はかにも鮮やかな太陽が顔を出すのが見れるというだけで、日の出が好きだった。けどこんな朝焼けを見れたりしたらその日はツイてる日だったな。そしていま、このツイてない日に、わたしは夜明け前に起こされ（「お客さん、もう時間だよ」と当直の受付が言った）、太陽を見る羽目になっている。でも昔と同じじゃない。太陽は同じ太陽だったけど、このわたしは同じ人間じゃなかった。けれどもまだその時は、その日を境にわたしたちにとっての昼と夜の長さが逆転したのだとは気づいていなかった。逆説だな。でも、逆説ったって何が逆なんだ？

早朝のベダードは清潔な匂いがした。朝早くなんだから、そんなに驚くことでもない。彼女も清潔な匂いがしたし、わたしも清潔な匂いがした。すべてはいい匂いで、精液と撒き散らされた血の匂いなんかじゃなかった。夜露がすべてを洗い清めていた。宿の周りのあの木々すら清潔な感じに見えた。

もはやあのホコリまみれ、ホコリだらけ、ホコリてんこもりの状態じゃなかった、どれも同じ意味だが、これだけ言えばニセゲッケイジュの上に積もっていたホコリの量をおわかりいただけるだろう。

リネア通りの終点では、木の根っこが掘り起こされ、まだなお掘り起こされ続けていて、道が渡りにくくなっていた。まるで未来の戦争に備えて塹壕を掘っているように思えたが、実際のところは過去に対する戦争だった。廃線になった路面電車に対して宣戦布告された戦いだったからだ。

あの部屋とは違って、いまは《ほのかなスイカズラ》の香りはせず、代わりに海の匂いがした。執拗な海の匂い、それに、ひと波ごとにラ・チョレーラの防波堤《マレコンシート》を越えてやってくる匂いとせせらぎ。

新たな一日と言う名の、絶えず繰り返される不穏さへと、わたしたちは踏み出していった。早い時刻なのに、もう通りには人がいた。こんなこと思いもしなかった。こんなに遅く寝たことも、こんなに早く起きたこともなかったのだ。これが、熱帯の夜明けの景観ってやつなのか？　まぁそうかな、それともただの妄想かな。タクシーを拾って港へ行こうと決めた。何をしに行くのか？　たぶん、出入りする船を見るために。つい最近までは、それが唯一島から逃げる道だったのだ。何になりに行くのか？　悪魔島からの逃亡者になるためか？　それはまだわからなかった、でも不思議なことに、特に理由はないのに心は揺るぎなかった。でもそうだな、何かしらできることはあるだろう、朝食をとるとか。一日を始めるには最高の行為だ。カフェ＆バー＆レストランのテンプレーテで朝食をとる。名物料理はヨダレの出るようなネグロ（この言葉には「黒人男」って意味もある）ととびきり美味いモーロ（こちらは「混血男」だ）で、きっとアンドレ・ジッドも、「ほとんど常に正論を述べる」オスカー・ワイルドの忠告に耳を貸して味見してたら、大満足したことだろう。しかしいまは、存在には遅すぎ、無には早すぎる時間だった。あくびをしながら停まっているタクシーを見つけたのは、白地に黒文字の看板に、ベダード地区バス停留所、と書かれた場所だった。看板に偽りあり。二点を結ぶ唯一の最短距離であるはずの直線も、どうしてもカーブにならざるを得ないマレコンを走ってやっと辿り着いたテンプレーテは、閉店中だった。看板には「二十四時間営業」と書いてあるってのに。明らかにわたしたちは、すでに二十五時間目に突入してしまい、その結果、明日と言う名の静けさに包まれていたのだ。

「あれっ、あれ」彼女が言った。「見て、あっちから来る人」

わたしが見たのは、背の高い痩せた男で、頬はやせこけ、なんとなくアドルノを思わせる男だった。

「誰なんだ？　テオドール・アドルノ、またの名をヴィーゼングルントか？」

「全然違う」彼女は言った。「わたしのおじさんよ」

「男なのにOGさん？　何おじさん？」

「ペペおじさん《ティオ・ペペ》よ」

「ティオ・ペペならぼくんとこにもいるよ」

「でもあの人がわたしのペペおじさんなのよ」

「ほら見える、こっちに来るぞ。アドルノだ、間違いない」

「アドルノって何よ、何言ってルノよ。ぺぺおじさんだってば」

「わかってるよ。ぺぺ・アドルノだろ」

彼はやってきたかと思うとすぐに行ってしまった。アドルノ、もう帰ルノ。

　これからみなさんにしなければならない告白は、チェーホフなら認めず、ドストエフスキーなら賛同してくれるだろう。宿に入った時処女だったエステリータは、出てきた時はすでにそうではなかった。入って、出て、もう二度と取り戻すことのできないものを失ったのだ。

　一度きりのその夜、傍で眠るエステラをよそに、わたしは不眠に苦しみ、そのあと可眠状態になってからも、恐ろしい魔術、奇跡、逃亡、夜の亡霊、幻想の驚異を夢に見た。前の晩『モンク』を読んでいたわけじゃないが、彼女がご馳走《アンブロシア》なら、わたしがアンブロシオなのだった。エステリータの身体をエステラの魂から切り離すことは難しい。熱帯の花であり、ほのかに香る見慣れない薔薇でいっぱいの自由区、それが彼女だった。女たちがいつでもほとんど完璧な存在であるような大地。あの場所、あの島には、思い違いと失望との終わりなき遊戯がある。美しく運命を狂わす彼女、いっぽうのわたしは、彼女のために動く皆殺しの天使、というよりは復讐の代理人であり、彼女のごとき怪物、野獣、花々がわんさといて、そのどれもが輝かしく、香りよく、文句なしの毒を備えているようなイドの密林から、彼女を生け捕りにして連れ帰ったフランク・バックなのだった。

結婚する女にとっての運命《アサール》というものが、柑橘《アサール》の飾りにも増して花嫁衣装の一部であるとするなら、わたしにとっての運命とは、皮肉たっぷりの言葉たちだ。だが負け目《アサール》といえばこれは、いままさに投げられんとするサイコロ、賽の一振りの目のことだ。午後遅くまで眠りをむさぼる牧神《ウン・ファウノ》なる存在を作り出した創造主《マラルメ》は、サイコロにも精通していたのであり、その教えを学ぶ弟子を自認するわたしにとって、わたし自身がやってる仕事や遊戯なんてものは、ただマラルメに倣って過ごす「ボクちん《インファンテ》の午後」に過ぎないと言っていい。もしそれ以上の要素があるとすれば、それはわたしに宿るあのサン・ラサロ街（運命の分かれる三叉路街《サンサロ》と呼んでも構わない）に対する嫌悪感だが、こちらはみなさんご存知のはず、なぜならそこで起きたすべてはわたしの別の本の中で、逃れ難いゆえにわたしの嫌いな結末である不幸な結末《フィナル・インフエリクス》を迎える、別の冒険の中で語られているからだ。

わたしたちはパンアメリカン・クラブやフロリディータ、それにスポーツ用品店カサ・バサージョの裏道を通っていった、そこは子どものころよく通ったところで、ガラス棚にはバットや球や各ポジションのグローブなど、あらゆる野球用具一式とボールが輝いていた。汚れ一つないパンツとシャツとスニーカーの下には、《フェアプレー》というモットーが公然と掲げられていた。アーベアルだかアルベアルだかいう公園を一周すると、エステリータが指をさしながら(彼女にはやたら指をさす悪癖がある)言った。

「あれは誰?」

「アルベアルかアーベアルか、とにかくそこに書いてある名前の技師だよ。ノートを取ってるところだ。知ってるかい、中央公園の奥深くにはマルティの像があって、礼拝堂を指さしてるけど、その時いっぽうのこの技師はひたすらノートを取りまくってる。奇妙な偶然の一致だが、アルベアル技師は一八九五年にハバナに初めての水路を引き、その時いっぽう奥深くでは、マルティがオリエンテで死んだのさ」

「偶然の一致が好きよね」

「人生とは、豊かな人生とは、偶然の一致が生む筋書きに過ぎないんだ」

「スジガキって何?」

「スジのあるカキさ。さあ、行こう。腹が減った」

「全然お腹減ってない」

「ぼくは空いてる。空きすぎてきみを食べちゃいそうだ」

「またやろうってのはなしね」

彼女を連れてエヒド通りを上っていった。カンポアモールで朝食をとれるなと思ったのだ。そのカフェに着くためには、サラゴサナの脇を通る必要があるのだが、そこの店先で目にしたのは生け簀いっぱいのロブスターやクルマエビ、アカザエビ、淡水エビ、ストーンクラブやザリガニ、ブルークラブやイカなど、まさに魚介類が湧き出すアマルテイアの角、海中の豊穣の角といった光景だった。ランパリージャ通りを渡る前には、アリエーテの横を通って行かなきゃあかん、そんなんアリエンテ。

「めっちゃハバナを知ってるのね」


ハバナではいつも、物事はまた新たに始まる。記憶の中でハバナは、けっして破壊されないもののように映り、写っていく。それによってハバナは不滅になる。というのも、人間と同様に、街もまた死ぬからだ。一九五五年ごろのハバナでよく言われていたフレーズに、「タンゴは忘れてボレロを歌え」というものがあった。芝居じみたものは捨ておき、感情に訴えるものを求めろ、という意味だ。これほど的を得た表現は当時なかった――いまだってそうだ。

語りたいのは、わたしが抱くハバナへの愛についてではなく、わたし自身の愛、愛する人についてだ。だが彼女とともに、彼女のために、彼女のせいで、わたしはもう一度ハバナ旧市街を訪れることになった。

カンポアモールというそのカフェは、その時間帯は整然として客もおらず、大理石のテーブルは、キューバにいる者ならだれでもそうするように、砂糖を探し求めるハエたちの滑走路と化していた。ウェイターがテーブルを片付けにきて、意味なく大理石をふきんで拭いていった。注文をとったあとで（《カフェオレを二つにトースト、それと食後にコーヒーを単品で、ていうか単独で、つまり何も入れずに》。エスプレッソという言葉はカンポアモール氏の語彙にはなかった、といってもそこの主人のことで、詩人のほうではない）、ウェイターが背を向けるや、ハエたちはふたたび大理石の上でつるつる滑り続けた。ソニア・ヘニーの映画の観すぎに違いない。もっともこちらは凍結路面のスケート場がお好みのようだが。

朝食を終えコーヒーが来ると、わたしは紙箱を摑んで取り出し、シガリロを巻いて火をつけようとした、すると彼女が聞いてきた。

「一本くれる？」

わたしたちの逃走は、過ちの持つ永遠の魅力によって勇気づけられていた。逃走は競技というよりも、ドラマじみたものと――ほとんどメロドラマじみたものと――化した。だがこれは、死との競走なのではなく、生に向かっての疾走なのだと、わたしはそう信じていた。

わたしたちのそれは空っぽな逃走《フーガ・ウアキュイ》だった。逃げていたが、何から逃げているのかわからなかった。エステラは、それまで（避けようとするよりむしろ）練り上げてきた策略をもとに、平行する糸（わたしの糸と彼女の糸）を使った一つの筋書きを、目に見えない網として生み出した。わたしのほうは単に、紡ぎ出されたこの陰謀の一部に過ぎず、それも絶対に不可欠というわけでもなかったのだ。いまここで述べたことは、すべて本来の意味にも比喩的な意味にもとってくれていい。

そのあとは障害だけがいた。いた？　あった、だろ。悪役は文法には疎いんだ。ともかくそれは競走というよりもまず逃走《フーガ》だったが、といってもバッハのフーガのことじゃない。バッハの意味は小川だ、ちょうどキブ川みたいな。それは彼女の家からの逃走、わたしの家族からの逃走だった。わたしの知る限り、彼女に家族はいなかった。というか、彼女の家族は馬鹿族だったのだ。母親というのは、白雪姫の継母ではないにせよとにかく継母だった、ちなみにエステラのほうでは、七人の小人の一人を伴って夜の森に入り込んでいくことなどこれっぽっちも恐れていなかったのだが。その小人とはこのわたしだ――七人のうちの、先生のドックと、おこりんぼのグランピーと、おとぼけのドーピーとのミックス。《神さまは、真っ直ぐで、物知りで、用心深い小人たちをおつくりになりましたが、それはいいことと悪いことを間違えないためなのです》と、とイツのおドぎ話はそう語る。わたしはウォルト・ディズニーのほうが好みだ。背の曲がった小人が真っ直ぐな奴だなんて腑に落ちない。悪い継母（彼女がそう言っていた）は、一人娘を奪われた母親の苦しみから死んでしまうのだろう。でもわたしは何も、誰も奪ってなんかいない。キブの雲一つない空が証人だ。あなたがたも証人だ、「ピアノ」を歌ってたあのピアノを思い出してくれ。だけど、愛と狂気と死の物語であったことは本当だ。ベディエもそう書いている。ともかくもわたしは愛を注ぎ、彼女が狂気を注ぎ、そしていつものように、死が生に闖入してきた。音楽はいまだ、どこからともなく聞こえていた。

夜の逢い引き、
愛する人との逢い引き。
なんと遠くなってしまったことだろう、
わたしたちを初めて一つにするはずの
あの逢い引きの時は。

わたしたちが会う約束をしたのは、「洞窟」を意味するラ・クエビータの中にある金融会社のところだった。金を貸して、水が増水するごとく後で何倍にもするという、古くからある生業への新たな名前としては興味深いものだ。
わたしたちがラ・クエビータの中から出てきた時、ボレロも飛び出してきた。

あなたは嘘ばかり
わたしを忘れたはずなんてない

でもわたしはそのボレロを、ラ・クエビータを、そして忘却を忘れることにした。それでも、ラセリエの歌声を、ブランリーが命名した「ラセリエの名曲集《ラ・セリエ》」をいまだ歌うその声を、忘れることはなかった。説明しておくと、ラ・クエビータはある種都会の洞穴のようなもの、『貼り紙』誌社の人たちが連日駆け込む避難所のようなものだった。入り口はただ一つで出口はなく、調理場のある奥のほうはさらに薄暗かった。これが本物の「壁の穴」、高雅なローマ人の美味なる死体が埋められた、カタコンベへの入り口だったんだろうか？　タクシーと午後のひとときを求めて外に出たその瞬間以外に、わたしが答えを知る機会はついになかった。
わたしはこの逃走《フーガ》を、一つの技法《アルテ》、一つの芸術《アルテ》となるくらいまで展開してみようと決意した。タクシーを捕まえマリエルへ行った。運転手が誰だったか、当ててみたらいかが？　他ならぬあの知られざる罪人、『貼り紙』誌社のお得意さんだ。当然ながら走行中、彼は道路よりもバックミラーのほうを見て、暑くて車に乗り込むやいなや服をあらかた脱ぎ捨ててしまったエステラをチラ見していた。わたしたちはサンタ・フェ・トレイルを走り、彼女が住んでいた家の前を通っていった、通っていかざるをえなかった。その一角を、玄関を、そしてキブ川の岸辺までをも、わたしはじっくりと見た。でも彼女のほうはずっと一瞥もくれずに、ただ窓からの風が加速とともに冷風になって、顔や首にあたることだけを気にかけていた。なんてこった、いまエステラはほとんど裸じゃないか！　運転手は、どんどん淫蕩の血が流入していく虚ろな目で、じろじろ見つめまくっていた。見つめすぎて、あやうく他の車に衝突しそうになり、側溝に乗り上げてがたんと車体が揺れ、車道をはみ出しかけた。幸運なことに虚ろ目氏の運転技術は高く、片手だけでぐいっとハンドルを切ると、車は元の軌道に戻った。

「よく見てたのかい！」わたしはそう言ったが、単に運転の仕方だけを言ってたんじゃなかった。

「違うんです、よく見てましたよ」彼はそう言った。「実は、ビッチに戸惑っちまいましてね」

「何だって？」

「道に手間取っちまった、って言ったんです」

わたしは直ちに、旧ハバナ市街へと戻ることにした。

マラビージャはレストランというよりいわば「れすとらん」だ。つまりレストランよりは安食堂に近い。まあ、高級安食堂と言ってもいいが、ここのことは別のところ、別の本で二回描写したことがある、雨天の日で、向かいのキリスト教会、さらに向こうのキリスト公園は、溢れるほどに雨が降り、使徒からは知らんぷり。でもいまは雨は降っておらず、真昼の日差しがまばゆく輝き、今日という日を栄光で満たしている。けど暑い。いまは暑い、陽のあるところに熱ありだ。屋内はほとんど外よりも暑いくらい、なぜならこのマラビージャ、すなわち「奇跡」は素敵なところだが、エアコンがない。いまはまだない。いつかは取り付けるのだろうが、その時までにはつぶれてしまってるだろう。だがいまこの時マラビージャは存在している、これこそ小さな奇跡だ。

唯一悪い点といえば、人目を避けているエステリータとわたしが、都合の悪い奴らと鉢合わせる可能性が高い、という点だ。出会う奴らが悪い奴らというのではなく、わたしたちが入り口からこの「れすとらん」（ロシア語で書くならPectopah）に入る瞬間に出くわすのが、共産主義者ならぬ上層ブルジョワの一員である場合がまずいのだ。連中がこのあたりにやってくるのはたいてい、アメリカ人たちなら「スラム詣《スラミング》で」と呼び、わたしなら「与太者付き合い《マレボ》」と呼ぶ行為のためだ。与太者とはアルゼンチンの表現だけれど、この場合もしっくりくる。与太者といっても本物の悪党というわけではなく、地元の人間で、名声《めいせい》を求めてやってくる体格までも小さなプチ・ブルたちのことだ（「メーセー」を「メーシー」と発音するハバナ人にとって、名声とはすなわち飯のことである）。奴らは飯を食い、どしりと尻を落ち着けるので、尻が重くなり長っ尻になってしまう。何の話だっけ？　あちらの奥に座ってる奴らをご覧いただきたい、あれはまさしくジュニア・ドセとトニー・イエロ（本来の名はフィエロ）だ。見られた。もちろん見られたはずだ、まるで食事のお代を払う金を持ちあわせてない人みたいに、入り口の一番近くに座ってたんだから。金を払って買うことができないもの、それは小説に使えるお題のほうだ。

　彼女が食べていたのは、米と付け合わせの煮込み豆《フリホーレス》、そして暴力行為のなれの果ての果実、バナナの潰し揚げが乗せられた一皿だった。

「パキートがボレロについて何て言ってるか知ってる？　ボレロとは黒フリホーレスを添えたバラーダのことだ、ってさ」

「キブのピアニストのパキート？」

「それとは別のパキート。つまり言いたかったのは、フリホーレスは見方を変えればボレロなんだってことさ」

「そりゃうまいわね」彼女はそう言って、黒フリホーレスを食べ続けた。おいおい、皮肉屋なのか、それともただハバナっ子だってだけなのか？

　エステリータは宣言通り、全然食べなかった。わたしは少しだけ食べた。食欲が無くなりかけていることに気づいたのはその時だった。愛がそうさせたのだろう、なぜなら痴情を抱く時飢えは増えるが、思考を開く時飢えは治まる、して思考が修める領土は、これすなわち愛なり。「愛とは精神のな《ラモーレ・エ・ウナ・コー》せるわざ《ザ・メンターレ》」と、レオナルドなら言うだろう、でもあいつは女を愛したことなんかなかったけどな。さて、かの我が友人たちは向こうから、ホールを横切るすぐそばの通路をやってきている。どんどん近づいてきて、もうここに着く。わたしのテーブルのすぐ横で立ち止まる。ジュニアは背がばかでかく、わたしの席からは塔みたいに見え、塔の監視係が上のほうから、いつも以上にほっそりしたエステリータを見張っている。ジュニアは何も言わなかったが、英語を解するトニーはこう言う。

「こちらの美女とお知り合いにならなきゃな？《アーント・ウィ・ゴーイング・トゥ・ミート・ザ・ビューティ》」

わたしは、ウィルフリッド・ハイド＝ホワイトから拝み倒して借しつけてもらった口調で、『第三の男』の名台詞をもじりながら言う。

「この子は誰にでも紹介できるわけじゃない《アイ・キャント・イントロデュース・ハー・トゥ・エヴリバディ》」

こちらも英語がわかるジュニアが微笑む。英語を一言も知らないエステラは微笑まない。もっとも、英語だろうがスペイン語だろうが、彼女は絶対に微笑まない。トニーがわたしの耳に口を近づけて、小声で言う。

「しょうもねえ奴だぜ」

そう言って立ち去り、二人とも去っていき、わたしはそこに残る。でもそんなに長居はしない。エステリータはイライラした様子を示し、その顔にははっきりお手本のような表情が浮かぶ。いわゆるしかめ面だ。静寂にして雄弁。公的には成年を迎えた女性でも、彼女はまだ女の子だ。怒りの表し方は躾けられていない。人生からおイタを喰らったのだ。

「あのチビ誰?」

「トニーだ、本名はアントニオ」

「ノッポのほうは?」

「二世《ジュニア》・十二世《ドゥーゼ》」

「どっちもヘンな名前!」

「ベダード・テニス・クラブくらいヘンな名前だね、こちらは会員が身も心も捧げてるってのに、身のほうばかりが強調されてる」

「チビは何て言ったの?」

「しょうもねえ奴だぜ、ってそれだけさ」

「なんでそんなことを?」

「あいつがしょうもない奴だからだ」

「どういうこと?」

「あいつの家族は落ちぶれてこの通りに住んでる。昔は金持ちだったけどいまはもう違う。金があるように見えるだけ、そして金がないよりもそっちのほうがキツいもんなんだ。トニーは一人息子で、父親は多大な犠牲を払ってベレンでの教育を受けさせた。イエズス会士たちはトニーを司祭にさせようとしたけど、あまりに女好きが過ぎた」

「修道院にでも行きゃよかったのに」

「ところで、トニーが住んでた家はその名をジレンマといった。両親はある美人の女中を雇っていた。使用人ってのは主人の子どもと近しくなるもんで、トニーもその女中の裸を二、三度見たことがあった。欲望は家いっぱいに膨らんだ。欲望を打ち消すために、トニーは運動をしてた。ダンベルとか、バーベルとか、ああいうご大層なやつをね。でも肉体的運動よりも精神的勤行をすべきだったんだ、なぜなら毎日毎晩、特に毎晩のほうだけど、ますますその女中を求めるようになり、欲望がストレッチとエッチのあいだで闘ってた。ある夜（欲望とはいつも夜に大きくなるもんだ）、その女中は彼の部屋に来て、服を脱ぎ、ベッドに入ってきた。それからはトニーはぴょんぴょん飛び跳ねたりしなくてもよくなった、運動はぜんぶベッドの中で済ませたからだ。でも両親は気づいた、なぜなら（ここで歌いながら）人生のすべては、確かめてみなくても自然と明るみに出る、って歌詞にある通りだし、実は女中のほうでもそうなることを望んでたんだ。最終的には、両親はその女中を家から追い出し、トニーには許嫁を見つけてやった、その娘は金持ちで美人だったけど、背は奴よりも高かった。これぞハッピー・エンドってやつだ」

「でもその娘にとっては違うわ。もう一人の」

「もう一人にはね、違うね」

「誰にでも陽は当たる、そうでしょ？」

「ぼくらはみな同じように生まれるけど、死ぬ時はそれぞれ違っている。これを運命と呼ぶ。もう一人の娘は跡形もなく姿を消した。でもトニーは言うほど幸せでもなかったと思うよ。結婚ってのは意外と、終着駅ではないもんだ」

「彼が幸せじゃないってのはなんで？」

彼女はわたしの話が終着点に着くのを避けてるのか？

「あいつの賛美の裏には嫉妬があるからだ。ほんと、色んな意味でしょうもない奴なんだよ」

「何に嫉妬するっての？」

「きみにさ、きみと一緒にいるぼくにもだ」

「まさか！」

「きみはさ、わかるだろ、魅力的だから」

「あの人美人な女と結婚したんでしょ？」

「最近聞いたところだと、その彼女は太ってしまって、さらに妊娠してるそうだ。たぶん家にはまた別の女中がいて、あいつは勤行とはほど遠い運動を実践中ってとこなんじゃないか。いまなおキリスト教徒のくせにね」

「友達は金持ち、じゃあんたは何してるの？　記者なんだよね？」

「一本《ア・ヒット》、確かに一本《ア・ヴェリー・パルパブル・ヒット》」

「なんて言った？」

「シェイクスピアだよ」

「またなの？」

「この引用はお気に入りなんだ」

「博学すぎてビビるわ」

「ぼくの知己でも敵でもある連中はさ、喋り方が面白いのがいいんだよ。金持ちのキューバ人みたいに喋るから」

「他にどんな喋り方があるっての？」

「貧しいキューバ人みたいな喋り方さ。それがやつらの本性《クイド》、あるいは報償《クイド・プロ・クオ》と言うべきかな。ラテン語で、あげるから俺にもくれ、って意味だ」

「今度はラテン語でビビらすのね」

　わたしたちはそこを出た、彼女のほうは気ままだったが、わたしのほうは気を張って、あの怪しい二人組が公園の木に身を潜めていないか見る。あるいは教会の中かもしれない、トニーはキリスト教の教えを実践してる奴だし、ジュニアはキリスト教への改宗者みたいなもんだからな。通りに出るとエステリータが、広場を縁取る青い敷石につまずいた。

「クソッ」彼女が言う、「あの石クソだわ」

「石じゃないんだよ」わたしは言う、「敷石って言うんだ、広場を縁ドルノにいいから、スイスから運ばれてきた」

この情報はテオドール・アドルノに教えてもらったものだ。

エステラはこれまでになく、エステリータの姿を見せていた。街の中で迷子になってしまった子どもみたいだった。でも子どもじゃなかった、迷子ではあったが。とはいえ『闇に迷う者たち』ではなく、光に迷っていたのだ。太陽はぎらぎらと、垂直に広場に落ち、敷石は青さを増していた。石の海みたいだった。もし彼女がサングラスを持ってたら、とっくにかけていただろうな、わたしはそう思った。

「『貼り紙』に戻らなくちゃ。締め切りなんだ」

「締め切り、って何?」

「原稿をライノタイプ工に送らなきゃいけない日のことだ。ライノタイプ工って何って聞かないように。鉛の中に字を綴るタイピストのことだ」

「素敵な仕事ね」

「想像よりもっと美しい仕事だよ。だが一つ難点がある。ライノタイプ工はみんな早死にするんだ。鉛が彼らを殺すのさ、弾丸よりも狙いは正確だ」

「そんなことあんの?」

「鉛中毒っていう名前の病気だ。鉛のガスを吸い込むことによる病気だよ」

「それが締め切りってやつなの？」

「いや、締め切りってのは原稿を締める時のこと」

「じゃああんたは鉛中毒じゃないってこと？」

「そうだね、でもぼくは時々持続勃起病に悩まされてる、夜に発症するんだ、昨夜もそうだった」

「それを持続勃起病って呼ぶの？」

「いや、ぼくはそれを無垢の喪失と呼んでいる」

「あたしと同じ？」

「あたしと同じ、その通りだ」

「あぁ」

わたしは『貼り紙《カルテーレス》』誌社に戻った、貼り紙がペタペタ貼ってある会社ってわけじゃなくて、雑誌の名前なのだ。カルテルと混同しないこと、あちらはさまざまな利害関係者が、共通の目的、つまりエステラのために連合を組むことだ。それがわたしの第一目標《プリモ・カルテツロ》だった。

わたしは第一の目的地に着くために、ハバナでは賃借り車と呼ばれるタクシーに乗り込んだ。

いつものことだが、編集部にはもうワングエメル（フルネームはルイス・ゴメス・ワングエメル）

がいて、朝刊紙『ラ・マリーナ』（こちらのフルネームはおそらく『ディアリオ・デ・ラ・マリーナ』）を読もうとしていたが、文字を読み続けながら、近視用眼鏡越しに誰が入って来るか見張ってもいた。情報局長をやってるのは伊達じゃなかったのだ。いつものように立ち姿のアンヘル・ラサロもいて、「ドリル100」なる織り方を模倣したスーツを着て、禿げた頭には模造のパナマソウ製の帽子をかぶっていたが、本人はきまってそれをパナマ帽と言っていた。いつもの二、三名の執筆協力者がいつも通り社を訪れていて、ラサロの仕事机のところには、執筆中の災厄が置かれていた、つまり週一回のコラムのことで、雑誌内で、ハバナ内で、あるいは国内で許可されている政治問題や、政治家たちについての記事だった。こいつは安月給のくせに毎年車を買い替えていて、みんな不思議がっていた。たぶんお友達がいたんだろう。ラサロはわたしのほうに向き直り、頑強で、白く、完璧な歯を見せて笑った、それから帽子を脱いだが、そんな時にはいつもその歯が、禿頭のおまけ《ペンダント》みたいに光り輝いてたものだった。

「ねえ」彼が言った、「あなただけですよ、『お茶と同情』が、ショーの（狙ったわけじゃなく、彼はこの名前をショウではなくショーって感じに発音した）『キャンディダ』の翻案に他ならないと気づいた批評家は。この通り、脱帽《シャポー》ですよ！」そう言うと持ち上げた偽パナマをふたたび目深にかぶった。

わたしは自分の書き物机に座ったが、その時ラサロにありがとうと礼を返すのを忘れていた。だからいま言わせてもらおう、彼はすでにマドリードで死んだから、遅すぎると思うけど。

ワングエメルはスペインから帰ってきたばかりだった。いつも通り写真を撮ってきてた。現像、定着、乾燥を経て、仕事机と呼んでいた机に広げて見せているところだった。アンヘル・ラサロとわたしを招いて披露してくれた傑作の数々は、世界一下手くそな写真と言っても差し支えないものだった。

「こりゃどうかね、アンヘル？」

そう言って見せたのは、大きな通りの横にしゃがんだ女性が、スカートをたくし上げ、おしっこしている写真だった。

ラサロはその写真をちらりと見た。

「ガリシアですね」

「そう。ガリシアだ」驚きを隠さずに、ワングエメルは請け合った。

「痔ですね」

「誰が？」

「このスナップのガリシア女性です」

ひどい近視のワングエメルは、眼鏡を額にずらし、写真を近づけると目にしわを寄せ、中国人みたいに目を細めながら叫んだ。

「チビるぜ、ラサロ！　このご婦人は痔持ちだとも。クソ、なんでそんなことわかったんだ？」

「写真にはっきり写ってますよ、ルイス。それに忘れないでください、わたしも同じガリシア人なんですよ」

謎がさらなる謎を呼ぶ説明だった。

『貼り紙』から退社するまで待っていてくれた図書館に迎えに寄った時、彼女が脚を動かすと、スカートがふくよかな太ももの上までまくれ上がった。パンツ時々パンティーと呼ばれるあれを履いてなかったのだ。どうしてか聞いた。

「なんでかわかんないの」彼女は答えた。「昨日は履いてたんだけど、今日の朝なくなっちゃってたのよ。部屋は全部探したけど、出てこなかったの、嘘じゃないわ」

「夢の中に消えたんだ」

「ほんとに今日の朝まではあったのに」

「事故によって処女を失うことはありうるが、パンツを失うのはわたしの見るところ、意図された事態だ」

「何言ってんの？」

「いやなんでもない。脚を開くなよ、ポリュペーモスがきみを見てるぞ」

「誰？」

「あの図書館員だよ。目は片方しかないが、その目は確かだ」

エステリータは、俗に言う良識を持たないのだとわかってきたのは、存在には遅すぎ、神々には（我が守護神たちには）早すぎる段階でのことだった。無意識、すなわち、沈められ、まれにしか浮かんでこない意識しか、彼女は持ちあわせていなかった。エステリータがわたしに対して忠実じゃなかったというわけじゃない。自分以外のすべてに対して忠実ではなかったのだ。彼女が最も忠実でなかったのは常識に対してだった。もっと正確に言えば、社会の慣習、因習というものに対してだった。多くのうら若き女の子たちの場合と違い、仮面として不遜な態度を取っているのではなかった。エステリータの不遜さは、本当に本物だった。

彼女に罪という概念は微塵もなかった。それはまるで、辞書でこの言葉を探してみたけど、どのページにも見つけられなかったとでも言うようだった。だがわたしにとっては彼女こそが罪であり、今度はわたしがこの罪において悔悛を背負うことになった。

エステリータのことで特筆すべきことがある。彼女の性器は文字通り肌でできた花《きずつきやすいもの》だった。甘い味のする肌。体の中に唇形の花冠。大陰の唇と少陰の唇。性器はただ両脚のあいだに付いていただけじゃなくて、体全体に広がって第二の肌みたいになっていた——あるいは服を脱いで露わになる本当の肌のように。とはいえ、肌というものもまた何かを隠しているのだが。それは本当に、何よりも心を乱すようなものだった。彼女の肉体に触れたことは一度たりともなかった、なぜなら彼女の皮膚、彼女の境界面が、いつだってあいだに入っていたからだ。

《こっちの道を行こう》そうわたしが提案する。《いや、こっちのほうがいいな。よく考えてみりゃ、あっちのほうがいいか》。それで結局はどの道にも行かない。これこそ理想的な逃走図というもので、どの道に行くこともできるわけだ。この事実がわたしを立ち止まらせて考えさせ、そのために今度はわたしが彼女を、四つの道あるいは四つの通りが交わるあの角に、立ち止まらせることになったのだ。

四つ辻《カーファックス》!

カーファックス、Quatre Face の崩れた形。オックスフォード英語辞典にはこうある。《四つの道が一つに交わる場所。十四世紀には固有名詞としての用法が見られ、アングロノルマン語では carfuks とされるが、これは現代フランス語で四つ辻《カルフール》にあたる、古フランス語の carrefurkes からきたものである。十字路》。ハバナには、横断するのに苦労するクアトロ・カミーノス、すなわち「四つの道」を意味する名の交差点があるが、これは実際にはモンテ通りとベラスコアイン通りという二つの道しか交わらないところで、わたしたちがいまいるところからはすごく離れていた。

ちなみに、かつて自殺者は四つ辻の交わる地面に埋められるのが常だった、ということも付け加えておかねばならない。

女を知る機会のなかったブランリーは、まるで乳房を口に含んでいるかのように、「ヤラしい」を「ヤマしい」と発音していた。わたしが助力を求めたのはそんな男なのだった、でも正直なところ、助けてくれとわめいているも同然だった。利用するためじゃないとしたら、友達やってる意味あるか？

ブランリーは陰気だが愉快な奴だった。少なくとも奴と外出するのは愉快だった。でも時々、一種のアッホロイドみたいになる時があった。ある日パセオ通りの歩道をリネア通りに向かって一緒に歩いていた時、向こうから二人女の子が歩いてくるのが見えた。その二人は身震いするくらい笑っていた、男受けがしそうな女の子たちがやる、こそこそした艶めかしい笑い方だった。ブランリーは拳を握りしめ、歯ぎしりした。

「クッソ！」

知り合いなのかなと思ったが、その女の子たちは会釈も何もなしにわたしの横を通り過ぎていった。ブランリーは振り返ってもう一度、クッソ！　と繰り返した。小声《ソット・ヴォーチェ》でささやくように。

「いまの何だよ？」

「俺のこと笑ってやがった。見てないのか？」

「笑ってるのは見たけど」

「俺を笑ってたんだよ！　奇跡的に抑えたが、もう少しであいつらの首をふんづかまえてやるところだった、こうやってな！　俺のこと笑いやがって。笑われた時の俺は超危険なんだ」

一瞬、冗談を言っているんじゃないかと思った。ブランリーならやりかねなかった。

「なんできみのことだって決めつけるんだ？　ぼくのこと笑ってたかもしれないだろ」

この論理に落ち着きを取り戻したみたいだった、握りしめていた拳を開いたからだ。それから、ほとんど哀れっぽい調子で言った。

「じゃあ、あいつらは俺じゃなくてお前のこと笑ってたって思うんだな？」

「わからんよ、でもぼくのこと笑ってたとしても不思議じゃないだろ」

「たぶん俺たち二人を笑ってたんだ。二人とも！」

「たぶん誰のことも笑ってなかったぞ。女の子にはよくあることさ、何もなくたって笑うんだ。そういうお年頃だよ」

「そう思うか？」

「おそらくね。なんでもないのに笑う女の子たちを何回か見たことがある。おそらくいまの子たちもそんな子たちだったんじゃないか」

「不幸中の幸いだな」

「何が不幸中の幸いだって？」

「あやうくどっちかの女の首を、こうやってひっ捕まえて、締めてやるとこだった」

「同時に二人とも絞めりゃいいんじゃないのか？」

冗談はまったく通じなかった。

「もう一人の首はお前がふんづかまえるもんだと思ってたぜ」

「そんなことはこれっぽっちも思わなかったよ」

「なら何のために友達やってんだ？」

「女性の頸動脈を締め上げるためじゃないだろ、それが子宮頸だったら話は違ってくるが」

「お前が言うのはおおかたそんなこったろうと思ってたよ。誓ってもいい。俺は思ってたんだ、おれが一人の女の首を摑んだら、もう一人が殴ってくるだろう、それでもお前は何もしないだろうってな。悪い友達だ。最悪の類だよ」

「ちょい悪ぐらいだろ」

ブランリーが微笑み、笑うのが見えた。ハムレットみたいに多少狂人ではあるが、ユーモア感覚は備えた人間だったのだ。ある日わたしは、ブランリーに会いに下宿屋の奥まで入っていった。奴は母親と話していた。ブランリーに関しては何もかもが普通じゃないが、その時の会話も然りだった。まるで祖母みたいに見える母親は、そこが中庭だというのに歯磨きをしてて、なおかつ会話してた。歯ブラシで磨いてるのに話していた。歯ブラシを咥え唇をぴったり閉じてるのにそれでもなお話していた。さらに、口いっぱいに歯磨き粉と水を蓄えたいまは、もはや意味不明の音を発するばかりだった。口いっぱいの水を吐き出すこともなく、水と泡の隙間から何事かを言うと、今度はブランリーがそれに答え、口いっぱいに空気を含み、母親と同じような意味不明の音を発声して加勢した。聞いているほうも腹いっぱいになるような会話だった。だが母親は部屋の奥に姿を消し、すぐに戻ってきて言った。

「ロベルティーコ、やっぱりあんたはあたしの息子だね」

ブランリーが答えた。

「そう言うあなたは俺のおっかさん。以後お見知りおきを」

なぜブランリーと母親が、リネア通り沿いとはいえみすぼらしくぱっとしないその下宿に住んでいるのか、わたしには理解しかねた。母親はたくさん給料を貰っていたのだ。資格持ちの薬剤師で、評判の薬局に勤めていた。薬品棚には山ほど解読すべき処方箋があったが、ブランリーの母親は医学用語も難なく読みこなしていた。ブランリーの父親とは離婚していたが、父親も薬剤師だった。離婚の原因は、父親の助手として働かせるために、母親自身が連れてきた自分の女友達だった。当時ブランリーの母親は醜く年老いていたが、たぶん若いころはさぞかし、これよりさらに醜かったのだろうと思われた。とはいえ、この母親よりも若いブランリーの義母に会った時は、お世辞にも美人とは言えない外見だった。というより肌は混血っぽい色で太っていた。実の母親のほうはすごく色白だった。父親は斜視で、その目はブランリーと同じくらいくっついていたが、ブランリーと同じくらいの狂人というわけではなく、むしろ輪をかけた狂人だった。ある日奴の家に行った時、この父親は真っ昼間だというのにパジャマを着て、わたしには目もくれず、ブランリーを部屋に連れていき、その風貌に目を奪われたわたしは、あとをついていった。するとブランリーの父親は大きな洋服ダンスを開け、中から服を次々に取り出し始めたのだが、取り出すのは一度に一つだけで、その前にはきまって、《見ろロベルティーコ、父さんこんなに痩せてるだろ！　この服はいまは父さんにはでかすぎるけど、でも着られる時が来るぞ》と大声で言っていた。だが突然、急にタンスにその服を戻しながら、《参ったよなあ、ロベルティーコ！　この服はもう二度と着られないよ》と言い出す。そしてまた別の、さっきと同じくらい大きな服を取り出して、《この服なら太った時に着られるぞ、ロベルティーコ！　誓ってもいいよ！》と繰り返すのだった。この奇妙な宣誓とともに、十着ほど服を取り出していたが、どれも絶対に彼が着られるようにはならない服ばかりだった、というのもブランリーの父親は病気で死期が近かったのだ。三人が――ブランリーの父親と母親と義母が――働いていた製薬所を追い出されてしまった父親は、それ以来この病気に苦しんでいた。

製薬文学の世界では有名なその偉大なる製薬所では、《痛《クリティーク》みがひどい日の女性の辛さを和らげる》エバノル鎮痛剤や、肝臓の病気に効き、エバノルよりも売り上げのいいベラコラテを製造していた、というのもエバノルはただのアスピリンに過ぎなかったからで、添え書《レジエンド》きによれば、《すべての女性が背負わなければならない》という文句と一緒にエバの、つまりイヴの十字架が描いてあったが、それを見るたびにわたしは、女性が背負わなければならないのはイヴではなくアダムのほうなのでは、と思っていた。ベラコラテは能書きなしでも売れる、今日で言うところの「ベストセラー」だったが、それというのも当時のキューバでは、みんなが自分は肝臓が悪いんだとか、胆汁過多だとかもっとひどい病気なんだと信じていたからなのだ。何を隠そうわたしも、ある時期肝臓の病気を疑ってベラコラテを四六時中飲んでいたが、この肝臓特効薬による下痢のせいで、肝臓が良くなる代わりに肛門を悪くしただけに終わった。ついにある日医者に診てもらうと、その医者は、誰も肝臓が悪い人なんかいないんですよ、肝硬変の大酒飲みは別ですがね、と言っていた。《それで、おたくはお飲みになりますか?》《飲みますね》わたしは答えた、《ベラコラテを飲んでます》《ほどほどにお飲みなさい》と医者は言った、《あなたの場合、病気だとしたら小胞体の病気で、これは体ではなく心の疾患です。誰でもそうですが、あなたに関わることはすべて、心の中にあるんですよ》

この診断のおかげですっかり完治してしまってもよさそうなものだったが、実際には、肝臓の調子は悪くなっていくように感じられ、ついにはブランリーがビレスエフという牛の胆汁から作った薬を二瓶持ってきてくれた。この薬は奴の父親が発明したもので、ベラコラテを製造していた製薬所から父親と母親が追い出される原因ともなった。ブランリーの父親が発明した調合は、あらゆる調合と同じく極秘のものだが、ベラコラテを市場から抹殺するに足るもので、父親は他ならぬそのベラコラテの製薬所を利用して、自身の化学式を製品化したのである。ベラコラテを飲んでた時のように、わたしはビレスエフを二瓶飲みきったが、初めて調子が良くなったと感じたのは、エステリータがわたしの人生に現れ、調子が狂って以降のことだった。そしてその時には、ブランリーの父親が勝手に調合した製品のおかげで、すでにベラコラテはキューバでの製造が中止されており、いっぽうブランリーの父親のほうも、もう製薬所も製薬施設も失ったためにビレスエフの製造から手を引いてしまっていた。たぶんそれが原因で、父親は気が狂ったのだろう。もっともブランリーの家族そのものに、はっきりと狂人気質が認められはしたが。

ある日ブランリーが聞いてきた。

「眼医者のところへ行かないか?」

「視力は両方2・0だよ、サングラスをかければな」

「その眼医者のことじゃない、眼医者のおじさんのことだ。会うと面白い人だぜ」

「お気持ちだけで十分だ」

「おやつも出るぞ」

ブランリーのおじの眼科医は、下宿から三ブロックのところ、プレシデンテス大通りにある二階建ての慎ましく優雅な家の中に、診療所――かたくなに受診室と呼んでいたが――を構えていた。中は外観と別物だった。一階に診察室があり、二階にはブランリーのおじが博物館と命名したものがあった。待合室で待合している人もおらず、診察室にも誰もいなかったので、ブランリーのおじのあとについていった。ブランリーの父親よりも年寄りで、より醜かった――そんなことがありうると仮定すればだが。

「我が研究室に参りましょう」ブランリーのおじはそう提案した。この文句には驚かなかった、冗談だと思ったからだ。でも、一緒に一巡りしてみてわかったが、冗談なんかじゃなかったのだ。彼の研究室は本物のドイツ博物館なのだった。もっと正確に言えば、ナチ記念博物館だ。第二次世界大戦時のドイツ製の鋼のヘルメットや、勲章の並べられたショーケース――鉄十字章、プール・ル・メリット勲章、戦功十字章（《剣が付いた上級ランクのものです》とのこと）、それに戦傷章――が至るところにあった。《このすべてを、そしてまだ他にも》請けあうようにそう言った、《総統は勝ち取られたのです》。ここでもう一度腕を上げて、ついにこう叫んだ、《ハイル・ヒトラー！》奥の壁には、博物館全体を支配している、赤地に染め抜かれた丸い円と、その中に鉤十字とが描かれた巨大な旗があった。旗の前までやってくると、ブランリー博士は――ロベルトのほうは彼を呼ぶ時、顔を見据えながら《先生殿《ヘア・プロフェソール》》と呼んでいたが――、とびきり大きな声で《SIEG HEIL!《ジーク・ハイル》》と何度も敬礼した。

「大変残念なのは」彼は言った。「総統の肖像画をお見せできないことですが、おわかりいただける通り、よんどころない理由により私専用の書斎にかけてあります。『マイン・カンプ』、つまり『我が闘争』の初版も所有しています。ご存知の通り、この本を書いたのはかの偉大なる男、ヘルマン・ヘッスです」

「ルドルフだよ」ブランリーがおじをさえぎった。「ルドルフ・ヘス」

「さよう、ルドルフ・ヘス。誰が言い間違った?」

「おじさんだよ」ブランリーが言った。「おじさん」

それから間髪入れずにブランリー博士に向き直った。

「この家では何時に食事するの?」

「まだだ。いまは精神に養分を与える時間だ」

「おやつは?」

「もちろん精神のおやつと言っても過言ではない」

「おやおや、コヤツめ」ブランリーはため息をつき、それから大声で、「おい、行こうぜ」と言った。

それからおじさんに向かってこう言った。「Sick Hell《シック・ヘル》!」
ドイツ語はわかるが英語は解さないブランリーのおじさんは、敬礼を返してきた。腕は水平、手はぴんと伸ばし、指はきっちり揃えられたまま、丸い円の中の鉤十字を指していた。

ブランリーはある意味において、チビのブルネスの弟子だった。ドン・キホーテの時代から、背の高い男は最後には背の低い従者の思うがままになってしまう。その苗字が有名な靴の名前と同じだったブルネスは、ブランリーのうちに足跡を残したのだ。例えばブランリーがよく言っていたのは、健やかなる男児たちは、どいつもこいつも判で押したように、兵隊や役人たちのお仲間入りをする、とかいう理屈だった。《けどな》とブランリーは自信満々に言った、《体に一つ欠陥を抱えてると、そいつはたちまち自分の頭で考え始めるもんだ》。ある時にはこう言った、《魂の痛みより魚《うお》の目の痛みのほうがひどい》。あるいは、《心と呼ばれる場所は、襟ぐりの南にある》。さらに、《快楽の匂いといえばいつも思い出すのは、燃えているキャメルだな。白のオナニーだ》。こういうのもある、《我々はみな、公衆の面前で露わにはしない道徳の尻を持ち、慎ましさのパンツと都会性のズボンでそれを覆っている》。いつも美味しいシェークを持ってきてくれる女の子については、《彼女の罪深き手に気づいたか？ 俺にシェークを差し出す時なんか、北方のゲイシャみたいだぜ》。まだまだいこう、《俺は神は信じない。幽霊を信じるほうがいい》。こちらもいこう、《神父ってのは腹話術の人形に過ぎない。

彼らを通して神が語るんだ》。氷入りの水を一杯頼む時は、きまって言った、《もし水を飲むのが罪だとしたら》ここで力を込めて、《水の代償はもっと高価になるだろうよ》

こう公言してもいた。《母に読んでもらわないうちは一編たりとも詩を出版しないと決めてる。それだけじゃない、詩は一編たりとも母に読ませはしないとも決めている》。恋人すらいなかったブランリーだが、女の扱いに関してはエキスパートを自認してこう言っていた、《一粒の涙に溺れる唯一の動物、それが女だ》。もちろんこれは単に、リヒテンベルクから引いた皮肉だ。ダッチ・クリームについてはきっぱりと、《英訳された氷菓》、さもなくば《オランダが生みし最高のクリームの中のクリーム《クレーム・ド・ラ・クレーム》、彼の地では雌牛が女神、女の牛飼いなんざ目ヤニだ》。わたしについては、コラムの中であまりに他人から引用しすぎると言い、《引用がページからページへと通り過ぎ、けしておれの頭の中に立ち止まることがない》と言っていた。つまるところそれは、山《ベルク》の後ろの光り《リヒテン》に過ぎなかった。よくわたしは、《女をものにしたら必ず離れていく》と、ドン・ファン容疑で責められたものだった。それに、わたしに対して色々世話をしてやりすぎていると不平も言っていた。《お前はいかにも知識人だな。自分自身ですることと言えば、爪を切ることぐらいだ》。話は変わるが、古代人はどうやって爪を切ってたんだろう？

わたしが助けを乞わなければならない人間こそ、このブランリーという男だった。悪夢のような事態だ。でも最悪なのは、ブランリーが実際に助けてくれたことだった。

『貼り紙』誌社のすぐ近くの「ラ・アンティグア・チキータ」、つまり「古くてちっちゃい」という
そのままの名前のレストランで奴と待ち合わせた。ブランリーがこの店を選ぶのは、ただただ奴の性
格のせい、奴の笑いのツボのせい、六月のせいだった。

「もうここには三月の十五日《イドウス》はいない」彼はそう言った。「だがまだ去ってはおらぬ。おれたちがア
ルメンダレス川を渡るのはいつだ？」

「何だよ旦那、ようやくサシになれたってのに」

「何だよ旦那」ブランリーが言った、「こりゃ回文だ」

「ロベルト」こう言うと奴は驚いた。いままでロベルトなんて呼んだことはなかったから、何か重大
な知らせだとわかったのだ。

「ロベルト」もう一度言うと、ブランリーは我にかえった。「きみの力を借りたい」

「何も言うな。どの姑を殺せばいいか言ってくれ」

「姑はすでに故人だ。相手はシュウトメじゃない、娘のほうだ、ぼくの首をまるで夜啼き鳥みたいに
ひねってシトメようとしてる」

「まさに夜泣き時ってわけか」

「泣き寝入りはごめんだ」

「こんな早い時間に起きるなんて俺のほうが夜泣きしたくなる」

「九時が早いって？」

「夜討ち朝駆け《クーデター》に近いな。だからバティスタにも嫌気を覚える。ヤケにイヤケがするんだ」

「それ、ぼくも言ったことある気がする」

「まだ言ってなければ、いつか言うことになるから、まあ見てな。こんな早くに何の用だ？」

「ある女の子に関わることなんだ。ぼくらは逃げてきた、ぼくは妻から、彼女は母親から」

「それで何が望みだ？　最後の頼みの綱がいるってわけか？」

「最初の綱は連れ込み宿だった、二日前のことだ。二番目はサリータの家だった」

「義理の姉の？」

「そう。うちの上の階に住んでる」

「ずいぶん近場に逃げたもんだな」

「仰る通り。こんな気の滅入る環境じゃなく、もっと陽の目見れる環境を求めてるんだ。例えばだが、きみの下宿の一部屋とかね」

「それも遠くまで逃げたとは言い難いがな」

「大家さんと話して、説得してもらえないか？」

「大家を説得できるのはホセ・マルティのみだ」

「大の愛国者ってわけか？」

「大のペソ紙幣狂いってわけだ」

「なら金は払う」

「なら壁は取り払う。あとの交渉は母の担当だ」

　ベダード地区を知らずしてハバナを知ることはできない、カルサダ街を知らずしてベダード地区を知ることができないのと同じだ。今回、すべてはカルサダ街で起こった、なぜならベダードで起こったからだ。ブランリーが母親と住んでいた下宿屋は、カルサダ街の南の端にあった、と言っても正確には、カルサダ通りではなくて、O通りとリネア通りが交差するところの通りにあった。その安宿、寄宿舎《ボーディング・ハウス》は、ベッド・アンド・ブレックファストの域にも達していなかった、なぜなら多くの間借り人たちは、ブランリーの母親と同じく、どこか別のところで朝食を食べるか、それとも食べないかのどちらかだったからだ。

　ブランリーは一度も、スープもずるずると音を立てるようなその家での食事にわたしを招いたりはしなかった。だが奴とはよく、熱々の料理が提供されるバルにいくつも出かけていったものだった。例えば医学部の隣にある「カマグエイ」は、お菓子みたいにベーコンの帯を巻いた塊肉のステーキを出していて、メニューではベイビー・フィレって名前がついていた。とはいえまだ「ガーデン」は魅力を失っていないし、「エル・カルメロ」もまだ輝きを失ってはいない。

　ブランリーが扉を開けようとして、出てこない鍵を探しているあいだ、エステラとわたしはじっと待っていた。

「これでわかったか？」奴はわたしに言った、「探し物は必ず最後のポケットにあるってことだ」

それからエステリータのほうを向いて言った。

「荷物は？」自分が話しかけられていることに気づいて彼女が詫びた——ごめん、マルゴーに似た人がいたから——エステラは、テイクアウト用の紙袋すら所持していなかった。よしきた、それなら管理人の前を通る時にこう言おう。申告すべきものはありません。

「わたしの才能以外は」わたしは言った。「それと、彼女の美しさ以外は」

「プリーズ」エステラが言った。

「英語話せます《イングリッシュ・スポークン》」ブランリーはそう言うと、手で貼り紙《カルテル》の形を描いた。

「そういやこの人、いつもタクシーって言うのよ」

「タクシーって名前だからだよ」

「タクシーなんて言う人キューバにはいないわ。賃借り車、それ以外ない。でもあんたはタクシーって言う。自分がどこにいると思ってんの、映画の中？　スカしてるわ」エステリータはそう言った。

「イカしてるって言うとこだよ」

「美化してるって言うんだぜ」ブランリーが言った。

「でもタクシーはどこまでいってもタクシーだろ」

「ワタクシは間違ってないって言いたいのか」

「タクシーってのはタクシーメーターから来た名前だけど、ハバナのタクシーには一台もタクシーメーターがついてない。それがタクシー度が下がってる原因だ」

「さあもうタクシャンだろ?」ブランリーがそう言って、一連の議論における有終の美を飾った。

「アンディアーモ《いこうぜ》」

エステラにとって初めての家となる場所へと入っていった。でもわたしには初めての家じゃなかった、わたしには違ったのだ。

ヴィーナスかはたまたアスタルテーか（名前を言うことはすなわち彼女に名前をつけることだ）、女神とは愛する者に対して愛の死を引き起こすものだった。いまのわたしは逆に、死よりも長く続く愛によって、女神を生き永らえさせたい。文学によって？ そうかもしれない。それは、死者たちのあいだから彼女を救い出そうとするために、わたしができる唯一のことでもある。でもわたしはむしろ、お互いに睦み合うあの反抗的な少女たちに紛れながら、自らの存在を語る若い運命《モイラ》の女神として彼女を描きたい。エステラに女友達が三人いれば、さしずめ三美神としてぴったりだろう。去って行ったあの女が彼女だ。むなしくもこの島は、かつてもう一つのキプロス島だった。母親とその女友達と一緒に、浜辺のサクラガイを集めに海へ行った時のことを思い出す。貝を一番多く集めるのは、大体の場合砂と波の境目に座る女たちと相場は決まっていて、濡れた臀部をぐいぐい動かせば尻にサクラガイがひっついてくるのだった。エステラの体にあるもう一つの宝物、それは美しいお尻だった。彼女の尻っぺたは、藻がぺたぺた貼りついたようなものじゃなく、固い一粒の砂金でできていて、小ぶりで引き締まっていた。ああ、わたしがお尻もイケるクチだったらよかったのに。

あの高名な司祭《ドクター》の言葉が思い出された。若く美しきニンフのお床入り。お床入り。お床入り（反復を加えたのはわたしだ、別の詩人を引きつつ、《麗しき性を讃えて書いた》かの詩人じゃない）。エステラはまだまだ魅力の一部しか見せていなかった。言い換えれば、自らの美しさを助くべく化粧品を使うような女性ではなかった。おぉ、オウィディウスをホメーロス！　あのボレロ作家みたいに表現できたらなあ。

　彼女はセミダブルぶんの幅もないようなベッドに、うつぶせに寝ていた。

「やあルイーズ」わたしは言った。

「何なの？」

「ごめん、ルイーズって呼んじゃった、あんまり似てたもんで」

「今度は誰なの？」

「ルイーズ・マーフィーだよ、マーフィーベッドを開発した」

「それってどんなベッド？」

「折り畳み式ベッドだ」

「でもこのベッドは折り畳み式じゃないじゃん」

「だからこそ言ったんだよ」

「あんたが言うことときたら、ねえ、おバカさん」

「おバカさんと呼ばないでくれ、まだぼくのことをよく知らないんだから。いまのきみを見たら、カサノヴァがどう言うか教えてあげようか？」

「カサノヴァって誰？」

「最後まで言わせてくれ。カサ君ならこう言うだろう、《一人の画家、あるいは母なる自然が授けうる美を、彼女はすべて備えていた》」

「ああそう、そりゃよかった、でもカサ・ノーヴァって誰なのよ？」

「とある才能の持ち主だ。でもこの部屋に入ってきた時に囁きかけてきたのはディドロだった。ディドロって誰ってのはやめてくれよ。彼はこう言ってた。《完全に脱衣した女性が、枕を散らしてうつぶせになっており、脚は開かれ、きわめて官能的な背中と、露わになった堂々たる臀部とがこちらに向けられている》。これがディドロの言葉だ」

「ふん……そらようござんした」（やっぱりきみもハバナっ子だな）

彼女はそれだけ言うと向きを変えて、恥丘を覗かせた。

恥丘（性科学ではペニルと言う）とは、厚い皮膚に覆われた脂肪の枕（思春期には隠毛を試着し始める）が形成する、恥骨の前面にできる隆起のことだ。性器における外交部にも等しい外陰部の付け根には、大陰唇が姿を見せ小陰唇を隠す——その名も小陰唇《ニンフ》！　性器結合《コンユンクチオ・メンブロルム》よりもむしろ、わたしが果たしたのは陰茎挿入《インミツシオ・ペニス》だった。もちろん、起こったのはレイプなんかじゃなく、相互の愛、二声による逃走劇《フーガ》だ。

しばらくすると彼女のいるトイレから音が聞こえてきた。泉の上にまた泉。ごろごろ鳴る夏の雷鳴。エステリータの聖異物が音を立てるのを聞く。もしかしてわたしは、世間の注目を集めるような事件を起こしかけていたのだろうか？　注目する純朴の島よ。

ブランリーがロビーにギターを持ってきた。まだ夜は浅かった。もう一方の手に握って運んできた椅子に座り、ギターを胸郭に合わせて、音がよく反響する体勢をとった。

「きみたち何を歌って欲しいかな？」

「なんでも」わたしは言った、「アタウアルパ・ユパンキ以外なら」

信じられないかもしれないが、その歌い手はハバナで流行ってたのだ、「牛車に揺られ」る車輪の悲しげな音が、この歌手の残す「轍を辿っていくのは退屈なこと」だと、はっきり告げていたというのに。この種の南米音楽は、ブランリーがいつも言っていたように、《きわめてキョーミブ格好な》音楽だった。だけどブランリーがそう言ったのは、同席しているご婦人たちを嫌な気分にさせるためだった。自賛していた通り、ブランリーはボレロの戦士だった。ただボレロを歌うだけでなく、月の光のもとでボレロを作曲することをも愛していたのである。いまブランリーは、ギターをかき鳴らすというよりはつま弾き始め、最小限の声で最大限に洗練された歌い方を試みていた。わたしは奴のこの細やかな技能に妬ましさを覚えていたが、同時に、ご存知の通り音楽を聴く耳を持たないエステリータが奴を注視していることにも嫉妬を感じていた。ブランリーが歌い始めた。それは控えめな、聞き覚えのないボレロだった。

一日のうちに、一瞬もない、
ぼくがきみを忘れる時は。
いまこの世界は、違って見える、
きみがぼくといない時は。

いまのわたしがここで再作詞して（再作曲して）いるかのように思わせぶりな歌詞だが、でも本当にブランリーはこんな風に歌っていた、そう、歌っていたのだ、こんな風に。

美しいメロディなんてない、
きみがそこに出てこないのなら。
そんなものぼくは聴きたくもない、
きみがそれを聴かないのなら。

けれどもエステリータは聴いちゃいなかった。単に、シガリロを一本また一本と吸っていただけだった。しばらくすると彼女の吐息の中に、女性的ではないけれど記憶に残る、軽めのタバコの香りが混じり、夕闇と音楽よりも力強く感じられた。滑り去っていくような日々だった。液体のように流れ、でもやがて外の黄昏と同じように、固まっていくであろう日々——きわめてゆっくりと夜が訪れる日々。

ブランリーのギターは発情期の猫のような音を立てていた。永遠の月へ歌を捧げるのではなく、エステラの儚き美しさに歌を捧げるのは、わたしにとって面白いことではなかった。その美しさは永続するものではないが、しかし続いているあいだは、ただ一人、ただわたし一人、ただただだわたし一人だけのものだ。タダごとではなく腹ダタしい。

「きみに曲を弾いたところで、きみは引くだけなのにね」わたしは言った。

「まぁね」彼女の口調にはどこか高慢さがあった、カフカみたいに、音楽に親しみを抱かず、むしろ憎しみを抱いていることに自負を感じているようだった。

「じゃあ何をそんなにじっと見てるんだい、聞いちゃいないんだろ？」

「ブランリーの手よ、動いてるの綺麗だわ、弦の上で動いて、指の下で弦がキラキラしてるの」

「絵になる男と絵心がある女ってか」

　嫉妬してたんだろうか？　ブランリーにか？　その音楽にも、その午後にも、彼女が見つめていたギターにも嫉妬してたんだろ？　その通り、〇通り。ホテル・ナシオナルと、彼女のことを知った芝生があったところ。でも本当に彼女を知ったのか？　そもそも彼女のことを知っていたか？　もういい。問いかけが多すぎて、一つの段落では一段落つかない。聞いてごらん、ボレロがいまバラーダ、つまり物語詩に変わる。音楽は美の女神《ミューズ》たちの母なのだ。違う、記憶の女神《ムネモシュネ》の母なのだ。そうなのだ。

何の話？　忘れた。

　ああ、ブロンドの、ホントのピンポイントの美人。ピンポイントは余計か。金髪の彼女は、黄色いギターの上に身をかがめ、ブランリーのほうはボレロを奏で（この動詞がぴったり）ながら、《夕暮れのように悲しい》と歌っていた。エステラは深いメロディに興味を示していたわけではなく、ソロの最中にも奴のポケットから煙草の箱を取り出して妨害していた。箱を開け、シガリロを一本取り出すと、ブランリーが弾きながら口に咥えていたシガリロで火を点けた。ブランリー&シガリート、奴はそう言っていた。有毒なるデュオだ。このヤバそうなハーモニーに、奴は命を奪われた。肺癌で死んだのだ。B氏は死んだ、不吉な折節に、他ならぬわたしの誕生日の日に。だがこの、ギター音楽とエステリータの夕べからは何年もあとのことだ。それはまた、煙幕によってすらもわたしの嫉妬を覆い尽くせなかった、シガリロの一刻でもあった。

彼女はコーヒーが大嫌いだったが、わたしにとってはコーヒー抜きの一日なんて無意味なものだった。カフェオレなし、コーヒーなしの朝食なんて考えられるか？　混じり気なし、一級品で、アッアツの、あるいはぬるめだがけっして冷たくはないコーヒー。コーヒーは人生だ。ミスター・レンドフィールド。カフェテラ《コーヒーマシン》がどんな風にイタリア語で音をたて、音楽を奏でるかをお聞きあれ。なかでもあの、ラジオセントロ映画館の地下にある新しいガギアのカフェテラ。建築家はそんなつもりじゃなかったのだろうが、あの建物こそは具象的《コンクリート》にされた巨大鯨だ。巨大な口と長い歯が映画館の上にあり、喉の部分から観客を入場させ、新作映画の感動とロマンスをあなたに届けるのだ。残りの骨格部はラジオセントロの建物で、カフェテリアが尻尾、そして側面にあるラジオやテレビのスタジオは肥大したスパーマセティ、すなわち鯨蠟の貯蔵組織だ。他には中華レストラン「北京」があり、わたしがかつてそこで見た背の高い中国美人は、長い脚でチャイナドレス《チャンサン》を分け開いては、白い太ももを見せてくれていた。ああ、アンナ・メイ・ウォンよ！

いまわたしはコーヒーを飲んでいた、いや飲もうとしていた、ブラックのエスプレッソだ。コーヒーもシングル、わたしも孤独。そこのカフェテラ、といっても今回はコーヒーを沸かす機械のことでもコーヒーを売る店舗のことでもなく、その売り子、女性従業員のことだが、その子こそは、やあやあ、あのサブリナだった！　もちろん実際はサブリナなんて名前じゃなかったが、あらゆるスペクタクルの揃ったその一角、あのラジオの殿堂にあっては、彼女がサブリナって名前じゃないなんてありえないことだった。金髪（染めたもの）でぽっちゃりして、南半球いち大きな乳房（それぞれが一半球以上、一半球半の大きさ）を抱えたその姿は滑稽でもあった。

「すいません、コーヒーを一つ」

彼女はマシンのほうを向いていた。カップに粉末コーヒーを溢れさせ、余ったコーヒーはプラスチックのへらですりきってタンクの中に捨てて、そのカップを五時の方角に開いたマシンの開口部に嵌め込もうとしていた。それがあまりにもゆったりしていたので、わたしは言った。

「すみません」それからもう一度。「すみません」

彼女は閃光のようにさっと振り向くと声を張り上げた。

「すみません、すみませんって！　何だってのよ？　あんたそれでもキューバ人なの、ええ？」

「ええっと、ええ」

左のくるぶしを右の靴で蹴りながらわたしはランパを下っていった。右足を外側に蹴り出すのがわたしの歩き方のクセなのだが、その時絶対にかかとがもう一方の足のくるぶしにぶつかってしまうのだ。そのあとも蹴りに蹴り続け、家に着いてからくるぶしを確かめると血が出ていることも往々にしてある。足を引きずりながら歩き回ったりしているから、うっかりしてると、通りを渡るのに人様が手を貸してくれることもある。もし街角に立ち止まったりしようものなら、何か恵んでくれるんじゃないかと不安だ。本当に戦争で体が不自由になった人みたいに見られてしまう。時とともに、歩行をコントロールする術を学んできたが、たまにくるぶしを蹴って古傷が気になることもある。

正面の、彼女と初めて会った建物前の歩道を歩いていった。記念の石碑《エステラ》が建てられ大きな盾が飾られ、映画っぽく《ボーイ・ミーツ・ガール》という言葉が刻み込まれていて然るべき場所だった。いっぽうその先にはガレージ、ガレージといっても車庫ではなく、車の形だけは留めている中古車を売る（商業）センターがあった。アンバー・モーターズ、自動車高価販売。だが角のあたりに目をやると、路地の終点に置かれた石塊よりも先に、ダッチ・クリームと言う名前のアイスクリーム屋が目に入った、そこでは誤解含みのオランダ娘の衣装（黒い服、白いずきん）を着たハバナ娘たちが、暑さのせいというより製造方法のせいでいまにも溶けそうなアイスを売っていた。盛大かつ誇大に宣伝していたオランダのアイスクリームで、ほんの数年前に大流行したが、今夏の凶悪な暑さにもかかわらずいまは下火になっていた。ブランリーとともに常連としてよくそこに通っていたが、常に恋する男ブランリーはそこの（彼の表現によれば）くびれ娘の一人にも恋をしたようで、消化不良を起こすぐらい次から次にアイスを食べつつ、わたしたちのイカれた頭に飛び込んでくる冗談ばかり言いながら、その子を口説いていた。奴の口説き文句で覚えているのは、カウンターの前に椅子があったらよかったのに、と言った後の、《だって、美人は立って見るだけじゃなく座って見るとまた格別なんだから》ってやつだ。

ただ一つの例外、過たず白日が現れ、青天白日の元にすべてを裁くこの青天を除いては、どこもかしこも知恵がおクレタ者たちばかりの、このクレタ島よ。このハバナ、そこで男たちが形成され、消耗させられていく。消耗させられるのは女もだって、それは嘘だ。女たちは生まれた瞬間もう完成している、それは正しいが。

ハバナはメキシコ湾の入り口に位置し、南から北まで、周囲にはメキシコ湾流が流れている。北緯一九度四九分から二三度一五分、西経七四度八分から八四度五七分。ベダードとはある一区画の名称。太陽、太陽こそ敵だ。でも太陽だけか？　そう考えるとマレコンも、海はあれども、住めたもんじゃない。彼女がよくやっていたようにマレコンを歩き回るなんて、サン・ラサロの巨大な塔から、海を向いた伝説の巨人、あのマセオが跨っている青銅の馬のところまで歩くなんて、常軌を逸した行動だった。少なくとも、常識を逸した行動だった。でも、こんな真っ昼間、こんな日差しなのに、マレコンを歩いて何をしているのか尋ねると、彼女はきまって《散歩》と答えていた。一番暑い時間に、壁に座りながら、散歩だって？　そんなわたしに彼女は教えてくれた、《座りながらでも散歩はできるわ》。こんな仏教的フレーズを前に何を言い返せるだろう？　何かしらの禅の入門書の受け売りじゃなきゃおかしいが、彼女がそんなもの読むはずはなかった。わたしも隻手の音を鳴らすべきだったのか？　魂の呼気が汚れていても、禅禅心配ありません。でも出るのはため息ばかりなり。

ゆっくり歩くような速度で、わたしは通りを横切った。何度も繰り返された、それでいて新鮮な感情が、わたしをせっつくと同時に、行くなと説得してもいた。

マレコンの壁に登ってみなくてもすでに、エステラにはどこかアリスじみたところがあると見てとれた。あとでエステラに変わるためにエステリータを演じ、ときに伸びときには縮む、それこそまさにアリスの企みなのだった。ときおり鏡に映るその時に、彼女の姿を見ることが叶うのだ。

彼女が煙草を一本せがんできたから、わたしはマレコンの壁に座り、街に背を向けて海を見つつマルボロを一本、二本取り出して、まるで名もなき兵士の人魂の炎であるかのように、手で守りながら火を点けた。ポール・ヘンリード風に二本のうちの一本を差し出しながら、彼女に聞いた。「ドゥー・ユー・ビリーヴ・イン・エターニティ？」

「何？」彼女が言った。

「永遠ってやつを信じるかいって言ったのさ」

「犬猿ってやつなら信じるわ、あたしが母親のことどう思ってるか知ってるでしょ」

「故人だと思ってる」

「ウケる」

ユーモアのセンスに乏しいエステラが、ウケたものとは一体何だったのか？

「おもちゃみたいに小さな車から、でっかい男が出てきた」

「サーカスみたいだな。サーカスで見たことないかい、小さな自動車から十人の小人のピエロが出てくるんだ、恐ろしい大男に追われてね」

「サーカスに行ったことない」

「子供のころ連れていってもらわなかった？」

「ないわ、全然」

「ほんとに？」

「一度も。でも、あんなに大きなジュニアがあんなに小さな車から出てくるの、めっちゃウケるわ」

「あのサーカス車はＭＧだね」

「エムジーって？」

「小人みたいな小型スポーツカーさ。ジュニアはあんな大きななりして、あれに乗ってる。その大小とは関係なく、あの車の代償は高くついた」

「全然大丈夫よ。カッコよかったもん」

「ぼくはダイショーって言ったんだよ、ダイジョーブじゃなくて。数年前のことだ。彼は致命的な事故を起こしたんだ。彼にとってじゃなく、彼の良心にとって致命的だった。道を渡っていた少年を死なせてしまったんだ。


　ＭＧはイギリスから輸入された左ハンドルの風変わりな車だった。この配置こそ運命の采配だった。ジュニアは二十三番通りの右車線を運転していて、ほんの一瞬信号待ちをしていた。だがその一瞬の隙に、映画を見ようとしていた一人の少年が（父親は、向かいの歩道に彼を残して先に渡っていた）、停車しているバスの前を通って渡ろうとしたんだ。そのバスに隠れて信号機は見えなかったんだが、ジュニアは青になったと思って、あとほんの一、二秒待てばよかったのに発進してしまった、その時少年が、死を乗せてきたそのバスの陰から飛び出してきた。ジュニアの車が少年の膝から下にぶつかり、少年は吹き飛ばされ頭から落ちて首の骨を折った。息子がちゃんと安全な歩道にいると思っていた父親は、自分の息子が死ぬところを目撃してなくて、ジュニアはほとんど車輪の下から少年を引っ張り出さなきゃなんなかった。事に気づいた父親は、自分のせいなのをジュニアのせいにして、殺してやるとジュニアを探し回ってた。でも彼を見つけられなかった。きみは彼を見つけたけどね」

「可哀想」エステラはそう言った、いつも言葉を濁さずに言うのだ。

「その子可哀想だよね、映画のせいで死んじゃうなんて」

「違うわ」彼女は言った。「可哀想なのはあんたの友達よ。死んじゃった男の子には何もしてあげられないわ、でもあんたの友達はそんな悲劇をこれまで生き続けてこなきゃなんなかったのよ。話を聞いてると、まだ立ち直ってないみたいだし」

「肌身離さぬ携帯式悲劇だな」

「笑わないで」

「大真面目に言ってるんだよ」

「可哀想。人生なんて、一番いい時でさえ、やっとのことで耐えられるくらいだってのに」

「袁将軍みたいなセリフだな」

「それ誰？」

「ベルナサ通りに洗濯屋を持ってる中国人さ」

「そんな話あの人何もしてくれなかったわ。何も教えてくれなかった。壁に座っているあたしのところに来て、隣に座っただけ。話してる時に、あんたの友達なんだって教えてくれたわ。あたしにも会ったことあるって。こうしてマレコンに座ってる時じゃなくて、前にあんたと一緒にいた時に会ったって」

「ラ・マラビージャで会ってるよ。覚えてない？」

「全然」

「逃げ出した次の日に行ったレストランさ」

「覚えてないわ」

「ジュニアも一度会ったら忘れられないタイプってわけじゃないからなぁ」

「背が高いよね」

「それで忘れられなくなったってわけ？」

「それにハンサムだわ」

「そうだね、キリン好きの人にとってはね。身長が高く、首は長く、頭は小さい。でももう我が才知をこき使うのはやめよう。よければ、きみたちが何を話したのか教えてくれる？」

「え、色々よ。つまんないことよ、全然大したことでもないし、説明するほどのことでもないし」

「なんでもないことを喋るのに、ずいぶん長く喋ったんだね」

「話したのは一回じゃないもの」

「なるほど」

「嫉妬してるのね。違うなんて言わないでよ」

「ジュニアに？　笑わせないでくれよ……」

「あんたの唇が割れてるってこととかも話した」

「ぼくがそう言ったかい？」

「言ってないけど、見ればわかるわ、遠くからでもね」

「見てわかるって、唇の話、それとも嫉妬の話？」

「両方よ」

「誤解してるよ。ジュニアはぼくの友達だぜ」

「彼もそう言ってる。でも、敵よりも友達に対してのほうがもっと嫉妬するもんでしょ」

わたしの唯一の敵は太陽。六月ごろのこの通りは、例えば八月のリネア通りほど敵意剝き出しではないが、とはいえどの通りも、七月の二十三番通りとかだって似たようなもんだ。とあるアメリカ人市長によって考案されたこの迷宮から、わたしたちは一度も出たことはない。グリディロン・プランによって定められたここの区画地図を見せてくれたのは英語の先生で、グリディロンとは網目という意味だった。夏になるとこの網は焼き網に変わる。でも通りの並び順は、迷路とは対照的に、きわめて単純だ。二十三番通りはインファンタ通りから始まり、三十二番通りで終わるが、そのあいだにある通りはすべて数字が名前になっている。川のところまで上がっていく通りは、二十三、二十五、二十七などの奇数が名称となっており、いっぽうインファンタ通りから始まる直行する通りには偶数が割り振られて、A、B、Cとかの文字で呼ばれている。わたしがエステラに出会ったO通りからアルメンダレス川に至る、昔もいまもベダードの名で呼ばれているこの一帯から出たことは、あの時を除いては一度もないと思う。ベダードの通りのうち、数字や文字以外の名前が付いているものはあまりない。パセオとか、バニョスと言う名称があり、くわえて周縁部にはフンボルトとかの通りもあるが、こちらのほうはインファンタ通りの外側から始まっているので、実質ベダードにあるわけじゃない。L通りのようないくつかの通りは、正確な定義としてのハバナ地区の中に収まっているが、数は少なくサン・ラサロのように直線道路になっている。マレコンから始まりアルメンダレス川まで続くリネア通りは、例外的な大通りだ。その理由は、数字や文字ではない名前を持つからというだけではなく、逆向きに流れる支流のごとく、海から始まり川で終わっているからでもある。リネア通りはあまり好きじゃない。サン・ラサロみたいに大嫌いなわけでもないけど、そこに住もうとはまったく思わない、もっともいまは、そこが彼女の住んでいる通りだったわけだが。ちなみに言っておくと、わたしの一番のお気に入りはリネア通りと平行するカルサダ通りなのだが、その理由は断じて、彼女がそこにしばらくのあいだ住んでいたからじゃあない。

この都市設計こそ、わたしの置かれた状況を設定していた。わたしたちは、強い者たちと弱い者たちに分かれて争われる囲碁のゲームの中に置かれた二つの碁石であり、でも同時にそのプレイヤーでもあり、ゲームそのものでもあったのだ。弱いプレイヤーには必ず、ゲームが始まる前にハンデが与えられる。最弱の者でも勝てるように。計画通りの青写真などではないこの図式の中で、天が見守ってくれているにもかかわらず、ぼくらは出会いそして敗北へと迷い込んでいった。それこそ、またの名を運命と呼ぶものだった。碁の教えだ。三度の旅、すなわちキブから彼女の家に向かった時と、ほんの少しハバナ地区を訪れた時の三回だけを例外として、この迷宮地区からわたしたちが出たことはないのだ。いや、嘘をついてしまった。わたしがランチを食べに『貼り紙』誌社から出てくるのを待ちながら、彼女が図書館で過ごした時間はほとんど無に等しかった。旅したのは二回、二回だ。つまり、最初の夜を過ごしたあと港湾通りへと行った時、そしてそのあと、ハバナの端にあるラ・マラビージャに行った時だ。そこへジュニア・ドセが、義歯を見せて微笑みながら入って来たのだった。

インファンタ通りを渡ってインファンタ映画館のほうに向かう途中（ふざけてるわけじゃない）、彼女がわたしに言った。

「月のものだわ」

「何だって？」

「月が下りてきたのよ」

何のことかわからなかった。

「生理」

「いつ始まったの？」

「いま。タンパックスを買ってよ」

「何を買ってって？」

「薬局でさ。タンパックス」

「何なのそれ?」

「タンパックスは衛生タンポンよ、生理のあいだ入れるの」

「コテックスって言うのかと思ってた」

「遅れてるわよ、おバカさん」

彼女はエバノル鎮痛剤を飲んでいた。タンパックスというのは彼女から初めて聞いた。さすが看護婦の娘。

アダムにとって、イヴは神の書物から取った一葉のページに過ぎなかった。ブドウの木の一葉。

自らガーデンを世話するのでなく、リネア通りとG通りの角にあるテラス付きカフェ「ガーデン」の世話になる、それこそ我が務めとわたしは思い定めていた。

わたしたちは十九番通りとA通り（ええ、Aです）の交わる付近にある私有庭園の横を通った。そのあとサン・フアン・デ・レトラン教会を通り過ぎたが、エステリータは教会にも庭園にも興味がなかった。あの最初の日にはただ、涼しいサパタ通りの産業用庭園で日を避けて佇んでいたのだと、そう言っていた。そこの庭園にはそれぞれ名前がついていた。その名もグラジオラス、キキョウラン、ダリア、アジサイなど、どこにでもあるゴヤーネスとトリーアスの他は、みんな都合よく花の名前だ。わたしの興味を引くのは公園ではなくその名前だ。墓地の前からサパタ通りにかけて密集しているが、そのどれもが死者たちの汚染を受けぬよう、一つ先の十二番通りと二十三番通りを住所にしている。わたしの母は花が好きだったが、エステリータは興味がなかった、もっともわたしの父のほうがさらに無関心だったが。父が唯一関心を抱いていたのは共産主義および新聞各紙で、隅から隅まで読み込んでいたものだった。母が買ってきた花の名前を教えに来るたびに、父は新聞紙の裏側からブックサ言っていた。ある日、母は新品のブーケを持ってきて父に言った。《ロシアスミレって言うのよ》。すると父は新聞を閉じて口を開いた。《見せてくれ!》

この話をエステリータにしたが、彼女は笑わなかった。彼女の得意分野はユーモアです、とは言い難いのだ。いまわたしたちは、母と同じく花愛好家であるマルサ・フライデの家の前を通りかかっていた。

「きみはそう思わないかもしれないけど、今宵の空気には音楽が流れているよ」

「あんたってロマンティストよね」

「ロマンティシズムはショパン、スペイン語ではチョピンの音楽とともに時代遅れになった」

「誰それ?」

「オルケスタ・チェピン・チョベンのピアニストだった人さ」

「そんな名前聞いたことないわ。学校から脱走したわけじゃないわよ?」

「脱走するのはきみのお母さんとぼくの妻からだけだ」

「わかってる、わかってる。あたしのおじさんなら何て言うかわかる?」

「想像もつかない」

「おじさんいわく、男が女に包み隠さず結婚してるって言う時は……」

「包み隠して結婚できるのか?」

「違うわよ、もう、あんたほんとバカね。おじさんは、男が最初からテーブルの上にカードを置く時は、その男は女を愛していないってことなんだって」

「おじさんはなんて名前?」

「アルフォンソ。ホセ・アルフォンソ」

「きみがいま言ったことは、アルフォンソによる万人引力の第二法則だな」

「ねえ、どういうこと?」

「アルフォンソは、月のクレーターの所有者でもあり、恋愛学の専門家でもある」

「学がありすぎてついていけないわ」

「学ありゃ苦もある」

「クモアルって誰?」

「うちの田舎のおばさんだよ」

「あたしをもてあそんでんのね」

「もてあそんでるのはきみの手だけさ。願わくばこのあとは腕、そのあとは前後しますが前腕部、腋窩ときて、最後はそれこそつぶさに乳房といきたいもんだ」

「プリーズ、もう限界」

「ぼくの言うこと信用してないのかい？　じゃあ何なら信じるんだ？」

「何も信じてない」

「本当に何も？」

「ともかく自分のことは信じられない。あんたは？」

「ぼくが信じるのは、この街路、この地区、ベダード、ハバナ、海、メキシコ湾流、熱帯だ。きみのことも信じている」

「あたしをかついでるでしょ」

「誓うよ。この街と夜を信じているのと同じくきみを信じている」

「あたしを信じてるの？」

「ああ、信じてると信じてる。きみはぼくが何を信じていると信じてるんだ？」

「あたしのカラダを信じてるんだと思うわ」

「上半身、それとも下半身？」

「真面目に言ってるのよ。わたしのセックスは信じてるけど、でもたぶんわたしの中身は信じてない」

「何が違うんだ?」

「わたしのこと女として見てるのよ」

「実際のところは、きみは少女だよ」

「それは以前の話。あたしはもう女よ。妊娠だってできる」

「神様がそう望まないよ」

「子供だって産める。わかってる?」

「フランス語にするなら、エスク・チュ・トゥ・ラン・コントだな」

「真面目に喋ってくれない?」

「こんな真面目な話題に関しては無理だよ。アイム・ソーリー。ぼくは冗談とおふざけのために生まれついたんだ」

　どうやら彼女は二か国語話者《ビリンガル》だったようだ、でもこの場合の二つの言語の使い分けとは、声のトーンのことだった。いつもは普通の声、というより抑えた声で喋っていたが、突然一つの言葉やその一部の発声に、ひどく鋭い裏声が発生し、まるで他の声のよう、他の人間のように聞こえるのだった。霊媒師がいろんな声色で喋る降霊セッションを思い起こさせた。ある時は楽しげ、ある時は不安げ、まるでただ一つ真実の存在を前にしながら、二人の違う人間と喋っているようだった。

　結局、彼女は素のままだったのだ。ありのままだった。わたしがこれまで知り合った中には、自分が決して演じることのない役柄をリハーサルしながら人生を過ごしている女性たち、場合によっては少女たちがいた。リハーサルの時代にあって、人生とは舞台なのだ。でも彼女たちが偽物だというわけではなかった。彼女たちは役を持たない女優なのであり、自分の人生における登場人物をリハーサルしていたのだ。わたしはエステラほど誠実な人間を知らない、だが彼女の誠実さは、他の女たちと同様、自分の周りに偽善者たちの輪を作り出していた。エステラは女優とは対極の存在だったのであり、エステリータのほうは、裏声を出すことこそあれ、そこにはまったく何の裏もないのだった。

疑いようもない、彼女は一個の肉体を備えた追憶だったのだ。もし彼女が死んでおらず、これらのページを読んだとしたら、間違いなくあの蔑むような最高のトーンで、《おバカさん、論評ばっかしてないでよ》って言うだろうし、《おバカさん》という親しみを込めた言葉も、あの声の中でいつも通りのアイロニーとなるだろう。言っておかなければならないが、彼女は仮面をかぶらない女性だった。化粧すらしなかった。唇に口紅を塗ることすらしないはずだ。その美しさは若さからくるもので、彼女は若いがゆえに美しかった。歳を取った彼女など見たことがないし、それでよかった、もし見ていたら彼女を魅力的にしていたものがすべて失なわれただろう。以前わたしは、愛が彼女を美しくしているのだと思っていたが、それはただわたしのうぬぼれ、彼女がわたしのことを好きなのだと信じる思い上がりだった。彼女は誰も、彼女自身でさえも愛していなかった。自分のことはとりわけ愛していなかった。

ブランリーがわたしを見るその二つの目は、実質一つだった。奴もまたもう一人のキューバ版キュプロークスの一人だった、というわけではなくて、左右の目同士が近くて、視界も三次元ではない（ではありえない）ほどだったのだ。二次元ですらなかった。だが二次元で見てもいないということは、視覚的には二人のブランリーがいたってことだ。横から見たのと正面から見たのと。ブランリーはいい横顔をしてると、当時のわたしたちのうちで一番の横顔だと指摘したのはヘルマン・プイグ（ゲスト出演）だった。けど横顔のまんま人生を過ごすわけにもいかないからな。ブランリーの目がくっついてるのに気づいたのは、奴に双眼鏡を貸した時だった。ベダードに引っ越してきた時、収集家のピノ・ジットがプレゼントしてくれたものだった。二十七番通りを見下ろす四階からは、海とその地区一帯とが見渡せた、大半は屋根と屋根裏部屋だったが、暑さに夜気を求め窓が開いてる部屋もあった。その上、建物はプレシデンテス大通りの一番登ったところにあったから、覗き見できる可能性は高かった。ブランリーに双眼鏡を貸すと、奴はわたしに単眼鏡をよこした。それほど両目がくっついてたのだ。ブランリーが昼も夜もなく黒眼鏡をかけてたのはおそらくそのためだっただろう、自分の目の醜さを隠していたのだ。いっぽうのわたしはいい気分だった。自分より醜い友達を持つってのはいつだっていいもんだ。

ブランリーが打ち明け話をしにやってきたが、その内容は無理からぬことだった。

「俺、恋をしたみたいだ」

「もういい歳だぜ」

「けどそれがエステリータになんだよ、おそらく、思うにだな、俺は彼女に恋してるんだ」

「よかったじゃないか」

「嫌じゃないのか？」

「恋してるのが彼女のほうじゃないうちはな」

「冷静な奴だな。こっちはウイルスにかかってんのにお居留守かよ」奴はそう診断を下した。

「そうかな？」わたしは言った。

「俺がオウム熱にかかってるって言っても、お前はそれが何かかって感じで居続けるんだ」これはあのブランリーが好きな言い回しだった。

「イアーゴ役をやりたいのかも知れないけど、ぼくはお前のオセローにはならないよ」

『パリの恋人』の関係者試写会に連れて行くため、わたしは下宿屋の玄関でエステラを待っていた。するとと女性の管理人が出てきて、腕を上げた。両腕とも。彼女の両脇には、死ぬまでしつこくランクインしそうな谷間《バジェ》ができていた。これぞまさしくバジェ・インクラン、あの作家が腕の下に住んでいたわけだ。南無阿弥陀仏、南無ワキ陀仏。まるで舞台上の打ち明け話、計算高い傍白みたいな口調で彼女は言った。

「ロベルティーコはいないよぅ」

「知ってます。エステラを待ってるんです」

「そうだろうともさ」

何もかもわかっているとでも言いたげな言い方だった。

「可哀想なロベルティーコ」急にそう言うと、ため息をついて付け加えた。

「でも待ってるのはあんただけじゃないよ」

「なんですって?」

「聞こえたでしょ。あの娘はいま哀れなロベルティーコと親しくしてんのに、男が一人ここで待ってたんだよぅ、二日ぐらい前に」

「誰でした？」むっとしてわたしは尋ねた。

「あたしが知るはずないよぉ！　あの娘の勝手だもの。あの娘がどういう人生だろうが全然知りたくもないよ。心配なのはロベルティーコ」

　わたしにはエステリータのことが、いまやエステラとなった彼女のことが心配だった。わかってる、まるで妻が他の男と一緒にいるところを、ソファの影に隠れて捕まえ、恨みの怒りを爆発させる亭主の話みたいなもんだってことは。その亭主は、《もう一時たりとも我慢できない！》そう言ってソファを売り飛ばすことにするんだ。エステラを下宿屋で暮らし続けさせるわけにはいかないと、わたしは心に決めた。わたしの名前はネトラ・レオじゃない。

　自分の縄張りに戻ってくる闘牛のように、わたしはまた下宿に戻ってきた。遅い時間だったが、入り込んでエステラと話し込むのに遅すぎはしなかった。しかし住人はみな寝ていた。通りに引き返し、玄関を眺めると、チャス・アダムスの漫画みたいな雰囲気だった。その時突然、閉じていた口から、思わず叫び声が飛び出していた。

「エステラ！」

　誰も応答なし。

「エステラ！」

次はもっと大きな声で叫んだ。

「エステラ！」

開いた扉の奥のほうに明かりが灯った。

「ああ」誰かの声がした。「お前か、コワルスキー？」

もちろんブランリーだった。

「こんな時間に女人の名を叫ぶとは何事だ？」

「エステラを探してる」

「ブランチ姉さんと一緒に隠遁しているに違いないな」

「真面目な話、彼女を探しに来たんだが、どこかに逃げ出したんじゃないだろうか」

「部屋は探したのか？」

「閉めきってあるのにどうやって探せって言うんだ？」

「でも横のほう、ちょうど真横のとこに一つ窓があるぜ」

ブランリーをそこに残して、その窓を探しにいくと、カーテンはかかっていなかった。

「真っ暗だ」

「なら考えがある」ブランリーはそう言って、家に入っていった。手に金属製の物体を手にして戻ってきた。

「何だそりゃ」

「懐中電灯だよ、見りゃわかるだろ」

奴はわたしにそれをよこした。窓のところに戻り、点けた光を部屋の中に当てた。照らされたサイドベッドに、エステラが眠っていた。ブランリーのところへ戻り、電灯を返した。

「点いたか？　その懐中電灯はノイローゼ気味でね」

「点いたよ」

「何が見えた？」

「エステラだ、ベッドで眠ってた、すやすやと、安らかに」

「いびきもかいてなかったか？」

最低な奴め、そう悪態をついて帰ろうとすると、ブランリーはこう返してきた。

「最低なのはお前の状況だよ。最低の地の底、地獄におまえはいるんだ」

トロッチャの手前には、一度も切り倒されることのなかった、一本のガジュマルが無数の枝葉を茂らせていた。かつての劇場を居住型ホテルへと改装した時すら切り倒されなかった、それほど太刀打ちできなさそうな木だったのだ。それぞれが一本の木と言ってもよさそうな、何重にもなった幹が、地表に出たいくつもの根っこのあいだから伸びていて、常緑の葉に覆われた枝へと変化していた。

二十世紀初頭のころ、トロッチャの左側の棟には劇場があったのだが（古めかしさと優美さとをたたえた大理石の入り口は名残として残っていた）、現在はホテルの正面玄関だけが、いくつかある庭園の奥に残されていた。本来のホテルは白く塗られた木製の建物で、つるつるのバルコニーはギャラリーに仕立てあげられていた。扉は狭くて耐久性がなく、窓にはブラインドが付いていた。トロッチャのことはずっと大好きだ。わたしはずっと、半ば花園、半ば迷宮のそのホテルで暮らしたいと思ってきたが、知人の仲介によりいまそれを実現しようとしていた、ただしわたしと彼女、絶望へと追い込まれた二人の、最後の避難所としてだが。

旧式の劇場のように、入り口は広く開けている。正面には、受付と思しきカウンターがあったが、劇場の面影は残っていない。あらゆるものがマホガニーか、別の貴重そうな木材で縁取られている。端にはホールへの入り口（というより、平土間席の中庭に面した廊下）があり、そこには右手側に、ところどころ水銀が剝げ、残りの箇所は暗い月の色となった巨大な鏡が占拠している。この鏡は暗いながらも、わたしたちを増殖させ複製して驚かせてやろうと頑張っているらしく、ちゃんと姿が映る。そこにあるなんて夢にもカンガミない時に鏡に出くわすと、わたしたちはきまって不安になるものだ。鏡は楕円形で、二人の姿はそこに映し出されていた。彼女は小柄で、金髪で、見た目はほとんど少女のよう、その忠実な下僕のほうはもっと、とはいえもうほんの少しだけ背が高く、色黒で、美青年役ですらなかった。でも、何にせよ、隠れ場所のホテルを求めて逃げてきたカップルだとは思えなかった。わたしたちは庇護を、隠れ家を求めていた。それも街の端っこの場末にではなく、ベダードの中心にある、かつての上流ブルジョワご贔屓の劇場で、いまはホテルとなった場所に。そのあいだのアメリカ暫定政権時代には当世風の温泉場だったこともあって、薬効のある水が湧き出る噴水と、それを取り囲むようにあずまやがあり、十九世紀におけるキューバ版マリエンバート（意味はもちろんマリアの温泉であって、マリエの温泉ではない）だったのだが、聞くところによると誰も入浴することは叶わなかったらしい。

ここのロビーは、きまって地獄の待合室と化すあの不吉な「ロビー」じゃなく、むしろベスティブロ、つまりホールみたいなところで、おそらく古くは劇場の前室だったのだろう。しかし建物の中にいたのはご老人、初老、ご長寿さんたちで、どこか古強者の寄合所みたいな雰囲気を漂わせていた。レセプションは（もしあの、老人の集う前室に対する贖罪じみたカウンターを、レセプションと呼べるならだが）診察日の敬老病院の受付案内みたいだった。唯一違うのは、（挿絵付きの）アメリカ史に登場するポカホンタスみたいな、目も髪も黒い、少女とまではいかないが若い女性が一人いたことだ。でもわたしが話しかけたのは、老女たちの中では一番若いが、それでもツタンカーメンのミイラより一コ下くらいであろう女性だった。一室（部屋、と言ったが）借りたいんです、ぼくじゃなくて、ここにいるぼくの妹用に、そう言った。レセプション係（こう言うほかない）は、支払い方法を聞いてきた。《月契約、それとも週契約ですか？》もちろんわたしは、週で、と答えた。給料が週払いだからそうなるわけだが、支払うのはぼくの妹です、とも付け加えておいた。親から受け継いだ我が伝記的特徴と、妹という言葉とがあいまって生じせしめる効果に気づいていなかったわたしは、その色黒の女性が歯を剝き出しにして（頑丈そうで短く、白いシミがあった）、訳知り顔に笑みを浮かべたのを見た。その女にはバレていた。もしわたしの母が父とではなくスウェーデン人と結婚していたなら、エステラがわたしの妹ということもありえたかもしれない。みなさん一つ見逃してください、この通り。《週払いね、もちろん前金ですよ》そう苦々しげに言ってくるこの受付係の老女に待ったをかけられ、なんとかごまかそうと頑張っているうちに、わたしのほうも憎たらしく思えてきた。今の今までシークレットだったどこかのポケットから、五ペソ札を四枚取り出すと、代わりに鍵をくれた。鍵をエステリータに渡すと、彼女は内奥の大地へと踏み出していった。例の女性はいまや少年へと変貌し、通り過ぎるエステリータに、わかってるからね、という微笑みを向けた。

　建物の入り口やロビーや、もうどこにも通じてなさそうに思えるこの廊下やらの佇まいは、前世紀にこのホテルが、ベダード地区の隣人たちが気晴らしするための郊外型劇場だったころのものだった。ベダードは実際に、建設禁止区域《コト・ベダード》だったのだ。大勢ではなくとも豪勢だったその隣人たちは、当時ハバナからすごく離れていたこんな場所に、私設の劇場を持つという贅沢も許された。トロッチャと言う名前の由来は何だろう？　いまとなっては、たくさんの女の人たちがひしめいている場所となったのだから、ニンフェンブルグ、すなわち（数例を見ただけでツワモノなのがわかる）ニンフたちの要塞とでも呼ばれるべきだった。

　劇場として始まったトロッチャは、いまもなお、見映えのよい舞台の趣があった。庭園にはロココ調デザインの装飾物が付け加えられ、真っ白なオープンギャラリーと対照をなしていた。幸せの鍵を手に握ったわたしの後ろから、いままさにあの七号室に、彼女が入ってきた。

だが彼女は部屋に入るが早いか、服を全部脱いだ、もちろんわたしを興奮させるためじゃなく、屈託のなさを示す行動だった。《うわ、暑っついわ！》なんてことも言わなかった。そんな台詞は、彼女が自由を求め逃げ出そうとしているある種の煩わしさに対して、譲歩するようなものだっただろう。彼女はただそうしたかったからそうしたのだ。エステリータはそんな風だった。あるいはそんな風にして、エステリータはエステラへと変わったのだった。わたしのエステリータ、なんて言ったことなどない。エステラというよりはカルデラの洞窟、そこに吊り下げられたわたしのカンテラが、柔らかかな洞窟の中の突起を照らそうとしている。実際の部屋は、ペルシア式だかヴェネチア式だかのブラインド《ペルシアーナ》があったのに暗かった。それでも、彼女の裸の身体を見ることはできた、部屋を横切り、中央にあるベッドまで行って、その上にうつ伏せに身を投げ出し、そのあと動かなくなった。それまでソドミー趣味はなかったが、いますぐお尻からやっちまおうかと思った。でも彼女からは拒絶の空気が発されていた、それはわたしへの拒絶ではなく、どんなに暑く、どんなに日差しと熱帯気候がひどかろうとも、人々が服を着て靴を履いている、あの外の世界への拒絶だった。その時の彼女を題するなら、伏臥位のヴィーナス、だ。もちろんわたしのほうは、アホくさくアオ向けになった。だが本当にアホなのは、星さえ見上げることなく、ノストラ騙す、いやノストラダムスを信じる奴らだ。わたしには月と、あとそのクレーターがあれば十分だ。クレーター・アルフォンソがマイ本尊《ホンゾン》。

カルメロ通りの光を避けながら、アウデトリウム通りの歩道をトロッチャへ向かう途中で、交響楽団の打楽器奏者に遭遇した。すぐに彼だとわかった。

「ご機嫌いかがですか？」

「どなたですか？」

「あなたのファンですよ。オーケストラはいかがですか？」

「なんですって？」

「オーケストラはいかがですかって言ったんです」

「もう少し大きな声で話してください、聞こえないのです」

「オーケストラ、いかがですかあ？」

「ああ、あまりよろしくないですな。レパートリーはないに等しい。シンバルという楽器は最も評価が低い。しかしそれでもやりませんとね。ときにはひと打ちするのに三十小節も四十小節も待つことがあるとしても」

「チャイコフスキーはシンバルを多用しますよね」

「チャイコフスキーはね、しかし哀れなあの男はオカマでしたから、演奏されることはほとんどありません」

「ストラヴィンスキーは？」

「初期の作品には少しありましたが、そのあとは少なくなりました。あの男は軟弱になったんです」

「ワーグナーはどうです？」

「多くありませんね、ほとんどないと言っていい。この楽器は然るべき評価を受けていないんですよ。わたしが音楽について無知だと思っている人たちすらいる始末です。シンバルをジャーンとやってそれでおしまい、たったそれだけなんて言うんです。それに、オーケストラの演奏者ほぼ全員が座っているのに、わたしときたら大半の時間は、指揮者の合図を待ちながら立ったまま、そのことも思い出してもらえない。それもシンバルを手に支えながらですよ」

「それはリハーサルの時のほうがもっとはっきりわかりますね」

「リハーサルによくおいでになるのですか？」

「ストラヴィンスキーが汗だくになって、リハーサルの後で全裸になってしまうのを目撃する程度にはね。あそこをタオルで拭いてましたよ」

「ははは。マエストロってやつはヌーディストですな」

「でもヴァイスマンは違う」

「ええ、ヴァイスマンは違います」

「でもわたし、彼がシャンコーと交わしたやりとりを見聞きしたんですよ」

「第一チェリストの」

「第一級チェリストです。ヴァイスマンがリハーサル終わりに楽屋に向かおうとしていると、弦楽器パートからシャンコーが、マエストロとぶつかりそうな勢いで出てきたんです。ポリグロットであるシャンコーは、ヴァイスマンに道を教えるため、それに自分のフランス語を見せつけるために、ヴァイスマンにこう囁いて、ヴィオラのあいだを通るかチェロの花道を通るか選ばせたんです。《こっちですか《パル・シ》、あっちですか《パル・ラ》、マエストロ？》ヴァイスマンは微笑みながら言いました、《きみの好きな方でいいよ、お若いの》それも完璧なキューバ語でね」

「ははは」

「たくさんの楽譜をお祈りいたします」

「なんですと？」

「シンバルの演奏がある曲に恵まれますように、と」

「まったく聞こえません。これがもう一つの問題です。シンバルのおかげでつんぼみたいになっちまった」

「さようならあ」

「話を聞いてくれてありがとう」

わたしが去ったあとも彼はその場所に残っていた、多分天の指揮者が空から合図するのを、それにより自分の楽器が打ち鳴らすけたたましい音楽が鳴りやむのを、待っていたんだろう。

彼女はもうロビーにいた。いや、ベスティブロ、ベスティブロだ。ああ、こうるさいスペイン語学者たちめ。

「どこ行ってたのよ」

「音楽の講義を受けてた」

「いまごろ音楽の勉強だなんて!」

「音楽をやるのはいつだっていいさ。でも何も勉強してたわけじゃない」

「音楽を勉強してたって言わなかったっけ?」

「そうじゃない、音楽の講義を受けてたって言ったんだよ」

「違いって何?」

「ああ、いいかいきみ、違いってのは本質だよ。ある同一の対象群のうちの二つの群が、区別されうる、あるいは区別されるべき時に、違いがあると結論づけられるんだ」

「マジで言ってる意味がわかんないわ」

「つまりきみの目には、ぼくが理解できない人間に映るわけだな、何人かの偉大なる芸術家の仲間入りだ」

「もう行く?」

「行こう、きみが行きたいのなら」

「なんで、今夜はそんなにご機嫌なの？」

「なんで、なぜ、《何もない》のではなく、《何かがある》のか？」

「行きましょ」

「グラウ大統領の忘れがたきセリフの通りだ、決定権は女性にある」

カルサダ通りに出ると、歩道のところ、のちにわたしが足繁く通うようになる骨董品屋の手前で、ブラガドがその名前の意味（「決然たる」）にふさわしく、太鼓腹で闊歩していた、公園の木漏れ日が投げかける影のなかをゆっくりと歩き、木立の風になびく赤毛の長髪を見せびらかしていた。わたしに気がつくと、一緒にいた取り巻きたちと何か言っていたが、その中には皮肉なことにビルヒリオ、つまりウェルギリウスと同じ名前の建築家もいたから、たぶん奴はダンテを気取ってたんだろう。わたしたちのところへ来るや、全員が足を止めた。ブラガド（苗字なんだか形容詞なんだか）は、微笑みともつかぬよじれた笑みを浮かべ、わたしに向かって、だがその実彼女に向けて言った。

「夜のごとく、常に美女を伴えり」

クソったれの自作の詩を参照、いや暗唱しやがったのだ。今回はバイロン風か。お付きの者たちは面倒だから、奴一人にだけエステラを紹介した。

「詩人のブラガドだ」

言及を受けたブラガドは、微笑みをさらにゆがめてみせた。けれどエステラは、連中が差し出す手を握りもせず、ブラガドのほうを見もせずに、わたしを振り返った。

「これが詩人？」はったり野郎をばっさりだ。「歌謡歌手かと思ったわ」

崇高の美を愛するシュルレアリスト詩人ブラガドは、エステラの見事な剣さばきで面子をぱっかり割られてしまった。まだ日は落ちてなかったが、もうブラガドの気分は落ちて、そのまま夜を迎える羽目になっていた。あとになって彼女は大真面目に尋ねてきた。

「あんたの友達ってさ、生きてる人いないの？」

「なんだいその質問は？」

「会った人ぜんぶ、ブランリーだって、生きてる死人みたいだわ」

「ぼくの敵のほうをまだ知らないってだけさ」


トロッチャの庭園は曲がりくねった迷宮をなし、その中心にはミノタウロスではなく、一種のアリアドネがいる。かつては富裕層の湯治場であり、世紀の末には、そのころからエル・ベダードと呼ばれていたこの郊外の外れの農場地、禁じられた土地、未開の地に位置していた。今日では、ホテルと化した哀れなる蒼白の亡霊だ。

でも、わたしにとっては違う。総木造の純白の建物は、我が神話体系の一部をなすに至った。わたしが心惹かれていたのは、（前世紀に存在した）その輝きではなく、その頽廃だった。トロッチャは一つの暗喩のようなもので、辞書通りの意味ではなく文学的な意味が大きい。相異なる物事に類似を見出すのはわたしの特技なのだ。アリストテレスと呼んでくれ。いまわたしは、エステリータにある一つの暗喩の中で生活するよう強いていた。だって変だろ、あらゆる言葉はいつだって現実の暗喩だというのに、建物が暗喩じゃないなんて。これこそ、もってまわった言い方で誤魔化すってやつだな。

トロッチャの庭園で夜を過ごすということは、カルサダ通りを一方通行で走るおぼろげな車の音が降ってくるのを聞き、途切れることのない排水管のささめきを聞くことだ。孤独で、長く、緑色で、水の通り道になっている区画の境目に水を撒き、雨の仕事を代わりにこなしている排水管の音。エジプトはナイルの賜物と言うが、この庭園は灌漑用水の産物だ。エステリータにそう言ったが、返ってきたのはただ一言。

「いつものあんたの理論づけね」

いつもわたしが怖くなるのは、幼い子たちに備わっている、人をトリコにするような魅力だ。だからエステラに囚われてしまったのだ。道徳なんてものも自分自身の魅力も、エステラにはどこ吹く風だった。美学《エステティカ》によっても倫理《エティカ》によっても彼女を描写するのは不可能、なにしろ彼女はトリコと言われても、それって流行りの服を売るお店でしょ、なんて言い出しかねなかったのだ。

「聞いてよ、ちょっと言いたいことあるの」彼女はこの言い回しがお気に入りなのだが、それがボレロの歌詞から来ていることは知らない。《ぼくたち》という曲の歌詞で、歌い手はペドリート・フンコ、毎度毎度《道半ばだったペドリート・フンコ》と呼ばれているが、それじゃまるで我々はみんな、書け出したばかりの駆け出しの小説家すらも、道半ばではないとでも言わんばかりじゃないか。

「フィロソフィアに行かなきゃ」

「どこだって？」

「哲学《フィロソフィア》よ」

「嘘だろ！」

「嘘ついてどうすんのよ？」

ソクラテス以降このかた、無知を思考の釉薬で覆ってしまうことが哲学の役目だった。あらゆる種類の哲学が生まれてきた。アリストテレス主義、プラトン主義、新プラトン主義、スコラ哲学、古典派。だが頂点に達したのはここハバナにおいてであり、哲学《フィロソフィア》は服屋の名前にまでなったのだ。でも愛しい人よ、哲学が抱えている存在個人、じゃなくて総在庫品の数よりも、もっと多くのことが、空と大地に包まれたこの世界にはあるんだよ。

「真剣に言ってるの？」彼女が聞いた。

「真剣だし、冗談でもある。だからチョコレートのことも好きなんだ」

「チョコレートがいま何に関係あるのよ？」

「学名はテオブロマ・カカオって言うんだよ、テオは神様、ブロマはジョーク、神聖かつジョークってわけ。フレンチジョークを一つ教えてあげようか？　きみの父なる、母なる国、それにチョコレートに関するものだよ」

「ジョークはわかんない」

「知ってるさ、でも二人いるなら一人じゃ味気ない」

「またヘンなこと言ってる」

「承知の上だ。さてここでお知らせ、フランス流ジョークです。チョコレートを必要としてる国は？　答えはキューバ。キューバしのぎにちょうどいいから。そいつはめっぽう吉報、ネエ、おネエさん？」

彼女はクスリとも微笑まなかった。苦いクスリでも飲んだんだろう。モナリザよりもさらにユーモアのセンスが欠けていたのだ。ああ、女たちときたら。女《シエルシエ・ラ・ファム》を探してみよ、と言うよりも、トンマ《シエルシエ・ラ・ファン》を探してみよ、意外と楽しいから、と言ってあげるべきだな。

「何よそのクソみたいなの？」

彼女はたくさん汚い言葉を使っていた。でも以前は気づかなかったことだ。いつから言い始めたのだろう？　おそらく彼女のことをよく知る前から使っていたけど、気づかなかったんだろう。でも、汚い言葉を使う習慣は喫煙の悪癖に似ていて、喫煙が似合わない人もいれば、妙に魅力的に映る人もいる、例えば口紅を塗りエナメルの爪をした長髪の若者たちにも当てはまることだが。エステリータの場合は、そうした汚い言葉も愛らしいものだったし、さらにはハバナ弁も似合っていた。あれ何だっけ《マトラカ》とか、悪党《プント・フイリピーノ》とか、あげくにはチンチン《マランガ》なんて言葉までもが、彼女の完璧な唇のあいだから、不完全な真珠のように、バロック的な喋り方とともにこぼれ落ちたものだった。

先ほどの悪態が、少女のようなその唇に響いた。

「お遊びだよ。出たとこまかせの、服もろくに着ないままのプレイだ」

「死んだほうがいいわ」これもまた悪態の一つだった。

ああ、汚い言葉ばかりでご機嫌ななめの、今時の女の子たちよ。ゴキゲンなユーモアには乏しい。全然持ちあわせていない。これまで見た中で最もユーモアを欠いた映画が、『ユーモレスク』って名前だったのを思い出した。ブラックユーモアみたいな話だ、だってその映画が扱っていたのは報われない愛と、あのワーグナーの音楽、『トリスタンとイゾルデ』中の《愛の死》だったのだから。この曲はヴァイオリンのソロに貶められ、実際はアイザック・スターンが弾いていたのに、あたかもジョン・ガーフィールドが弾いているかのように差し替えられていた。

「ああ、エステラ。いや違う、エステリータ、小さな星よ、注意を払うべき注釈のアステリスクよ」

「エステリータって呼ぶのやめて。あたしの名前はエステラ」

「それじゃ墓標みたいじゃないか」

「墓標？」

「自分のことを慰霊してもらうために、きみが登場してくるところさ」

「あんたのその教養勘弁してほしいわ。ほんと勘弁」

我が友アントニオ（のちにシルバーノと名乗り出す）は、わたしのことを以下のように描写した。《緑色の目をした女性と一緒にこのガーデンに来ていた、浅黒の肌の作家》。非常に重要な一文だが、いくつか間違いがなくはない。第一に、わたしは作家ではなくてジャーナリストだった、そして第二に、わたしが行っていたのはガーデンではなく「ガーデン」、テラスのあるカフェだ。第三に、彼女の目は緑色ではなく、色が移ろうブドウ色、時にクリ色、時には太陽のような黄色。だからわたしは初めて彼女に会ったあの昼間の時を、あのゴールデン・ヒーロー、ドク・サベージのような黄金の目とともに記憶しているのだ。

とんでもない文才を持ちつつ、小説を脇にどけラジオ向けに書いていたシルバーノは、我が経済的苦難を見てとると、わたしもラジオ向けに執筆するように画策してくれ、クーバス兄弟との面接をお膳立てしてくれたが、これはすなわちたくさんのクーバの兄弟たち、つまりキューバそのものと面接しろと言われてるようなものだった。そのころのわたしは髪を切り、歯ブラシみたいな角刈りスタイルになっていて、クーバス兄弟の片方か両方かと交わした会話は、案の定ひどいものに終わった。物乞いみたいな振る舞いはしなかったし、それにラジオとは何か、ラジオ向けに書くとはどういうことかについて、自分の考えを表明しようとしたからだ。二人のクーバスの評決は、二人のうちの一人によってアントニオに告げられた、いわく、あの男はノイローゼ持ちの歯ブラシだ。考えてみれば的を得ている。《歯磨き粉の女王》グラビの製造元であったこの兄弟は、歯ブラシの届かないところまでも——ちなみにこれは、ライバル製品である歯磨き粉コルゲートのキャッチフレーズだった——磨き上げようとするわたしが、磨けば光りすぎる玉になってしまうだろうと考えたのだ。そのことによって彼らは、死《ムエルテ》よりも悪い運命《スエルテ》からわたしを救ってくれたのである。

　わたしがドアを開けたのか、それとも元から開いていたのか思い出せない。ドアというものは侵入者を閉め出すよりも記憶を閉め出すものだ、もっとも心のドアを開けて生きるのはわたしの得意技だが。ともあれ、(開けられていない)ドアの後ろには(明かされた)隠し事があり、ドアが閉じられていた以上開けてしまったのは間違いだった。開けて入った時、エステラが一人じゃないのに気づいた。狭い部屋の中にはもう一人の人間、一人の男がいた。エステラ、エステリータは、いつものように服を脱ぎ、ほんのわずかの衣類しか身につけていない姿で、ベッドに座っていた。

「あぁ」感嘆文にもせずに彼女が言った。「あんたか」

「ぼくでなけりゃ誰さ?」そう答えたのも疑問文のつもりじゃなかった。この場合ありうべき疑問文は、《このクソ野郎はどこのどいつだ?》だけだった。でも質問する前に彼女が言った。

「おじさんのこと覚えてる?」

「いや」

「いつかの朝、ハバナ旧市街で見かけたの覚えてないの?」

「覚えてない。けど、ここで何やってるの?」

「訪ねに来てくれたのよ、当たり前でしょ。おじさんなんだから」

「どうしてここがわかったんだ?」

「あたしが呼んだの。電話で」

「番号を知ってたわけか」

「ううん、電話帳で調べた。おじさんは電気技師なの」

彼女は黙った。明らかに、会話が途切れたのはわたしのトゲトゲしい(ヘア)スタイルによるものだった。その時、男が(訪問者、おじさん、何者であれ)立ち上がった。思いのほか高く見えた。明らかに、記憶の中のおじさんはもっとちび助だった。男は農民じみた田舎者の風貌だった。

「邪魔ならもう行く」

そのうえ粗野で粗忽ときたもんだ。意味も伴った頭韻は大歓迎だが、もっと歓迎するのはこの男が帰ってくれることだった。彼は帰っていった。彼女には挨拶していったが、わたしに挨拶はなかった。粗野で粗忽。

嫉妬のうちには性感が潜み、どんなに密度高く織り上げられた筋書きも貫いてしまう霊感が潜んでいる。わたしの疑念が悲劇を映し出すカンテラとなったのか、夜の闇の中に明白さが差した。裏切られるオセローなくして、裏切り者のイアーゴなし。

彼女は嘘がつけなかった、けど明らかなのは、彼女が真実を言っていないこと、わたしを騙していること、嘘つきで裏切り者だということだった。どう言ったらわかってもらえるだろうか？

どう言えばエステラの肌質を描写できるだろう？　光を反射するよりむしろ放射する肌、ブアイソウというよりむしろ、最初の夜の後ではただただブッソウな敵意を漂わせていた体を覆うための、本質とも質料とも言えるあの肌を？　肌が彼女の境界だった。その向こうには暗く残忍な世界が、謎に満ちた未開の密林があった。あらゆる未探検の領土がそうであるように、彼女も人を惹きつけ、同時に恐怖させた。彼女の発見者はわたしだが、彼女を探検することは（征服することは、なんて断じて言えなかった）危険が多すぎた。子供のころから守護天使のようについていてくれた、自己保存の本能だけが、わたしを救ってくれたのだ。

わたしはいつもケーリー・グラントを崇拝してきた、背が高いからじゃなく、空車のタクシーを見つけて停めるその能力のゆえだ。『北北西に進路を取れ』は、何よりもタクシーのパレードに他ならない。これからタクシーを停めようとするシーン、いままさに停めんとしているシーン、乗り込みつつあるシーン。こうしたヘイタクチー、いや並列置こそは、『故マッティーヤ・パスカル』と同様に、わたしの得意とする修辞的手法だった。

数日会ってなかったブランリーに会うことにした。『貼り紙』誌社を出たあと角のタクシーに、好色だが高速なあの運転手のタクシーに乗って、リネア通りにあるブランリーの住居まで会いに向かった。その住居は下宿屋が触れ込みにより連れ込み宿化してしまったもので、定規を使って作図されたごとき直線通り《リネア》にあったため、帯状に細長く伸びていた。

リネア通りといえば、路面電車の線路《リネア》があったことがその名の由来だ。名前のおかげで他とは違った特別な通りになっていた、というのも路面電車の線路はハバナのあちこちを通っているのに、どの通りも、もちろんリネア通りを除いてということだが、リネアと言う名前じゃなかったからだ。公園のあいだ、道の真ん中を走る路面電車が通っていたころのリネア通りはなんとも魅力的だった。リネア通りが終わっても、路面電車は走り続け、ホテル・ナシオナルがある高台のところでぐるっと方向転換する。ムチアの絶壁のような斜面を無傷のまま進み、無疵のままインファンタ通りに出れば、マレコンと海が見えた。月夜には、路面電車はほんの少しのあいだだけ、心奪われるような景色の中を動いていった。いまのリネア通りは、アスファルト通りと呼んだほうが適当だった。あるいは、もうすでにアメリカかぶれした我々のことだ、マカダム工法通りって呼んでもいいんじゃない？

奴の部屋には誰もおらず、不思議なことに鍵がかかっていた。外に出ると、あの女管理人がいた。もしこの下宿をペンションと呼ぶとするなら、彼女はさしずめコンシェルジュと言ったところか。

「ブランリーの家には誰もいないんですか？」

「誰もおらんよ。奥さんは病院」

「ご病気ですか？」

「んにゃ、息子さんのお見舞いにね」

「ブランリーが？　ブランリーがどうしたんです？」

「うぅん、じゃいいよぉ、あなたにいっちょ打ち上げましょう」

「打ち上げ？」

「失礼、打ち明けやった。ロベルティーコにゃね」彼女はきまってブランリーをこう呼んでいた、

「一つ欠陥があるんさ」

「たった一つきり？」そう答えそうになったが、話は続いていた。

「あたしが見つけたんだよぉ、母親はなんか離婚やら仕事やらさ……薬剤師なのよ」

「知ってます」

「けど奥さんはロベルティーコの欠陥を知らなかったんよぅ。見つけたのはあたし、ここにいるこのあたし、何年か前ロベルティーコがまだ子供でそんで風呂浴びてた時。なんちゅうたらいいかね？」

風呂よりこの人のほうがよっぽど風老、すなわち風狂老人だ。

「続けて、続けて」面白くなってきた。友達の美点より欠陥のほうがじっくり傾聴に値する。

「あの子がシャワーしててあたしが見てたらさぁ、ロベルティーコに、見たことないちっちゃいのがあんのよぅ、そのちっちゃいの、あの子のあそこにくっついてんの」

美術の話か？

「あたしお母さんに言ったよぅ、信じようとしなかったけど。《うちの息子は》って言ってた、《難の

打ちようがありません》って。そう言ったんだよ、《難の打ちようがない》って」

「《ナニの剝きようがない》って言ってませんでした？」

「違うよぅ、はっきし難の打ちようって」

難の打ちようがないロベルト、皮をかぶりし紳士。

「あたしは病院に連れてってあげてって言ったんだ、けど聞きゃしない。もちろんさぁ、ロベルティーコには言ってないよ、あぁたにいまこうして言ってるだけ。何年も前だけど、いま痛くなって入院する羽目になったんだよぅ」

「病名、包茎」

「何だって？」

「包茎ですよ。ペニスの癒着」

「そうなんかい？」

「そのようです」医学を勉強しようとしたことだってあるんだ、いつだって幸福のやつが邪魔をしに入ってきたけど。

「ロベルティーコはさぁ、カリスト・ガルシア病院にいるんだよ」

「面会にいこう」

「行っちゃダメ、ダメよぅ、あの子とっても恥じかしがるからさぁ」

恥「ず」かしがる、あるいは「恥じ入る」だ、他にもあるかな？

「でもあたしが言ったって言わないでくださいねぇ。誰も知ってちゃいかんよ。あたしだけが知ってんの。あぁたのこと信じるよ」

「誰にも言いませんとも」

「あぁたのこと信じるよ」

「奥さん、どうもありがとう、どうぞよい一日を」

「あぁたもねぇ」

それ以降、わたしたちのあいだでブランリーなる単位によるペニスの長さの測り方が広まった。例として六ブランリーは普通のペニスの長さ。十ブランリーは異常なペニス。イリジウムを彫り出した一ブランリー原器の複製は、セーヴルの国際度量衡博物館に保管されている。蠟製の一ブランリー原器が、デュピュイトラン博物館からハバナに貸し出され展示されたという風説は、まったくの虚偽である。

奇妙なことに思えるが（今日でもまだ、わたしには不思議なことに思える）、わたしたちが愛を交わしたのは、例の連れ込み宿での一夜、その一度きりだった（実を言うと、一度もオマンコしなかった。オマンコする、この完璧なまでにハバナ風の言葉よ。肉は言葉となった）。わたしたちの関係は最後まで、一度も達成されなかった、長期にわたる膣外射精《コイトウス・インテルプトウス》だったのだ。愛を交わすという、また別の次元の愛の形は、幾度となく試みられては中絶された。わたしはいつも彼女とともに幸せを感じようとしたが、彼女のほうは折に触れてその邪魔をした。もし我々が、（楽観主義の哲学者が主張するように）みんな幸せになるために生まれてきたのだとしたら、彼女は不幸になるために生まれてきた——そして、完全にそれを達成したのだ。その当時でさえ、（わたしにとって最初は大冒険だった）わたしたちの逃亡の最中でさえも、わたしのほうはエステラを痛ましく思っていた。彼女のほうは、わたしの愛情を拒絶した。こんなにも嘆きとはほど遠い人間を、わたしは他に知らない。彼女にとって人生は良いものでも悪いものでもなく、ただの人生だった。だからあの時の彼女は新たなヒロインとなったのだ、彼女にとって人生とは中毒を引き起こすものではなく、飲み干さなくてはならない遅効性の毒だった。悪徳も美徳も自分には関係ないと考えていた（おそらく、シガリロを立て続けに吸うことだけが唯一の悪習だった）。唯一の美徳は女性であったことだった。少女でも大人でもなく、一人の女性のすべてを備えた中間段階。当然、オンナというわけじゃなかった。すごく魅力的だったけど、その構成要素の中にセックスはほんの少ししかなかった。

エステラのもとを去ってから数カ月後まで『素直な悪女』を見る機会はなかったのだが、ジュリエットのキャラクターはすごく彼女に似ていて、年末にその映画を見た時、エステラのことを少しだけ理解することができた。そこには、無関心が形を変えたものである彼女のムカつきがあり、セックスに適していながら、自身では何の興味も抱いていなかった彼女の体があり、結局のところ唯一の運命だった、彼女の無益な探求があった。現代的な女性だったが、たぶん全部が全部そうじゃなかったんだろう。彼女は刹那の存在で、一年か二年前には存在すらしていなかったはずなのに、この子に未来はないという印象を与えてもいた。実存主義者だったのだろうか、もし彼女が笑う人だったとして、こんな分類をすれば笑っただろうか？　あるいは、こちらのほうがありそうだが、絶対的に道徳が欠如していたのか？　思うに、彼女は時代の子ではあったが、生まれた国の子であったことはこれっぽっちもなかったのだろう。彼女の虜にさせられるのはそのせいだった。彼女は訪問者、もしくは迷子になった観光客だったのだ――ここでの強調は、観光客ではなく、迷子という点に置かれなければならない。

トロッチャから出かけようとしてまだロビーにいる時（あるいはどんな名前で、海からではなく通りから、暖かく暑い、ものすごい風が吹き寄せるあの空間を呼ぶべきなんだろうか）、まだ歩道に出てもいない時に、わたしたちのほうへ一人の女性が歩いてきた。わたしが学生時分に知り合いだった女性で、当時はまだ少女だった。その子は医学部で、ずんぐりして髪は非常に長く、目はつり上がっていてチベット人みたいに見えた、ただしチベット人の知り合いも一人もいなかったし、ラサにも行ったことはなかったし、ポタラ宮殿を訪ねたこともなかったけど。思うにわたしは彼女に恋していたらしいのだが、彼女は歯牙にもかけなかった、その理由をわたしは、いわゆるレズビアンだからなのだろうと考えていた。さていま彼女は、まだわたしたちのほうへ向かってくることさえしてないうちから、エステラに向かって挨拶した。わたしにじゃなかった。熱を込めてエステリータに挨拶をし、エステリータが返事をした。

「ドクター」。まるで彼女が世界で唯一の医者であるみたいだ。実際にこのホテルで唯一の医者ではあったが。といっても居住者だ、寄宿者《インターン》じゃない。

「ドクター」。この肩書き《ティトゥロ》を受け入れるため、わたしはそれが貴族の称号《ティトゥロ》であるかのように繰り返した。

「はじめまして」その女性が言った。「エステラのお友達はあたしのお友達よ」

グラウ大統領の口真似をしたくなった。《友人たちよ、友人であるみなさん、キューバであることとは愛することなのです》

「またね」お医者さんは言った、「後でね」

これは待ち合わせの約束なのか？

なんと遠くなってしまったことだろう、わたしたちを

初めて一つにするはずのあの逢い引きの時は。

過ぎし日の記憶という本に挟まれ

しおれてしまったスミレのように。

どうもありがとう、どうもありがとう、どうもありがとう。ラジオから流れるペドロ・バルガスだ。太って醜い、メキシコのインディオみたいな顔を、高校生の時は休み時間になるたびに真似したものだった、声色を変え、アヤメの香りやら本の栞やら心残りやらが出てくるあのインテリボレロを下手くそに歌い上げていた。マルティじゃないが、ただパロディだけがわたしを立派な男にしてくれた。真似してたのはもちろん、女の子に人気があったからだ。わたしじゃない、ペドロの話だ。ガンバるバルガス。

ちょうどその時のわたしは記者として、三人称という言い逃れに逃れ込みつつ記事に署名しているところだった。そういう方法を採用したのは（そして適応したのは）、社会部の記者たちの曖昧な非人称性にヒントを得たからだったが、これがなんともうまく噛み合って、うまく噛みつく記事が書けるのだった。その記事は『捨てられた人々』の封切りに関する鑑賞レビューだったので、タイトルは《闇にうち捨てられた女》とし、映画のことについて書くよりもわたし自身のことについて、輝かしくもなくめくるめくものでもない、家族秩序からのわたしの逃走について書いた。

当初は『夏の終わり』と題される予定で、ほぼ全編美しいクレモナのトスカニーニ村で撮影されたこの映画は、エディプス問題に対する否定的解決——つまり、主役にとって否定的ということだが――に他ならない。アンドレスは、危険と運否天賦を意味するルシアをあとに残し、平穏と富を求めて母親とともに去るのだが、これはその実、愛と自分自身の人間性を捨ててきているのである。

Q・パトリックの短い短編では、ある息子がツタ植物のように絡みつく母親から解放されるために、ツル植物のような恋人の助言を受けて、母親を殺そうと決める。殺人は山奥で遂行されることになる。母親、息子そして恋人は――愛するという動詞を体現する三人――、険しい斜面を登っていく。崖の上で、一瞬のわずかな混乱が生じる。肉体が虚空に落ちていき、月が生き残った者たちを照らし出す。この物語の恐怖はすべてこの瞬間にある。息子は恋人を殺したのだ。ツタの母親が勝利したのである。

これを書いた記者も、八月中旬の雨の降るあの夜、自らの恋人に勝利していた。

セックスのことを話してもいい。だがむしろ、話すことなどできないと言ったほうがいい。わたしたちの関係の中で、セックスは断じて主要なものではなかった。愛についても話すことはできない、本当はけっして愛などなかったからだ。だが、強迫観念に関しては話してもいい、いや、話すことができる。わたしたちが一緒に過ごした人生の短い期間を、強迫観念という情念こそが支配していたのだ。関係といっても、その最も高尚な意味における関係の話だが、とはいえ辞書に載っているような意味でこの言葉を使うこともほぼできない。それがどんな辞書であろうとも。

わたしは結論した、彼女はセックスに、まさに性器《セックス》を介するセックスに、いかなるものであれ興味がなかったのだ。単なる愛にも興味がなかった。単なる愛なんて言葉が出てきたのは、経験——わたしの経験と彼女の経験――によるものだ。いま思えば彼女は、病理学的理由からいかなる愛情も受け入れられなかったのだろう。彼女は女性版ムルソーだった。あまりに強い太陽のせいで、道徳心にカーテンがかけられたらしい。けど同様に真ん丸な太陽に苦しんでいたわたしも、複合感情《コンプレホ》というよりは複製鏡像《レフレホ》である罪の意識に苛まれていた。だが彼女は、自分の信じたものに対して忠実で、勇敢で、惜しみなかった――彼女が何かを信じていたとすればだが。ついさっきわたしが書きつけたのは、《自身の人格に対して忠実だった》という表現だった。けれどいまは、彼女は自分自身をも信じていなかったのだと思う。彼女の身体、あの人間的な、あまりに人間的な身体は、神聖なるものへと変わったのだ。崇拝からそう言うのではなく、いまとなっては以前とは真逆のもの、つまり触れることのできないものになったからだ。

彼女の冒険《アベントウーラ》とわたしの幸福《ベントウーラ》が続いているあいだ、実質彼女はわたしに誘拐されているようなものだった。だがわたしは誘拐犯ではなく、全力で付き添い役を果たしていた。

彼女は一人の登場人物であることを拒絶していた（そうしようと決めた戦術的なものではなく、そもそもはなから拒絶していた）、いっぽういまのわたしは、彼女という登場人物を作り上げようと試みている。最高にトリコにさせる女性だけれど（彼女とはある意味で親密になることがなかったのだから、ここで言っているのは三次元の女性のことではない）、でも筋書きの中にトリコむには最も不向きだった。しかし彼女の率直さによって、わたしにとっての彼女は失われた。これらのページを書いているのはこのわたし（そして明らかに彼女ではない）、だからわたしは彼女を取り戻そうとしているのだ。記憶《メモリア》の中だけでなく（彼女を思い出さなかったことは一度もない）、記録《メモリアス》の中にも。彼女は一つの神聖なる身体、だが同時に、わたしの思い出を追い回す亡霊でもあるのだ。

夜にはよく一緒に出歩いていた。時にはカルサダ通りを上り、時にはリネア通りをマレコンまで。夏は夜でも暑かったが、海からは微風が吹いていた。リネア通りが始まるところで歩道を横切った時、彼女が路上のサインを指さした。

「あれ何？」

「カラ墓碑だ」

「カラ墓碑って何？」

「誰も埋葬されてない墓の記念碑だよ」

彼女は興味津々で近寄った。

「何か書いてるけど中国語だわ」

「独立戦争で戦った中国人の犠牲者リストだ」

「そうだろうけど、なんて書いてあるんだろ？」

「《裏切り者も逃亡者も、中国人の中にはただ一人もいなかった》だって」

「中国語わかるんだ？」

「スペイン語訳が反対側にある」

「ちょっとぎょっとした」

「ぎょっとしたって、きみが？」

「そうよ。あんた中国人なのかと思った」

「だとしたら？」

「あたし何があっても中国人と出歩いたりしないわ。よく考えりゃあたしも怖いもの知らずよね、ほら、あんたかなり中国人ぽい見た目でしょ」

「自分の顔は見えないからなあ」

「そう見えるってことよ。中国人みたいに見える」

「それは言われる」

「あんたってさ、中国の血が入ってんの？」

「とんでもない」

「でも一瞬中国人に見えることある。本当に中国人が混じってない？」

「間違いないよ」

「そうね、そうよね。間違いないわ。あたし中国人は大嫌い。あたしがほんとにひどい病気にかかったとしても、中国人の医者が治せるわけない」

本当だったってことなのか、ある賢人が言ったように、愛が死んでから初めて言葉を見つけることができるってのは？

ウェルギリウスは間違っていた。愛はすべてにうち勝ちはしない。それどころか、無はすべてにうち勝つ。全能なるは無。

最初の夜にすべきだった発見を、わたしはまさにいましたのだ。わたしにとってすべては夜起こる。いま、この暗がりの中、夜の中、闇の中で朝が訪れたのだ。いましがた彼女がそれを教えてくれたおかげで、もはや彼女はたまらなく魅力的には映らなくなった。一度だってそうだったことなんかなかったんじゃないだろうか。鞘のないナイフみたいに剝き出しの裸だった。キューピッドの人形、キューピー人形みたいにも思えた。彼女は人形《プペ》であり、もはやわたしの興味を引かなくなっていた。ごみ箱に捨てられたぼろ布の人形であり、わたしが何らか興味を覚えそうなものと言えば頭部だけだった。間違いない、興味は麻酔をかけられて感覚を失い、そのあいだに外科手術がおこなわれたのだ。わたしはエステラを、たとえエステリータに変わる時があるとしても、忘れようと決めた。

その夜は月がなかった。貞淑な星の光と、そしてもちろん、みんなを照らす不滅なる街灯の光の他には、何の光もなかった。だがさっきわたしが話していたのはむしろ、夜の中でわたしだけを照らした啓蒙の光のことだ。そのカリブの月、人食い族の月が、周りのものを喰い尽していた。彼女は月にも星にも関心がなかったが、当の本人はまるで夏の煌めきのようだった。たったひと夏だけしか、彼女は踊らなかったのだ。

流血と失敗に終わった大統領官邸襲撃事件から、半年も経っていなかった。同時進行作戦（ＣＭＱ放送局を襲撃し、革命を呼びかける演説を放送する）に従事した二人の男は、かつてはわたしの家にかくまわれていた。ジョー・ウエストブルックとそのいとこのエル・チノ・フィゲレドだ。そのころにはジョーはすでに（フンボルト通りの最後の隠れ家で）警察に殺され、エル・チノのほうは神のみぞ知るどこかへ逃走していた。ほんの少しの時間しか経っていなかったのに、すべては一つ前の世紀に起きたような感じがした。ジョーとわたしは、同じ建物に住む義理の姉であるサラの家の一部屋で、声を潜めつつ計画を練っていたものだった。ラ・マンサーナ・デ・ゴメスのオフィスでの秘密集会で知り合って以来続けてきたことだったが、そうして何週間も潜伏先で語り合って過ごしたジョーの顔を思い出すことすら、もはやなかった。そのころオルガ・アンドレウが、わたしに政治について話を聞きたいと言ってきた。彼女の家であるアパートに、ブランリーとわたしが招かれた。

　オルガ・アンドレウのことはもう別の本で書いていて、そこでの彼女は教養人気取りのミドルティーンの女の子で、その教養がエサとなって、彼女が水槽で飼っていた金魚についてのブランリーとの議論が始まり、彼女は金魚にエサを遣るかのように、ブランリーを遣り込めたのだった。その時の彼女は十六歳。いまの彼女は「熱情派」となっていた。バルトークのコンサートのレコードがかかっているのに負けじと話していたが、これはオーケストラのためのハンガリー狂詩曲に過ぎないもので、わたしは耐えきれずベロを（ベラを、か）出していた。すでにわたしの音楽的見解を知っていたオルガだが、いま話をしたがっているのは政治についてだった。裸足で籐椅子《アフリカーナ》に座り、膝が地面よりも顔のほうに近くなった姿勢で、片方の手で片足をいじり始めた。次にどうするかわたしにはわかっていた。その体勢がきつくなると、彼女は脚をもっと上げ、足の指が顔にくっついた——そして静かに、自分の爪を煎じもせずに食べ始めた。尋常じゃないのは、食べられているその爪が親指の爪だって点だった。オルガが非常に綺麗好きだったことは言っておかなくちゃならないが、けど自分の足の爪を食べるってのは、なんと言うか、極限《イン・エクストレミス》の行動だった。興味深いことに、そんなオルガを見て吐きたくはならなかった。それどころかとっても、この言葉はわたしの語彙集の中では新しいものかもしれないが、セクシーだった。性的な目で見た時、彼女は非常に魅力的だった。彼女もまた一種の楽園の女神だったのだ。でもわたしの相手じゃない、わたしのじゃない。さて、まだ中に爪を残したままの口で、彼女は諭すように話しかけてきた。

「この先何が起こると思う？」

「見当もつかないな」

「『貼り紙』の人たちはなんて言ってるの？」

「何も言ってない。誰も何も話さない。検閲は厳格ではないが、それでもしっかり機能してるんだ。あらゆる検閲と同じく、脅迫的でもあるし」

「でもわたしたちはいま戦争状態なのよ」熱を込めてオルガが言った。「国全体の戦争だわ」

「ぼくの国は違う」

「どういうこと？」

「私的な戦争のことを言ってるのさ」

「と言うよりはセンチメンタルなゲリラ戦だな」それまで一言も発していなかったブランリーが割って入った。

「そうなの？」オルガが聞いてきたが、いつものように目にあふれている誠実さは、わたしの目にも反射した。

「残念だが、これは残念なる事実だ」

「ああ、ハムレット！」ブランリーが言った、「復讐がそのスゴわざをなすところ」

「引用禁止」オルガがふたたびわたしに聞いた。「ほんとなの？」

「問題は、本当なのか虚構なのか、ぼくにもわかってないってことなんだ。けど、戦争であることは確かだ」

「つんぼの戦争、つまり水面下の戦いだ」ブランリーが言った。「でも片耳の戦争じゃない。ヴァン・ゴッホじゃなくてベートーヴェンだ。こいつはロビーで何杯も酒と迎え酒を呷ってるけど、崇高なる強迫観念を治療するためには、《修道士の耳》と呼ばれ、面白いことに《ヴィーナスのへそ》とも呼ばれている薬草を煎じて飲む必要があるだろうな」

「ぼくはいま、たった一人きりの市民戦争に巻き込まれてるんだ」

「じゃあ一人じゃなく二人ね。あなたとティトンよ」

誰か恋人のことを言っているのかと思った。

「あなたとこの人（これがティトンだった）ってわけよ。この人のほうは、ただひたすらあんな風な錯乱したお絵かきばっかりしてる。お絵かきよ。お絵かき」どんどん声が大きくなっていった。

だがティトンは机から動かなかった。顔を上げて彼女に答えてやることすらしなかった。一枚の紙に顔を伏せるようにして、ただ絵を描いてるだけだった。ときたま頭を上げるのも、完璧な気筒の役目を果たしている煙草を唇に持ってくるためだった。どうやってたんだろう？　ティトンはいつも手先が器用だった。最初はピアノ、次は絵、そうやって手先の器用さを発揮する合間に、当時は優美な詩集をも書きあげ、自ら印刷しては悦に入っていた。少し前には、その詩集を一冊一冊すべて回収してもいた。

「じゃ俺はどうだ」ブランリーが言った。「俺は頭数に入れちゃくれないのか？　パチンコで狙うのは得意だぜ。狙いはお前、撃つのは俺だ」

ブランリーとわたしは、大通りと道を行き来する車を見にバルコニーに出た。突然、ブランリーがわたしの首を摑んだ。抵抗したが、地上六階の高さでの抵抗は不可能だった。摑まれた時と同じくらい急に手を放すと、こう言った。

「絞め殺してやりたいよ」

「何だってんだ？」

ブランリーの持つ不合理な側面が、側面から見た横っ面となってバルコニーの陽に照らされていた。

「なんで俺のことをあんな風に言いふらして回ってやがる？」

「何のことだよ？」

「俺の欠点のことをペラペラと。あのクソババアがお前に言いやがったことだ」

ああ、あれか。

「誰にも何も言ってやしない。信じてくれ」

「じゃあどうやって俺の耳に入るんだ?」

「想像もつかない」

「俺が何を言おうとしてるかわかるか? これからはお前とは絶交だ」

「ぼくらはずっと友達だよ。ずうっと」

「ずっとなんて、絶対にそうならないって言うのと同じことだ」

「ずっとだ、きみがぼくを殺そうとしたのを忘れるぐらいずっと」

「絞め殺そうと、だ」

「おんなじだろ」


ブランリーが死んでしまったのは残念だ、奴はわたしが知り合ったうちでも、最も才覚に長けた人間の一人だった。それに寛大でもあった。わたしが奴に面と向かって言ったいくつかのことや、陰で言った他のことを、悔やんでいるわけじゃない。冗談、笑い話の類だったが、でも奴はそれを聞いて耳と心を痛めていたかもしれない。

あの管理人が言っていたことをふたたび繰り返して、こういうことを書いてるのは(言っているのは、語っているのは)よくないかもしれない、ロベルトはわたしの友達だったからだ。いまここでなければ奴に迷惑がかかったかもしれない、けれどもうブランリーは死んでいて、奴に迷惑などかかりようもない、わたしが何を言ったり繰り返したりしたとしても、これっぽっちも奴を傷つけたりすることはもうないだろう。

ひどい風邪をひいてしまった、だがこれぞわたしにとっての救世主だった。予知能力はなくても、間もない未来を苦もなく予測できた。わたしはふたたび自由になるのだ、たとえもう一度（完全に逆説的だが）既婚者の立場に戻り、一家の父親に、母の息子に、友人の友人に、模範的市民に戻るとしても。ああ、風邪よ。おれがお前を捕まえるから、お前は彼女を逃がしてくれよ。

「一過性の風邪よ」

「ほんと？」

「夏が終われば終わる夏風邪だわ」

「誰がそう言ったの？」

「母よ」

「ああ、なんだ」

「なんだじゃないわよ。母は看護婦で、病気や処方箋のことには詳しいんだから」

「家庭の処方箋となるとどうだろうね」

「どういうこと?」

「もし家庭の処方箋にも詳しいのなら、応用してきみが出ていかないようにすればよかったんだ」

「だからそういうことよ」

「そういうことだ。もしお母さんがもっと気にかけていたら、いまみたいに渡り歩くこともなかったんだ、下宿屋から下宿屋へ、ホテルからホテルへ、終わりが始まりとなり、最後の逃げ場が最初の逃げ場になるような逃亡をしなくてもよかっただろう」

「そしてもちろん、あんたはわたしっていう重荷から自由になるだろう、ってことね」

「そんなことは言ってない」

「でも含意してたわ」

「含意はしてるよ。それに、いつからきみは含意するなんて言葉を使うようになったんだ? きみみたいな女の子には気取りすぎた動詞だ」

「あんたの文法に汚染されたのよ」

「これは文法じゃない、語彙だ」

女神たちの反乱が起きたのだ。クレイオー、テルプシュコラー、そしてその他大勢のお仲間たち。虫歯になっている奥歯から一つ破片が落ち、さらにもう一つが変なところにすっぽりはまってしまった。大事件だ。わたしの舌は、いまこんな時にもかかわらず嬉々として、失くした歯片の破片はどこだと尋ね回り、その虫歯のあたりをくまなく探し回るだろう。夜の気晴らし《ナイト・エンターテインメント》だ。つまるところこの虫歯こそが、突然の結末を導く我が機械仕掛けの女神《デア・エクス・マキナ》。

わたしは夢の中を歩く病人だ。それから登っていく。山奥へと。でもなぜそうするのです？　なぜなら、そこに彼女が在るからだ。彼女はわたしのエヴァレストでもあり、同時にわたしのネヴァーレストでもある。

「これからの人生がぼくらを待っている」

「これから待ってるのは死よ」いつも通り陰鬱に彼女は言った。

我が身につまされる、そういう表現があるが、わたしの場合は彼女の身につまされていたのだった。

一瞬よりも短いが、一生を変えてしまいそうな瞬間のことを何と呼ぶのだろう？　運命《ファトゥム》は頑迷だ。抗いがたい力が、きみという不動の物体につまずく時、それが運命だ。運命、それはまた混迷でもある。

いまはわかる、一番初めに彼女に会ったあの瞬間は、誤った瞬間だったのだと。

考えてみればかの彼女は（この頭韻は強引に作ったものじゃない）、彼女自身の小説の登場人物だったのだ。そこに出てくる登場人物であり、主人公であり、敵役でもあったが、存在の不安は欠如していた。彼女はこう言うこともできただろう、《きのうママが死んだ。それかおとおいだっけ？》おとといのハバナ訛りだ。

「一日中、一晩中、そこでそうしているつもりかい？」

「人生に飽きちゃったら、ベッドは時間つぶしにもってこいの場所なの」

「人生に飽きただって？」

「あたしがもう年寄りみたいな気持ちで、実際にも年寄りだってこと、あんたは少しもわかってないのよ」

「きみみたいな女の子は、ほんのわずかなあいだに自己破壊に走ってしまう」

「自己破壊って何なのかわかんない」

「知っておいたほうがいい。きみの得意分野だからな。きみのモットーはこんな風にすればよかったんだ、一気に生きて、若くして死ぬ、あとには美味なる死体が残る」

「モットーなんて持ったことないけど、でも死体にはなりたい、美味しいやつじゃなくて、安らかなやつ」

「安らかに眠れ」

「言っとくけど、墓から出てこなきゃならないとしても、あたしは復讐しにくるわ」

「復讐？　ぼくにか？」

「みんなに、すべてによ」

「遠い話に思えるけどな……」

「あたしはもう遠くにいる」

「あんまり遠くまで行くなよ」

「ほっといて」

「帰ってこれなくなるぞ。隔たりとは忘却だと、そう言われてる」

「どういう意味よ？」

「意味はない。ボレロの歌詞だ」

「またボレロね」

「賭けてもいいけど、きみはぼくのことを恋する男として考えたことなんかないんだろう」

「正直に言うけどね、おバカさん、あんたのことをじっくり考えたことなんか一度もない」

「そんなの真実じゃない」

「あんたに何の真実がわかるのよ、少なくとも、あたしの真実のことがさ？」

「ぼくがすることは、きみのためにしてる」

「お優しいこと！」

「他の女であってもぼくは一緒に逃げたなんて思うかい？」

「結婚したくせに？」

「どうしようもなかった」

「どうしたらいいか教えてあげる。死ぬのよ」

わたしは病気だった。彼女がわたしの病だった。エステラが。だがどうやって治療すればいい？

その時だった、わたしが彼女を殺すことを考えたのは。だが、犯罪は重大な違反だ。

《死ぬ時は一緒に死のう》そう言うべきだった。だがわたしは彼女と一緒にも、誰と一緒にも死にたくなかった。死にたくなんかなかった、生きたかったのだ。《私じゃない、彼女だ》全体主義的な死が訪れた時ウィンストン・スミスはそう言った。死にたがっていたのは彼女だった。死んだのは彼女だった。死は、他のすべてのことと同じように、あまりに強く来ることを願っていると、最後には本当に来る。

エステリータは、流行したあるボレロじゃないが、自分の意思ではなく強いられて生きてきた。ボレロのほうはこう続く、《だからあなたのことがこんなに好きなの》。だがわたしは彼女が好きではない。かつては好きだった、だがそれすらも違うと思っている。むしろ気まぐれだった、だがすでにオスカー・ワイルドは、偉大なる情熱と気まぐれとの違いは、気まぐれのほうが長持ちするということだ、と言っている。エステラはもっと長続きする、いまだに続いているんだから。でも偉大なる情熱なんかじゃなかった。そうだ、一瞬のあいだだけ続く愛の時だったんだ。語の多義性ゆえに、愛の時《モメント》と言ったとしても、それが一瞬《モメント》よりも長く続いたという意味には必ずしもならない。ああ、愛よ。

彼女が感情を爆発させることはなかった。何らかの感情を繕うところを見たことがなかった。それどころか、感情を表に出すところすらほとんど目にしたことはなかった。そのうちの一回は最後に、この物語の最後の直前に起きた。最後の最後はいつものように、まるで他人事だった。笑うのを、微笑むのすらも見たことはなかった。こんなにも深刻な生真面目さは、いままさに泣こうとしている時の子供たちにしか見たことがない。涙と泣き顔の後で、子供たちは真面目くさった顔に戻る。ガリアノ通りとネプトゥノ通りの角にあるヌニェス写真館の宣伝文句には、いつもぎょっとさせられていた。《泣いているお子さんも、ヌニェスの写真では笑わせます》。わたしはエステラといると時々、失敗続きのヌニェスになった気分がしていたのだった。

九月なんてやってこない、六月にはそう思っていた。でももう九月だ。雨が降り出し、何日も灰色の空が続いたので、それに気づいた。

「今日雨降るって」

わたしは微笑んだ。

「興ざめするね」

わたしはブラインド《ペルシアーナ》に近づいた。

「ペルシアの林檎《ペルシクム・マルム》、あるいは悪《マルム》ではなくて善《ボヌム》。すべては観測者に依存している」

「何の関係があるのよ？」

「何もないよ、もちろん」

「時々あんたのこと、おつむのほうが少しよろしくないんじゃないかって思うわ」

「きみの亡き本当の母上みたいにか」

「お母さんのことはそっとしといてくれない？」

「母上はそっと安らかに眠っておられる、ただぼくは墓の中の平穏も信じちゃいないけど。死者については良きことだけを言え《デ・モルチウス・ニキル・ニシ・ボヌム》、いやむしろ、ここでは悪いこと《マルム》と言うほうがいいのかな」

「もうあんたも自分の言ってることがわかってないんじゃん」

わたしは彼女の部屋に来ていたわけだが——他に何をするっていうんだ？——その時、雷による拍手喝采が鳴り響いた。

「何？」

「雨だ」

ハバナで雨が降る時は、かの大洪水がついに始まったのだと思えるほどの本当の大雨だった。

「雨を降るの大嫌い」

「雨が降るだよ、無人称動詞だ」

「何て？」

「雨が降るって言うんだよ、もっともきみの場合は、雨が降るのを見る、って言えるけど。それか、雨が降るのを聞く、だな」

「雨は嫌い」

「でもさ、二人で濡れないよう相合箱舟に入ってるとしたら、雨を見ても綺麗に思えるんじゃないかな？」

「あんたわかってる？」

「何を？」

「一緒にいる時間の半分はあんたの言うことわかってないって」

「そして後の半分はぼくが黙ってる。だろ？」

「あんたと会って以来、あんたが黙ってるの聞いたことがないわよ」

「そしたらぼくはさしずめ機関銃ってわけだな。聞かれないうちに言うけど、機関銃ってのは話をしすぎる人のことだ」

「お喋りって言うんだと思ってた」

「そうとも言うよ。控えめに言いたければね」

「じゃああんたが機関銃ってわけね？」

「家が恋しくならないのかい？」

「全然」

「けど過去はそこにある」

「過去なんてお粗末なお荷物よ」

「それでもいつまでもきみの過去だ。ぼくらの現在もいつの日か過去になる」

「何を賭ける?」

「賭け事はしない。だからぼくは、負け続けている時ですら勝つ」

「あたしも賭けはしないけど、人生はいつも負けてばかり、それには慣れちゃった」

彼女は人生を否定していなかったが、肯定もしていなかった。わたしにとっては、文学が人生よりも重要なものだった。あるいは、ともかくも文学は人生の一形態だった。彼女には無関心と倦怠しかなかった。つまりは空虚、空白だ。でも彼女は生きていて、わたしは最初、彼女が生き、苦しむのを見ているだけだった。そのあとは、いまもそうだが、ただ微笑んでいた――あるいは心の中で笑っていた。

「きみはつむじ曲がりだね」わたしがそう言い、彼女はこう言った。

「あんたはへそ曲がりだわ」

「トゥーシェ」

「何よ?」いつものように聞いてきた。

「フランス語で、気が触れたって意味だ」

「気が触れてるのはあたしよ」

「友達はみんな噂してる」

「誰の噂？」

「きみとぼくの。ぼくらの」

「笑わせないでよ」

「きみがぱっかり割れた大きな唇をしてるってさ」

「なんですって？」

「タンゴは忘れてボレロを歌え。そうだろ？」

「選ぶのはあんた、歌うのはあたし」

彼女は、一粒何百メートルも走れそうなキャラメル色の目でわたしを見てきた。

「あたしを殺してくれない？」

「何だって？」

「聞こえたでしょ。あたしを殺して」

「嘘だと思わないでくれ。ぼくもそのことを考えてた」

「そうすれば問題は全部解決する」

「殺しは遊びじゃない」

「自殺しようかしら？　薬局に行ってヒ素を買えばいい」

「薬局にヒ素は売ってない」

「トラックの下に身を投げるわ」

「カルサダ通りにトラックは走ってない」

「マレコンから海に身投げするわ」

「マレコンのこのあたりに海はない。石ころと岩だけだ」

「コミカミに一発打ち込むのはどう？」

「コメカミだ、コミカミじゃない」

「ああ、自分で死ぬこともできないんだわ、その前にあんたの文法に殺されちゃうから」

「今日は自殺しないほうがいいと思うよ」

「ふざけてるんじゃないのよ。真面目に言ってる」

「きみは冗談で話したことなんかない。それがきみの悪いところだ。それがお前の原罪なのだ、アメリカよ」

彼女に哀れみを抱いたことはあるだろうか？　当時はそんな暇がなかった、人生が眩暈のするようなものに変わっていたのだ。いまとなってはすべてあまりに遅すぎる、彼女のことが好きだったのか、すべては若さゆえの蜃気楼で、さまざまな出来事のフーガとなって消え去りつつあったのか、それさえわたしにはわからない。

けれども読者よ、わたしはこの物語が残酷な文学であることを望む、その文学史はカインに遡り、ジェームズ・M・ケインで終わる。二度ベルを鳴らした奴だ。マイナーな神々の手によって操られる文学。羽をもぎり取る快楽のために、片手で蠅を捕まえて愉しんでいるような文学。羽を提供した後で、周囲をぐるぐるぐらぐらと回り続ける、聞き分けのいい蠅たち。

愛と人生のあいだにはいつも衝突がある。それを人呼んでロマンティシズムと言うが、これは結局芸術に向き合う姿勢というよりは、人生に向き合う姿勢なのだ。もし人が、《わたしは癒しがたいほどロマンティックな人間だ》と繰り返し言うとしたら、自分が病気だと認めていることになる。つまり、慢性的状態、精神の感冒のようなものであり、治癒する唯一の手段は、また別の癒しがたい病気だけだ。例えばそれは、恐怖である。

わたしはエステラに対して恐怖を感じるようになり、もし彼女を滅ぼさなければ、彼女に滅ぼされるということを知っていた。彼女を殺そうと考えたのはその時だ。そのあと間もなく、殺す決心をした。後は犯行を完遂するだけだった。完全犯罪者ビックレー医師のごとく、わたしはエステラを亡き者にする手立てを実行に移す前に、数日待った。かの高名なドクターによれば、殺しは遊びじゃない。それに、殺した後はどうするんだ？　罪体となり果てた死体を処分しなきゃならないだろう。焼くのはどうだろう。けれどそれはトロッチャに火を放つことを意味しており、エステラの人身供儀は子々孫々まで伝わるホロコーストへと変貌してしまうだろう。すでに死んだ彼女をマレコンまで運び、海に捨てればどうだろう、そのうち打ち上げられるだろう。だが死体の運搬はどうする？　バラバラにして、彼女の体のごく私的な部分が公共物となるくらいに、ベダードの隅々まで分配して回るのはどうだろう。だがバラバラ殺人鬼というのは行き過ぎたフェチズムだ。足を愛し、くるぶしを愛し、大腿部や局所を愛するのであって、身体と言う名の総合芸術は二の次なのだ。きっとエステラは、小分けになってわたしのもとへやってくることになるだろう。こうした肉の分割について考えていたわたしは思った、殺人とは芸術のわざというよりは職人わざ、職務のようなもので、鮮魚店やレンガを外す左官と似ている。見ろ、十五番《デル・キンセ》通りからこんなにも離れてる、といってもド近視の奴には見えないだろうが。ド・近視、ブラガドの奴はド・クインシーの名前をそう発音してた。検死官のほうのクインシーは、ほんの少しのヘマが大惨事になる、と言っていた。それにしても『芸術の一分野として見た殺人』の著者を近眼呼ばわりなんて、よくできたもんだな。

　すべての成功した犯罪はどれも互いに似ている。失敗に終わった犯罪だけが、いずれもそれぞれに異なっている。だが最も成功した犯罪とは、犯されなかった犯罪である。その芸術性のすべては、計画あるいは発想のうちに存するのだ。彼女を殺そうと決意してから数日経ってようやく、わたしは《殺しは遊びじゃない》というモットーを紙に書いて、大きな一歩を踏み出した。事件は九月初めの生暖かい土曜日に起きた。即決された処刑《サマリー・エグゼキューション》。

　ドアをノックした時わたしは、木材に触れるという、縁起の良い行為をしたことに気づいていなかった。あとは縁起の悪いことも揃えば完璧で、カフェに行って頭から塩を振りまくか、一つのマッチで三つの煙草に火を点けるか。迷信ってやつだ。あるいは信心ってやつで、お遍路した人は地獄行きを免れるらしい。すみませんが、この電車はまっすぐ冥界まで行きますか？　終着駅はエロティカです。地獄の部屋には、枕のないベッドしか家具が付いていない。空のほうには赤い光が差しているが、部屋の中は真っ暗――無料宿泊日もなしだ。流行っている音楽は悲しげなボレロ。わたしは階下に向かって、酒をあるだけ持ってこいと言い、なるたけ破局に備えようとした。そのうちの一杯は来るべき悲劇へと供える贖罪の山羊だ。

　部屋に入ると、二つの衝撃が襲ってきた。一つは視覚に、もう一つは嗅覚に。彼女は裸で、煙草を吸いながら、ベッドに横たわっていた。丸裸ではなかった。白いパンツを履き、肌はもう黄金色に見えなかった。夏が終わったのだ。匂いのほうは、安いシガリロの紙が燃える匂いだった。名前と同じように安っぽいあのロイヤル――女王の子ではあるが、王の子ではない――を吸っていた。彼女自身もまた非嫡出子だった。わたしはよくよく彼女を見つめた。同一人物なのに、すでに様変わりしていた。彼女は女になっていた。奇跡の少女は女性になったのだ。

ベッドに仰向けになり、枕にもたせかけた頭は、まるでいまから自分の《自叙伝》を読もうとするかのようだ、わたしはそう考えつつ、《小さい、あるいは短い本》という副題も胸中で引用していた。彼女は彫像のように——完璧さゆえにでなく、不動であるがゆえにそう言うのだが——そこにいた。これまでもいまも、多くの映画やいくつかの写真に性的な印象を抱くことがあったが、彫像はわたしにとっては心を動かすことのない遺物であり、気持ちも沈静化してしまう。彼女は青白い彫像で、最初の日に見た黄金色はいまは消え失せてしまっていた。彫像としては完璧——喫煙する彫像としては。LMではなくシガリロ——いや、それですらない安い紙巻きで、その臭いが部屋中に充満していた。

わたしを軽蔑の眼差しで見つめたが、軽蔑と軽蔑とはぶつかり合う。その眼差しはまったく心地よく思えなかった。本当はどんな風にわたしのことを見ていたのだろう？　もし他人が見るようにわたしたち自身を見れたら、その像は虚像なんかではなく、地獄絵図みたいに見えることだろう。わたしが言っているのはもちろん、鏡で見ることのできる像のことじゃない。ましてや、静止しているものであれ動きのあるものであれ、写真に写せる像のことでもない。実物通りの正確な、三次元の像のことだ。その時わたしは、自分がまさにいまこの瞬間にホログラムを発明したことに気づいたのだ——もしくはわたしという実在自体が、分裂症が生み出したものだったかのどちらかだ。

淡い光を放つオパールのような彼女の目は、明るい熱帯の夕暮れの色だったが、これからすぐに夜の危うい燐光の中へと水没していくだろう。虎の目、そして悪魔の目もまた、同じように黄色だ。強膜の金色の輪だけが、別種の膜を成していた。唯一黄金の輝きを放っているのが、彼女の虹彩の虹だったのだ。でもその奥には盲点がある。こういうことは何年か前にヴェサリウスとともに学んだことだ。彼の『ファブリカ』、すなわち製造所の中で（ビョウキのあとには溶菌《ヨウキン》が起こる、つまりだんだん熱が下がるってことだ。病気になるということは常に、より良い状態への変化なのだ）。ある時期医学を勉強していたことがあるって、もうお伝えしましたっけ？　だが、ヴェサリウスと同じく、わたしは医学理論を捨て解剖に転じた。ただ実践あるのみ、エステラはわたしの実験の対象だった。

「行くの？」

「いま行かないといけないんだ。映画を見なくちゃいけない。そのあと批評を書かないといけない」

「いけない、いけないってアホじゃないの！　さっさと行きなさいよ」

「行くよ」

それがわたしたちのさよならになった。でも数秒ののち、奇妙かつ馴染みのある匂い、異臭を感じた。肉の焼ける匂いだった。火のついた煙草の燃えかすが剝がれて、胸の上に、二つのペチャパイのあいだに落ちていた。彼女はわたしの顔に、燃える肌に向けられた目の中の恐怖を見たに違いない。そのあとわたしの視線の方向に目を向けたが、その時わたしは気づいた、彼女は自分自身を焼いている最中なのだ。じっと動かず、頭を上げさえしなかった。ただ左手で、胸を照らし出す炭を払っただけだった――それからまた、もう消えかけているシガリロを吸い、ふかし、赤熱させ続けていた。不平も言わず、何も言わずに、もう一度わたしを見た。わたしはドアを開け、後ろを見ずに外に出た。ゴルゴーンはフェニックスへと変わったのだ。のちにわたしは、精神病質者の痛みの閾値は非常に低いと、そう本で読んだ。彼女は病気だったのだろうか？　その時知ることはできなかった。いまでもわからない。

　とどのつまりは。ああ、《とどのつまり》。わたしのお気に入りの、人口に膾炙したこの作者なき表現は、一種のスピリチュアルな最後通牒なのだ。とどのつまり、あのボレロが歌っているように、船は出発しなくてはならなかった。

　　ここではない場所を船で行こう
　　ここと別の狂気の海を。

沈むはずのないその船、感傷のタイタニックは、航行することはなく、まさしく沈没を運命づけられていた。スピーカーからは最後の命令が流れる。《船を棄ててください《アバンダン・シップ》！　船を棄ててください《アバンダン・シップ》！》もはや船は左舷に傾き、船尾には思い出しか残っていない。彼女を棄てろ《アバンダン・ハー》（船や船舶、ボートなどはすべて、英語では女性だ）。彼女を棄てるべし。可能な者は自らを救え。いますぐ彼女を棄てろ《アバンダン・ハー・ナウ》！　ベッドの中、安物の枕に埋もれた彼女の姿は、見棄てられた者の姿だった。見棄てられ、自ら放棄している。はっきり言えば、運命の放棄だ。わたしは彼女を棄てて、以前なら死《ムエルテ》よりも悪いものだったはずの運《スエルテ》の手に、彼女を委ねた。偶然に任せたまま、自ら決断することを棄てた。すべては偶然によって書かれている、わたしによってではない。サイコロ《ダド》と宿命《アド》。あの場所でわたしは愛する人《ミ・ビダ》を、我が人生《ミ・ビダ》を棄て、自らの道へと戻った。

立ち去ろうとしてドアを閉める前に、小さなナイトテーブルの上に、ランプの光に輝くナイフが見えた。ナイフというより小刀《ナバヒータ》だったが、小刀とか小葉巻《シガリロ》とか、「小さい」という言葉は危険なものだということを、さっきわたしは学んだばかりだった。

彼女は母親を殺した、仮に象徴的にであったとしても（象徴とは凶状なり）。そしていまわたしは、象徴もなしに彼女を殺そうとしており、彼女が自殺するとすればそれが最上の犯行となるはずだった。テーブルの上のナイフ、テーブルの上の小刀、それがわたしが最後に見たものだったのだ。

これを最後とこの開けた廊下を歩いていくと、一歩ごとに音がした、まるで床に砂利か砂が撒かれているみたいに靴が音を立てた、まるでビーチにいるかのよう、海が街と月とに変貌し、その月が都会の水平線に満月となって昇り始めているかのように。

ギャラリーから出る時、ホールにあったあの背の高い鏡にどきっとした。巨大で、暗色の枠はマハグア製、これは黒人がマス・アグア、つまりもっとたくさんの水と言う時の発音だった。というのもこの木の中ではクルヘジェやファルサス・オルキデアスといった植物が育ち、それらが水をタクワエていたからだ。水だけでなくわたしの魂もまたクワレていた。わたしは鏡の月を見、そこに自分を見た。別人だった。変身してしまったのだろうか？　魂は鏡の中にあった。鏡に映ったままの自分をカンガミた。わたしたち二人は、ギドモ・パッサンが言っていたあの赤い視線を交わした。ギ・ド・モーパッサン。ギジェルモ・ケ・パサ、去りゆくギジェルモ。外に、夜の中に、わたしは出て行った。カルサダ通りを渡り、月のないリネア通りを横切ってロディ映画館に入った。バカみたいな名前だ。オーナーがロメロ・ディアスって名前だって噂は本当なんだろうか？　ロドリーゴ・ディアスだっけ？　こんな思案からすくい上げてくれたのは、その日の映画、『バラの肌着《デザイニング・ウーマン》』だった。

ジュニアがわたしと話をしたいと言ってきた。何を話したいんだろう？　午後のこの時間でもいつも満席、いつも繁盛店のエル・カルメロで待ち合わせることになった。新聞や雑誌が並べられ、ご婦人方がそそくさとトイレへ急ぐ狭い通路に席が一つ見つかった。ご婦人たちは当たり前のように、ちょっと失礼、とさえ言わなかった。机は通路と同じほど狭く、ご婦人や小婦人のスカートが行ったり来たりしていたが、ソプラノの声で話しているのは、エリオットの詩にあるようにミケランジェロのことではなく、愚にもつかないことばかりだった。

ジュニアがやってきて、机の前に立ちはだかった。自分の背の高さとガタイの良さを見せるためか？　そうじゃない、彼はオビえやすい性格で、何かにオビやかされていたのだ。でもわたしじゃない、わたしじゃない。座りなよ、と言うと、常に折り目正しく、常に丁重なこの男は向かいの席に座った。本当に身長が高かったが、座ってみるとそれと同じくらい横幅も大きいのがわかった。これまで気にしてこなかったが、大学でアメリカン・フットボール（あるいは彼の正確な呼び方に従えばグリンディロン）をやっていて、グリンディロン・ヒーローと言われるくらい活躍していた彼は、ほとんど巨人と言ってもいいくらいだった。えらく肩幅の広い格子縞の上着を着た姿は、もはやすさまじいまでになっていた。でもわたしが巨人に心を揺り動かされるとは思わないでいただきたい。『オデュッセウス』を十六の時に初めて読んで以来、ユリシーズが策略機略を巡らせて、キュプロークスの一つしかない目をたいまつで焼いてやっつけたことは知っているのだ。だがジュニアの視力は完璧で、その上、誰あろうあの鑑定家アーネスト・ヘミングウェイによって立証された素晴らしい反射神経も持ちあわせていた。ある日フロリディータに来たジュニアは、テーブル席にヘミングウェイが座っているのに気づいた。思わず挨拶をしに行ったが、これほど長身で筋骨隆々の男が自分に覆いかぶさるようにやってくるのを見たヘミングウェイは、反射によるものかそれともパラノイアか、立ち上がると同時に眼鏡を外した。いつも眼鏡をかけてうぬぼれている奴と思われたくなかったのだ。だが彼はジュニアの挨拶をひどく悪くとった。《ハロー、ミスター・ヘミングウェイ！》アメリカ式アクセントの完璧な英語でジュニアはそう言った（ラストン・アカデミーのおかげに違いない）。ヘミングウェイは身の程を知れと言わんばかりだった。《若いの》そう言った、《人が公の場で私的な行為をしているとしても》もちろんこれは、たぶん手紙をだろうが、書くという行為を指していた、《その行為が私的なものでなくなるわけじゃないぞ》。ジュニアのほうは、すみませんと謝る仕草をしたはずなのだが、ヘミングウェイのほうはそれを襲いかかる動きと踏んだ。その場所で――つまり、フロリディータで――一番身長も地位も高いと自認していたヘミングウェイより、ジュニアが頭一つ抜けて高かったということもあった。ともかく、ヘミングウェイはしょぼい右をジュニアに向けて放ったが、それをよけるには頭を横に動かすだけで十分で、ヘミングウェイの拳は空疎な言葉と同様に、虚空に落ちていった。ジュニアはせいぜい二十歳かそこらで、ヘミングウェイの撫でつけられた髪はもう白髪だった――すでに禿が進行し髪もわずかだったが、カミがかった髪型でごまかしていた。だがスポーツを愛する者らしく、ヘミングウェイはジュニアの勝利を認めた。《いい反射をしてる》親しげな口調でそう言った。《ボクサーになるべきだ》

　レストランとテラスを仕切るガラスの壁にもたれかかった姿は、より一層巨大に見えた――ガラスが鏡となり、その大きさを倍にしていた。

　悠久を思わせる微笑みに、反射的にわたしも好意的な微笑みで迎えるしかなかった。それ以外に武器は持たず、かといってこのタイマン勝負にタイムをかけるわけにもいかなかった。いままでにこれほど、自分の目の前にあるのは輝かしき挫折なのだと感じたことはなかった。輝いてはいなかったにせよ、ジュニアが挫折とはほど遠い人間だったからだと思う。幾多の運命に接しても、彼はいつも最後には勝者となった。疑いようもなく、彼は好感の持てるヒーローであり、いっぽうのわたしは、目の敵にされる敵役に他ならなかった。だが彼が話し始めた時には、いま座っている目の前のものは、予想を裏切る事態なのだという感覚に変わった。人生とはかように一貫性を欠くものである。

「どうだい、古馴染みさん？」

ベダード・テニス由来の、ご老人お馴染みの挨拶だ。

「元気だよ、きみはどうだ」

「戻ってきた。良いことなのか悪いことなのか」

「しばらく話してないね。きみは最新ニュースも同然ってわけだ」

「ああ、話してないな、話してない」

このためらいがちな話しぶりはなんなんだ？　見当もつかなかった。脇道だらけのこの道を、脇目もふらず進んでいくことにした。

「スペインはどうだった？」

「セビージャだよ。大惨事だ」

「何がどうなった？」

「ぼくは闘牛士になった」

「嘘だろ！」

「それが本当なんだ。ヘミングウェイのせいだ。彼本人のことじゃない、『午後の死』っていう彼の本のことだ。ぼくはその午後の死を探しに行った。最初はマエストランサ。セビージャにある闘牛場だ」

「知ってるよ。ぼくもその本は読んだ」

「次に訪れたのは裏手にあるトリアナ地区の、闘牛カフェだった。ぼくは、いまなおベルモンテが君臨しているカフェの常連になった。会話の名手だったが、自分のことは決して話さなかった。あらゆることを話していたけど、闘牛のことだけは口に出さなかった。近づき、受け入れられ、彼と同席した。ベルモンテは魅力的だった。歳は取ったが、かつてあれだけの人物になれた理由は見ていればわかった。隣に座るよう勧められた。ぼくは彼に気に入られ、ある日、なぜ闘牛士にならないのかね、と尋ねられたんだ。ヘミングウェイが言ってるように、その時のぼくには良い考えに思えた」

「何千もの人が一斉に大声をあげて笑う、そんな話聞いたことあるかい？」最後にこう聞いてきた。

「ぼくはないな、ボブ・ホープならあるだろう」

「ぼくは人を笑わせる人間じゃなく、いつも真面目だった、特にこの二年間は喪に服すくらい暗かった。だから闘牛士の着る《光の衣装》も漆黒のものを選んだってわけだ」

「それにベルモンテの助言もあったんだろう」

ヘミングウェイの描写の通り、歯だけで笑う狼の微笑みを浮かべたベルモンテは、間違いなくジュニアに冗談を言ってかついだのだが、それが彼にとっては忘れがたい、人生を変える冗談になったわけだ。

「それもあった。何にせよ、それでぼくの闘牛士のキャリアは、始まる前に終わったんだ。だがここに来たのはぼくの話をするためじゃない、きみに関する話なんだ。いまからきみに言わなくちゃならないことはきみに影響することだが、それがぼくらの友情に影響しないよう祈るばかりだ」

「ぼくに影響するだって？　いいか、ぼくだって闘牛を見る時には防壁越しに見ることぐらい知ってるさ。もっとも、しばらく前から闘牛のことは笑える見世物だと思ってるけどね」

「笑えるって？」

観客が目にするのは、一人の男、大抵は背の小さな男が女性用みたいな服を着て、おそらくかつては高貴な存在だったが、いまではその獣性を嘲笑される対象と成り果てた動物を愚弄し、欺き、傷つけたりしながら「闘う」姿だ。これはその時じゃなくて、いま考えたことだが。ジュニアにそんなことは言わなかった、栄光の瞬間でもあり恥辱の瞬間でもあるその時、彼はホセ・マルティを崇拝して絵を描いたことで有名なあのベルナルド坊やにも等しかったのだから。

ジュニアは小さなコーヒーカップの上に身を乗り出した。その顔をじっくり見た。こんなにもビル・ベンディックスにそっくりに思えたのは初めてだった。きみこそマックス、ベンディックス！『青い戦慄』での彼は、頭蓋にイタそうな金属板を埋め込み、心の中では「猿の音楽」が鳴りやまない人間だった。顔はがっしりどっしり、体はごつごつのこの男は、善良で人懐っこいのだが、彼の脳内BGMを担当しているマントヴァーニ・オーケストラが《猿の音楽《モンキー・ミュージック》》なる歌を演奏してる時は、潜在的な危険人物に変わる。『タクシー、ミスター』に出ているビルはよかった。映画にタクシーが出てくるのは好きなんだ、きまって運転手と会話するからな。しかしながら、ずうっと脇役だったのに、いまこの、我がお気に入りのエル・カルメロの隅の机に主役として座っている彼は、まったくもってジュニアと言うにはトゥー・マッチだった。何の話をしたいってんだろう？

「何の話をしたいんだ？」

「あのな」そう言うと彼は一つ間をおき、一瞬の沈黙が彼を包囲したが、これにはビュザンティオン包囲戦に勝ったパウサニアスも大満足だったことだろう。いまジュニア・ドセに戻った彼は、核心へと身を投じた。マントにとどめの剣を隠し、笑いもせずに。

「エステリータがうちに来て、一緒に住むことになった」

寝耳に水というほどじゃなかったが、それでもかなりの驚きだった。ジュニアが回りくどい言い方をした挙句に、このニュースをこうして平手打ちみたいに喰らわせてきたからじゃなくて、一瞬、一瞬よりも長い一瞬、つながりが見えなかったからだ。そう、そりゃ確かに、ラ・マラビージャでちらちら見てたことはあったし、マレコンでエステラと何回か遭遇してもいただろうが、その出会いもリンゴと傘が解剖台の上で出会うくらいの偶然だと思っていた。外側は黒で、中は鋼の傘。あながちメタファーとも言いきれなかった。誰かが外にエステラを投げ捨て、彼女は不和のリンゴとなったのだ。

だがそれはただ一人の神のしわざではなく、複数の神々のしわざだった。

「彼女を拾ったわけじゃない。救い出したんだ、同じことではないよ。やむを得なかったんだ」

「まさしく『彼女の同棲仲間《ザ・カンパニー・シー・キープス》』ってわけか」

「まさにその通り。なんで英語で言ったのかわからないけど」

「きみと話してるからだよ。ジュニアってのは米語だろ？」

「英語だ」

「きみの車と同じく左ハンドルってわけか」

まだ言いきらないうちから、言わなければよかったと思い至った。

「その通りだよ、古馴染みさん」

「きみの親父になれるほど古馴染みってわけじゃないけどね」

「だってぼくの父親じゃないだろう」

「だったらどうして、エステラと結婚するためにぼくの許可を乞いに来たりしたんだ？」

「そんなことは言ってない」

「まあいいさ、ハバナ訛りのラテン語で言うなら、我汝の罪を赦す《エゴ・テ・アブソルボ》」

「じゃあぼくが罪を犯したと思ってるのか？」

「まだ犯してないさ。けれど犯すのは罪よりも悪いことだ。過ちだよ」

「そうかな?」

「そうだと思ってなければ言わないさ。だがきみはぼくに許可も赦しも乞いにきたんじゃないんだな」

「その通り。もう赦してもくれたわけだろ? まあ、これでちゃんと話したってことだ。ところで、土曜日にうちでパーティをやるんだ。来たいかい?」

「もちろん」

「全部で十二人《ドセ》になるだろう」

「きみの苗字と一緒だな」

ジュニアは気づいてなかった、いまでも気づいてないと思うが、わたしのほうは大助かりだったのだ。一人になったエステラは、流れ弾みたいな風来坊であるがゆえに危険だった、流れ弾といっても、人生の軍事演習で使われる用語で言うところの、友軍からの誤射《フレンドリー・ファイア》ではあるが。何度も経験してきたが、この身内からの火というのが、じつに危険な火——危険な火遊びと言ってしまうところだった——なのだった。エステラはいまいるところにいれば大丈夫だ。微笑むわたしを見て、ジュニアも微笑みを返した。喧嘩になることを予想していたのだろうが、ジュニアはあらゆる大男の例に漏れず、争いを回避したがっていた。わたしに話してくれたことは嬉しかった、彼のことはいつも好きだったし、他の人にとっては不実と映るかもしれないこんな時でも、誠実さに満ちた男だった。会見は微笑みで幕を閉じ、しかして土曜日にはわたしは彼の家に行き、ディナーを食べた。ディナディナディナ、荷馬車が揺れる。

けれどもエステラを計算に入れていなかったので、人数は全部で十三人になろうとしていた。縁起の悪い数字にならないように、というのを口実にして、わたしは早めに退散することにした。

「帰るのかい？」帰ろうとするわたしを見てジュニアが言った。

「迷信深いもんでね」

「唯物論者《マテリアリスタ》のきみがか？」

「マテリアリスタっていうのはメキシコでは建築マテリアルを集めて運ぶトラック運転手のことだ。例えばこう言うのさ、《マテリアリスタの方々へ――「絶対」に停まったままはやめてください》」

「そしてきみの場合はマテリアルを集めてから本を書く、そうだろ？」

ジュニアは誠実かつ正直、いっぽうのわたしはただの作家だ。文学の作家、といっても「学」にふさわしい文学じゃないが。ある時、エステラがわたしに質問してきたのを思い出す、いつもの興味なさげな様子で、半疑問文といった調子で。

「じゃああんたは作家なのね」

「そうだよ」こちらも答えと言えるかどうか。

「ブンラクの、でしょ？」

もはや小説とかですらないってわけか。

「文字からできてる、百科事典みたいな博士殿よりはましだろ、スープみたいなさ」

「スープって？」

「アルファベットの文字入りスープだよ。食べたことない？」

「どんな味がするかもわかんない」

「本のページを食べてるようなもんだな」

「零点の味だろうね」

「罫線の味だよ」


わたしは唯美主義者失格だった。世俗の教会であるジャーナリズムの中なら安全だとばかりに、文学に避難していたのだった。けれど自分を唯美主義者だと思っていた。唯美主義は、人生の挫折に対する最後の避難所だ。ジュニアはアスリートであり、ヒーローだった。アスリートだからといっても、道を歩いてるだけで心動かされるわけじゃない。心を動かすのは彼らの偉業だけだ。ジュニアは知られざるアスリートだったが、ポテンシャルはチャンピオン級だった。わたしがしたいのは詩学《ポエティカ》、文学的体験《エスペリエンシア》の話であって、体験を重ねるにつれ軽蔑するようになった政治《ポリティカ》の話じゃない。対照的にジュニアは、命の危険があろうとも挑　戦《エスペリエンシア》を求めていた。ついには、挑戦するために実際に命の危険を犯すところまでいった。彼は闘牛士《トレーロ》兼テロリストだったのだ。紛うことなきヒーローだった。だがわたしは、ヒーローを見下すとまではいかないまでも軽視していた——古代の英雄や反英雄は別にしても。悪漢であっても圧巻の英雄はいる、そのことをようやく知りつつあった。ジュニアは勝利のヒーローだったが、敗北の殉教者となることを良しとしなかった。反バティスタの地下活動中に、独房に入れられていた仲間が解放されたこと、その直前に拷問を受けたことを知った時（第五警察分署から出てくるところを見たのだ）、彼がしたことはただ家に帰って、居間で警察が来るのを待つことだけだった。次は自分の番で、他に打つ手はなかった。彼はただ待ったが、ついに誰も探しには来なかった、来たのはただわたしだけで、ブランリーと一緒に彼を連れ出し、空港までタクシーに乗せ、マイアミ行きの航空券を買ってやることになるだろう、わたしたちは出発ロビーまで付き添い、ランチョ・ボジェーロスの夜に彼が消えていくのを見たのだ。だがこうしたすべては、当然ながら、未来において起こることである。

Stella not yet sixteen、こちらはバイリンガルの読者用。モノリンガルの方々はこちら、すなわち、エステラはまだ十六歳にもなっていなかった。スウィフトの言葉だ。でもわたしはスウィフトよりスターン寄りだけど。かのステラは彼をスウィフティと呼んでいた。スウィフティ・マックディーン。彼ら二人はともに、性という強迫観念に取り憑かれた聖職者だった。だが待てよ、われわれ三人と言うべきでは？　われわれ全員とは言えないだろうか？　性は死よりも強力な強迫観念であり、フランス人は小さな死《ラ・プティット・モルト》という、オルガズムを生命のメカニズムとして捉えるイメージによってこの二つを結びつけた。わたしたちに必要な毎夜の小さな死を、今日お与えください。今日この時ですよ、時々じゃありませんよ。ぼくが欲しいのはきみの身体じゃない、きみの魂だ、なんて言ったとしたら偽善になっていただろう、だってわたしが欲しかったのは彼女の身体だったのだから。小さな、不完全で完全な身体。しかしエステラはおそらく、一人前の女性だったにしろ少女だったにしろ（その性質は風まかせだった）、わたしがこれまで出会った中で最も頭の良い人物だった。でもその頭の良さは、言葉だけに表れていたものではなかった、いっぽうわたしにあるのは、有用だが、時に何の役にも立たなくなる言葉だけだ。役目もやくたいもなし。言葉は現実のものだが、わたしが言葉でやっていることは結局のところ、非現実なことだ。彼女はリアリズムを要求していたが、わたしが与えられるのはただマジックだけ――その上ときたまマジックショーとなる。金色の少女――気に入りの少女？――は、黄金から塵へと変わり、不純物と金属塊となったのちに、その塵から飛び出してきた。あるいはむしろ、彼女は一酸化炭素から生まれた純然たる炭素、ダイヤモンドだった。だが言葉は我々を導き、そしてとどのつまりは、われわれを縛りつける。星座をなす星々のように。星占いだ。

ある日（またはある夜）天使が（または悪魔が）、身を切るような孤独のうちに独り夜を明かすきみのベッドに忍び込んで、こう言ったとしたらどうだろう。《お前が現に生き、また生きてきたこの人生を、いま一度、否さらに無数度にわたって、お前は生きねばならぬであろう。しかも何から何までことごとく同じ順序と脈絡に従って、この鉄格子も、この蜘蛛も、編まれ解かれるその巣も、樹間のこの月光も、この瞬間も、この自己自身も、存在の永遠の砂時計は繰り返し繰り返し巻き戻される、そしてそれとともに、永劫回帰の砂時計の中の、一粒の砂であるお前も同じく》。もしこの考えが――わたしのではなくニーチェの考えだが――きみを、きみの魂を占領したとしたら、きみは変化を遂げるか、あるいは押し潰されてしまうだろう。この哲学者が聞いていることはつまり、《もう一度、さらには、無数回にわたって、起こってほしいと願うのか？》ということになるだろうか。永遠の最終確認となるこの言葉を切望するのと同じくらいの熱で、何かを切望することがきみにはあるだろうか？

去勢牛となり外に出たわたしは、縄張りへの帰還本能に導かれるまま歩いた。家からリネア通りに向かう乗り換えは面倒だったので、角でタクシーを拾った。

「どちらまで？」運転手が尋ねた。

聞いていなかったわたしに、運転手はもう一度尋ねてきた。

「どこに行きたいんですか？」

「過ぎ去った過去に」そう言った。

「いまはまだベダードですぜ」

ああ、すべてを知る運ちゃんたちよ、問いが問いであることをやめないまま、答えにもなるそのやり方までをも知っている。

「カフェ・ウィーンまで。どこかわかります？」

「ええ。わかります。Gを通って行きますね」

その通りをわたしはプレセンテス通り、現在に生きる者たちの通りと呼ぶ。正しくはプレシデンテス、大統領たちの通りだ。夜気が迫りくる中、カフェ・ウィーンに到着した。客は誰もいなかったが、例外はすべて女性で占められた一つのテーブルで、その女たちの居場所《ザナーナ》の中心には、驚くなかれ、エステラがいたのだ、かつてなく金髪が輝き、かつてなく美しかった。わたしは厨房が相棒となる奥のテーブルに座った。女たちのテーブルに目をやりつつ、その実見ていたのは彼女と、彼女の短い髪、そしてキューピーみたいな顔だった。ア・キューピー・ドール、ア・キューピッド・オール《まさしく》。最初に目にしたのは、ゆっくり上げられたつやつやの頭で、次に相変わらず小ぶりな胸が見え、そのあとバストよりもさらに小柄な全身が見えた。ちびっこい背丈いっぱいに立ち上がり、誰にも何も言わないままわたしのところまで来て、テーブルに座った。謎だ。いや、なぞり《ミメーシス》だ。彼女はかつての彼女に戻って、自分自身を模倣しているのだ。

「タクシーを待たせてある。一緒に来るかい？」

彼女は肩をすくめた。

「お望みってんなら」そう言った。

いつものエステラだ。関心もなく変身もなし。久しぶりに会ってみると、弱々しくなったように思えた。運命《デスティーノ》の根本は行き先《デスティーノ》がないことにある。

「どこに行くの？」

「ぼくたちがある夜に、ささやきと、羽音ならぬ歯音で満ち溢れた《ある夜》に始めた、二つの背中を見せての獣遊びを完成させに行くのさ」

「あんたが言ってることって何なの？」

「それこそはぼくが書いていることだ」

彼女が先に乗り、わたしは運転手に、この道をそのまま行ってくれと、あるいはむしろ、この道の続く先に向かってくれと告げた。

「おっえ」彼女はそう言ったが、懇《ねんご》ろな感じのする言葉はそれが初めてだった。彼女が近づいてきて、キスされるのかと思ったが、臭いを嗅がれただけだった。「前とおんなじ臭いがしてるわ」

「何だったらよかったんだ、おフランス製の腐乱臭の新作かい？」

「あんたってクソヤローよね」

「きみも同じ臭いがする、運転手も同じ臭い、みんなが同じ臭いをさせてるんだ」

「あたしが言いたいのはあんたが前と同じ臭いをさせてるってことよ」

「《恋人が来てぼくの髪を嗅ぐ時、いつも巡礼《ロメロ》と、ロミオと比べられる》」

「またいつものクソみたいなやつ。あんたは変わんない」

「そうとも、変わらないよ。喜んでくれてると思ったんだけどな」

「あんたの髪が覚えてんのと同じ臭いがするってことに？　喜んでなんかない、そんなこと思いもしなかったもの。すごく時間が経って、すごくたくさんのことがあって、でもあんたはやってきて同じ臭いをさせてる。不公平だわ」

「でもきみも変わってない」

「それだって不公平よ」

「きみにとって公平なものは何もないんだな」

たった一台のタクシーに、長い会話までもが乗り込める事実には驚きを禁じ得ない。わたしは話し続ける、質より量で。

タクシーは線路の上を走っているかのようにリネア通りを曲がった。急行だ。

「ブランリーから何を聞いたの?」

「ブランリーが何を言ったって?」

「聞いてないの?」

「まったく何にも聞いてない。しばらく奴とは話をしてない」

「あんたはいつもわかんないわ、いつも、わかってんのかわかってないのかわかんない」

深遠博大、と言ったほうが正しい。中華王朝からやってきたわたしのご先祖様のせいだな。

「勘弁してってくらいものを知ってるし」

「東洋《オリエンテ》の知だよ」

「いいわ、じゃ教えてあげる」

エステラは一つ間を置いた。歯に衣着せぬ、黙り込んだりしないエステラらしくないことだった。

「いまあんたの弟と寝てんのよ」

予期しないことというのは、かくも急にやってくるものだ。予想外だった。まったく考えさえしていなかった。ほんとに予期していなかったのだ。

「ほんとに知らなかったみたいね」

「知らなかった。どうやって知れたって言うんだ?」

「ブランリーから」

「言っただろ、しばらく奴とは会ってないって」

「ブランリーが始まりだったのよ」

「ブランリーとも寝たのか?」

「頭おかしいんじゃないの。ブランリーのあの目見たことある?」

「きみの目線では見たことない」

「つながりを作ったのがブランリーだったのよ。彼があんたの弟さんに紹介したの。最初に見たのは声だった」

《最初に見たのは声だった》いかにもエステラらしい言い方だ。女性は論理とのつながりはけっして持とうとしない。

「あんたと同じ声してるわ。目を閉じてベッドに入ったら、まるきりあんたよ」

「ベッドにか」

「ベッドによ」

ああ、近親相姦の街よ。そう言ったわけじゃないし、その時そう思ったわけでもない。こういうオペラ調のトーンにしたのはたったいまだ。

「そういうのを近親相姦って言うんだよ」

「そういうのを人生って言うのよ」

わたしたちを作り、わたしたちを消耗させる人生、そう言ったほうがいいんじゃないか?

何も言わなかったし、たぶん何も表に出さなかったと思う。言葉も、仕草も。

「あら、あら」これは彼女のセリフ。バカにするつもりで言ったのか?「無表情ね」

「知ってたんでしょ。知ってたに決まってるわ。ブランリーから聞いたんじゃなければ、弟から。でも知ってたんだ。わたしに会いにきて、探しにきてさ、そうじゃなきゃおかしいもん。知ってたんじゃなけりゃ。知ってたにしても知らなかったにしても、あんたが嫌なら弟さんとは終わりにする。ただ何かちょっと合図してくれるだけでいいわ」

「三回どんどこ叩くとかな。競売みたいに」

「何言ってんの?」

「ぼくはただ合図をしさえすればいいって話だよ、首をかしげるとか、手でどんと叩けばそれで、きみが言うように、それで完了ってこと。競売みたいにさ。競売に行ったことない？」

「ない。何なのそれ？」

「拳の一振りが、決して偶然《アザール》、じゃなくて市場《バザール》を排することがない、そんな売却行為のことさ」

「説明聞いてもわかんない」

車はすでにパセオ通りを過ぎ、トンネルと忘却とへ向かっていた。

彼女は冷笑的な微笑みを浮かべた、彼女にとってはそれが唯一の微笑みだった。

「キスしてもいいわ」

「オブリガード」

「しなきゃならない《オブリガード》、じゃないわよ？　あたし強制はしない」

「ありがとうって言われるのが嫌なのかい。オブリガードっていうのはブラジルではありがとうだよ」

「でもここはブラジルじゃない」

「言ってから思ったよ」

「あたしたちキューバにいるのよ」

「ハバナに、だな。あるいは闇の中にだ」

「あんたって変わり者ね」

「どのへんが？」

「わかんない。そういうご大層な物言いよ」

「ご大層なのはぼくの歳だよ」

「あたしよりずっと上ね。でもね、知ってる？」

「一から十まで知ってるさ。十一個目は何？」

彼女はとびっきりの――ほとんどしかめ面のような――微笑みを浮かべた。エステラが笑うのを一度も見たことがないと、いまのわたしにはそう思える、だからあの微笑みは実は微笑みではなく、しかめ面、彼女の顔に貼り付いたしかめ面だったんだ。

微笑みならぬ微笑みを浮かべながら、彼女は言った。

「知ってる？」

およそこの修辞疑問の真意は、まさしく、何一つ知ることはできないということにある。最終的には、例のボレロが歌っているように、人は何も知ることができない。だがわたしは知りたげな顔をしなきゃならなかった。

「何をだい？」

「あとはあんたの父親だけってことよ」

彼女と寝ようとして、十二番通りを通り過ぎていたその瞬間、彼女と寝たいのか、いや違うと、わたしは結論づけた。あるいは、寝るべきではない、と。わたしの側に愛などなかったし、彼女の側がセックス狂だったことなど一度もなかった。惰性の行為はダセえ奴にやらせとけ。わたしは彼女を、彼女がいたことよりはシュトゥルーデルとザッハトルテによって記憶されるべきカフェ・ウィーンに連れ戻した。将来ウィーンを訪れ、ホテル・ザッハーに泊まってそこのトルテを食べる日が来るんだなんて考えたこともなかった。人生とは巡るものではなく、ただ片方の側の表面がずっと続いていき、そこで終わりがいくつもの始まりと繋がる、世にも不思議なメビウスの輪なのだ。

この段落とこの前の段落のあいだに、予期せぬ出来事が起きた。エステラ蒸発せり《エステル・ア・ディスパリュ》。もっとわかりやすく言えば、エステラがいなくなったのだ。さっきフランス語の文句がでてきたのは、三十歳になる前にプルーストを読んだためだ。だが星の尾《エステラ》は跡も残さず消えてしまった。

なんにせよ最後に会った時のことはよく覚えている。ようやく封切られた映画を見るため、トリアノン劇場に向かうタクシーに乗ってリネア通りを走っていたのだが、その時わたしは、つまりわたしと運転手は、正確さをお望みならそのタクシーは、カフェ・ウィーンから少し行ったあたりにさしかかり、そこで歩道を一人で歩く、見捨てられた孤独な姿の彼女を見たのだった——当然わたしは胸を痛めたが、傷んでいる箇所があるからといってすぐさま停まるほどのブレーキにはならず、タクシーは半ブロックも過ぎてから停車した。

わたしたちはまともに挨拶も交わさなかった。

「一緒に一回り歩かないか？」

「なんで？」

「なんでもない」

「半回りだけね」

「一回りは一回りさ」

「よければ家までついてきてくれてもいいわ。この先を曲がったところに住んでるの」

「それじゃ回れ右じゃないか」

「それで十分」

F通りまで歩いた。半ブロック行ったところで彼女は、アパートメントの、汚い建物を指し示した。

汚《フェオ》いのF。

「ここに住んでんの」

「一人で？」

彼女は答えずに、あの顔で――目、眉、唇――皮肉に満ちたあの顔でわたしを見た。

「ブランリーが言ってなかった？」

「ブランリーにはしばらく会ってない」

「じゃ言ってなかったんだ」

「一度も会ってないんだからな、当然言うべきことも言うことも何もなかったってことだ」

「言ってなかったのね」

「何をさ？　奴と一緒に住んでるってこと？」

「外れ、大外れ。本当に何も言われなかったの？　もう話してると思ってたわ。あの人は全部知ってる。あんたの友達なんだから、言うはずだと思った。なんでそんな隠すのかな。ブランリーは噂好きだし、あんたの友達なのに。でももし知らないなら全部教えてあげる。いまわたしはここに住んでる、正面のそこよ。部屋代は誰が出してるか知ってる？　ロウルデス・カスタニーよ。あんたは彼女を知ってるはず。彼女はあんたと、昔の話だけど、ジャーナリストの学校で一緒だったって言ってたわ。このあんたの真似して言えば、いまのあたしは、部屋を貸してくれるいいヒトを手に入れたってわけ。この場合はいいオンナなわけだけど。面白いでしょ？　でも面白い人で通ってるくせに、あんたは笑わないのね。お笑いよ、いい人ぶって。さあ、わたしはいまやレズビアン、あんたの言葉を借りればね。どう思う？　あたしのことなんて言ってたっけ？　あたしにはサッフォー的傾向があるって言ってたわ。サッフォー的ねぇ。あんたは変な言葉ばかり。いいわよ。あたしはサッフォー的。ただ傾向じゃなくて、現実ですけどね」

一体どこからこうした語彙を引き出してきたのだろう？　もちろんジャーナリストのガールフレン

ドからだ。短い概念を言い表すために長い言葉を使うことにかけては、ジャーナリストに敵う者はいない。

「あんたにとっての元処女、元愛人はいまはレズビアンよ。あたしあんたの真似して、レズ《トルテイジエーラ》って言葉は使ってないわ。でもいまに限ったことじゃない。ねえ、おバカさん、あたしいつだってそうだったのよ。ただそれに気づいてなかっただけ。あんたがあたしを見つけて、あたしが本当の自分を見つける手助けをしてくれた。あたしに何回も言ってたの、なんだっけ、あんたはあたしのクリストフォロス、だっけ？　もういいわ――無限から響いてくる有限の声で、そうわたしに告げた――あたしの行動があんたのお気に召すか召さないかなんて。あんたの意見なんてあたしには興味ないわ。それだけじゃない、あたしはあんたそのものに興味ないの」

「自分では興味深い男だと思ってるんだけどな」

「何にもあんたは興味深くなんかないわ。わかった？」

「わかった。興味ないと何にもないのあいだにわたしがいるわけだ。でもかつてはわたしのことを必要としてくれた」

「そんなことなかった、聞こえてる？　一度だってなかった。あんたはあたしが家を出ていって、母親から解放される役に立った、それだけ。わかった？」

「わかったよ。わかってないのはあの、ネオリアリズモとフィルム・ノワールが混じったような陰謀だ、きみの日々の創造主である女と、それともしかしたら、きみの夜の創造主であるこの男を殺そうっていうね」

「わかんないわ。あんたと話してる時のいい面ね。あんたが言ってることはさっぱりわからないし、もしわかったとして、真面目なのか冗談なのか知りようがないんだから」

「それが面白作家であることのいい点だな」

「あんたは作家なんかじゃない。あんたはただのジャーナリストよ」そう言うと彼女は最後のしかめ面を浮かべ、階段の闇の中へ消えた。

すぐさまわたしは、国会図書館で規定のカードの《職業》欄に《作家》と記入した際の、受付の女性のことを思い出した。もはや熟女、というかほぼ腐りつつある受付の女性は、それを読むと眼鏡を外し、わたしを見て、《この作家ってのは何？》と、言葉を強調するというよりは噛み砕くようにそう言った。《ここに作家はいない。ジャーナリストって書きなさい、それでいいわ》。もしかしてこの勝ち誇ったような番人はエステラのおばなのだろうか？　わかりっこない。遺伝子は残り、伝染していくものだ。

エステラとわたしは、この本の中、このページの上、生起するこれらの言葉の中で結ばれている。深い断絶がわたしたちを結びつけている。彼女は死に、わたしは生きてこの本を書いている。一冊の本、人生なるもの。この楽園がわたしたちを救い、この地獄がわたしたちを嘖《さいな》むだろう。嘘偽りなく、死刑執行人の役目はわたしにとって、何よりおぞましい仕事というわけではなかった、自らの愛の灰の中に、傷一つない彼女の心臓を見い出したのだから。

それは単なる幸福の夏だったのではなく、悲惨と怒りと炎に満ちた夏だった。忘れがたい夏だったが、それは言わずもがなの理由によるのではなくて、いま起きているかのようにそれを思い出せるからだ。不幸の日にあって幸福の時を思い出すほど辛い苦しみはない、そうダンテは言った。だが、思い出されているのは不幸なのに、痛みではなく始まりの味わいがそこにあるような時、不愛想と、それよりまだ良いことであるはずの愛のためらいとがお互いに似通っているような時には、一体何が起きているのだろう？

　わたしを突き動かすものはすべて、わたしの心をも動かす、それがこの本の主題だ。その「すべて」が、低俗で取るに足らないこと——あるいはぞっとするようなこと——だったとしても構わない。そのころよりもずっと知識は増えたが、より知性的になってはいない。より皮肉屋にはなったが、残酷さは減った。わたしがエステラにしたことのほうが、エステラがわたしにしたことよりも——あるいは、二人がお互いに対してしたことよりも——重要な意味を持つ。愛に関して言えば、それは狂気が、あるいは感冒がとる一つの形だ。いつの日か、愛はご都合主義のウイルスに他ならないことが発見されるだろう。絶対に、誰かがワクチンを見つけるだろう。これはつまり微生物の混合液で、免疫を作る際に抗体を刺激する。または体に反抗する反抗体と言うべきか。この三次元の微生物は、対象や異物であることをやめ、五感すべてに入り込んでくる。あるいは魂に入り込み、わたしたちをけしかける。こういうことを、これまでに誰か考えた人がいるだろうか？　おそらくあの、栄えあるダンテだ。アル・デンテ。

彼女にはもう二度と会わなかったなんて言えば嘘になるだろう。実際に会ったのだ。しばらく前からそうしていたように、スカートの代わりにズボンを履いて歩いていた。それだけじゃなく、右側にボタンのある男物のシャツだったのが確認できた。

考えてみると面白いが、以前はいつもグアグア（バス、大型バスとか、その他いろんな呼び方で呼んでたが）で移動していたのに、いまはタクシー、またの名を賃借り車に乗っていた。路面電車が姿を消して以降は特に、お気に入りの通りではなくなったリネアを走って、照明に照らされつつも客のいないカフェ・ウィーンの前を通り過ぎた。ブランリーはヴェネチアングラスの水晶玉で、わたしの運命を見通した。《もしタクシーに乗り続ければ、過去のワタクシに囚われる人間になっちまうであろう》。これが未来占いとは言えないが、語呂はいい。

リネア通りにあるカフェ・ウィーンは、かのホテル・ザッハーのカフェを、ケッタイにも熱帯に移し替えたものだった。本家のほうは、失意を殺意に変えるという厄介な仕事を任された秘密のスパイたちと、秘めたる愛とを描いたある映画によって有名になったところだ。ここにワンダ・マッサイは一人もいないとしても、店の名前はザッハー・マゾッホ・カフェとするべきだった。カフェ・ウィーンの名物はザッハー、だがこちらはトルテではなくトルティージャ、つまりレズ行為だった。レズビアンはみんなわたしの顔を撫でて、ラジオ・フトゥラのジングルはそう歌っていた。当時、言い逃れを逃れられる場所を探していたそれらの女性たちはみな、ハバナ旧市街では「男泣かせ」と呼ばれていた。わたしが知る懐かしきエステリータは、エステラになってしまった。一糸纏わぬヴィーナスから、一矢報いるヴィーナスへと変貌したのだ。ああ、ザッハー、ああ、マゾッホ。

だが、帰還本能に追い立てられた去勢牛のごときわたしは、時折そのあたりを行き来していた、たいていは長く、またある時はわたしの視力と同じく、近場だけを短時間で。そのうちのどれかの時に、エステラがもう一人の金髪女性と席に座っているのを見た。二人とも短‐髪だった――このハイフンと同様に結合のしるし《トレ・デュニオン》であるのは間違いない。エステリータの顔は、エステラの顔となって、髪は極端に短く、髪型とも呼べない坊主頭だった。わたしはぼんやりジャンヌ・ダルクを想起した。文学や歴史の中の彼女ではなく、映画の中の彼女だ。カール・ドライヤーは彼女をオルレアンの処女としたが、この高名なるご婦人と乙女御用達の美容師《コワフユール・ド・ダム・エ・ピュセル》は、拷問と見紛うばかりにジャンヌを丸刈りにしたのである。だがジャンヌのほうはプロの処女、男たちの中に混ざった女だった。いっぽうその午後のエステラは、女たちの中に混ざった女だった。

もう二度と彼女の姿を見ることはないだろうと言わんばかりに、わたしは彼女を見ていた。彼女のヴィジョンを目に焼き付けた。彼女のヴィジョンをブイヨンにして、美味しい肉からその精髄を抽出したのだ。

わたしの感嘆の念は崇拝の念を上回っていたと思う――もし崇拝の念なるものがあったとしての話だが。もっと心の底の、短くはあったがかつて確かに存在した心酔に、わたしはいま身を委ねている。そのころの彼女は女神の模範例であり続けていた。でも、この世ならぬ存在でもなければ、女神の代役としての名声を享受していたわけでもなかった。彼女は肉体を持った存在で、すぐそこの手の届くところにいた。正直に言って、時と場合によっては彼女は簡単な女と呼ばれていたことだろう。だが彼女は違った、神にかけて違っていた。わたしにとっての彼女は常に、一つの困難な問いかけだったのだ。

日々の人生を、彼女はまさしく滑るように生きていた。働くことはついになかったし、求める職も見つからなかったものの、なお生きていた。住むところを持たず、借り家から下宿へ、そしてホテルへと転々としていても、何者であれ彼女の心に触れることなどできなさそうだ。彼女は記憶も、思い出も、良心の呵責も持たない。ああまで期待を抱かせるベッドの中の姿態がなければ、まるで植物かと思えただろう。そのベッドの中ですら、もしあの体、あの顔、ペチャパイに見えてその実、固い快楽のドームであるあの乳房がなかったら、期待を抱かせることもなかっただろう。ちなみに固い快楽のドームという比喩は、少なくともわたしのほうには当てはまるものだった。乳房のアーチは高さが段違いになっていて、段違いの勢いで駆け出さんとする小型の獣みたいだ。ここに欠けているのは、魅力的で、尊大で、そして——こう言わずにおけるだろうか——裏切りを秘めた彼女の目、彼女の眼差しだ。

海水浴場、着たり脱いだりの舞台。無辜の波が朝まだきのビーチまで彼女を運ぶ。過激なまでの無垢さと過激なまでのエロティシズムを備えた、英雄的な少女。子役の女の子たちの中でも一等セクシーな子役女優みたいだ。無垢をたたえ、ネコ科動物の特徴を備えた猫顔。でももし、ネズミが聞いたらなんて言うかな？　その髪はいま、裕福な家庭向けの女学校から出てきたばかりの女生徒そっくりに乱れている。鼻が少女らしさを際立てている。ガールではあるだろうが、甘えたガリじゃない。たぶん彼女に表情は一つきりしかない。でもいくつもの人生を生き、一つの性を生きていた。少女時代との境目から出てきたばかりで、しかも同時にポッペーアであるとも言えた。乳に湯浴みし、乳に覆われ、乳に泳ぐのだ。

十二番通りのクラブ（というよりはボロ屋）「ピカソ」に行った時、彼女の姿を見ることができた。中に入る時、「アトリエ」の時と同じように暗闇が襲いかかってきたが、今回はたっぷりの煙をふっと顔に吹きかけられもした。店をいっぱいにしている客で溢れた出入り口は、もはや大入り口と呼んで差し支えなかった。

入り口の頭上には「ピカソ」と書かれた控えめな貼り紙があった――人名を控えめと言うことができるならだが。中に入ると、音楽にあやうく打ちのめされそうになり、ノックアウトされたような気分になった。奥のほう、（もし楽団というものがここにいるなら）楽団がいたであろうところには、色とりどりのバンドにも等しい蓄音機があり、その装置の後ろの馬鹿でかい貼り札には、《アブノンの娘たち》と書かれていた。フランス語風に書きたかったのだろうが、これじゃまるで警告、アブノーマルって言ってるようなもんだ。ピカソの客はアヴィニョンの蓮っ葉娘たちだった。みんな女性、というより女の子たちで、白い女神に群がる原住民のように蓄音機の周りに群がっていた。だがこれぞ古代ローマから甦ったボナ・デアの神秘だ。信仰なき者たちを侵攻せよ。

みんなが踊っている中をかきわけ、わたし一人が歩行を試みていた。みんなというのはつまり、踊っている淑女のみなさまだ。女性と女性のペア。体をしっかり密着させて踊り、頬をぴったり寄せ合っている者もいた。二人掛けのテーブル席には、他にもさらに女たちがいた。お喋りしたり、キスしたりしていた。どこを見回しても女だらけだった。

ロックンロールがハバナを襲撃し占領してしまっていたが、いまレコードプレーヤーから聞こえてくるのは、ロックンロールではなくリズム・アンド・ブルースの甘ったるい音楽だった。レコードからはプラターズの歌声が聞こえた。嫌でも自然と覚えたが、曲名は「オンリー・ユー」だと知っていた。「きみだけ」。でも、「わたしだけ」ではない、なぜなら奥のほうに彼女が見えたからで、男性だか女性だか闇の精だか見分けがたい相手と一緒に踊っていたからだ。

赤い服の下には黒いアンダーを着ていたが、丈は短く、胸もぎりぎり隠れるぐらいだったし、太ももにすら届いていなかった。逃げるほうの性、飲み込むほうの性は彼女のほうなんじゃないかと疑ったが、穏やかだった表情は曇り、また穏やかさを取り戻すと、ほんとの無気力、無関心へと変わった。彼女はすでにここを離れ、遠くまで行ってしまったのだ。だが、彼女は本当に生きていたことがあるんだろうか？　まるで白いゾンビみたいだった。わたしにとっての、緊張病《カタトニー》のままハイチの夜を徘徊するクリスティン・ゴードンだ。もし映画がなかったら、わたしは一体どうなってしまうんだろう？

最良の中の最悪の部分は過ぎ去り、最悪の中の最良の部分が残った。しかし（いつもこの言葉がでしゃばってくる）、彼女を忘れられそうにはなかった。あの娘《ムチャーチャ》は大した女《ムーチャ》だったし、忘れたくても忘れられなさそうだった。忘れたいわけでもない。これまでたくさん《ムーチャス》の女の子たち《ムチャーチャス》を忘れてきたが、エステリータは余韻《エステラ》となった。簡単な言葉遊び、だが実践するのは難しい、言葉遊びを含みつつ、それでいて彼女を外に残してくる文を作り上げるってのは。夜の淡き星の尾《エステラ》よ。

わたしも自分の中に、かつては奴隷制を是とした国家であったこと、奴隷の置き土産である黒人種とともに混血の国となったことに対する国民的パラノイアを、この土地特有の分裂症とさえ言えるものを持っている。一国全体が雑種となったのだ。人種的アイデンティティについて尋ねる、「で、お前のばあちゃんはどこいるんだよ?」というフレーズがあるが、これは質問された側だけでなく尋ねた側すらも、自らの人種を問われてしまうものだ。身を隠しているのは国民全員のばあちゃんなのだ。奴隷が危険なのは、解放を勝ち取るかもしれないからだ。キューバ人が危険なのは、解放された奴隷だからだ。

だが彼女、エステラは、こうした不安もどんな悪も、どんな善に対してもそうだったように意に介さず、これ以上なく静かに、動揺することなく受け止めていた。彼女が持っていたのはばあちゃん《アブエラ》ではなく無気力《アブリア》だった。彼女が蠍座だと知った時カルベルを見ると、蠍座はサソリみたいな人間だと示唆されていたが、そんなことはなかった。せいぜいのところ、蝶になることを冷淡に拒み続ける青虫だったのだ。

強情《オブスティナーダ》な人だったと言ってみれば、それはまるで音楽用語みたいに響いた。彼女が扱いにくいのは無関心のせいだった。彼女は、いつ何時も、人におもねることがなかった。かつては囚われの身だったがもう自由になっていた。彼女が危険な存在だったのは、あらゆる鎖を破壊してしまった奴隷だったからだった。わたしの鎖もそこに含まれる。彼女にとってわたしは、単なる鎖の輪の一つに過ぎなかった、いまはそれがわかる。

いつだって現実とは他者のことだ。ページの向こうにいる人たちさえそれに含まれる。むしろ、とりわけ向こう側にいる人たちのことなのだ。鏡の中にも写真の中にも、わたしが自分の姿を認めることはない。わたしの理想像というものがあり、それはどこにも現れない。わたしは他の人が見ている自分を見たいと願うが、でも認めよう、それは完全に不可能だ。完全にと言った箇所は、不完全に、と言っても可。わたしはわたしを見ない、他人がわたしを見る。

わたしは髪を切ることにした。残らず、ほとんど丸坊主に。髪振り乱しての大騒ぎ、その逆を取ったということか？　いまのわたしは揺り椅子に座り、テレビを見つめていたところだ。世界最高齢の男は、葉巻《シガロ》、またの名をプーロあるいはハバノを吸うといいとアドバイスしていた。ご忠告に従い、わたしは小葉巻《シガリロ》を吸うのをやめた。ＬＭ、マルボロ、キャメル。紙巻きよさらば！　その時、妻が来て隣に座り、両手でわたしの手をとった。わたしはされるがままにした。世界最高齢の男のつぎは、ミュージシャンたちが登場した。マリア・テレサ・ベラが《二十年《ベインテ・アニョス》》を歌う、お伴はロレンソ・イエレスエロで、第一ギターだが歌は第二ボーカル。男の歌手はきまって二番手。

もう愛してくれないのなら
私の愛など何になるの
過ぎ去ってしまった時は
取り戻せはしない

時間のうちに失われるものはほとんどないが、空間のうちに失われうるものは数多くある。ハバナは偉大な街だが、巨大な街じゃない。なのに、ハバナを出ていくことなく、しかも外にはよく出ていったにもかかわらず、わたしがふたたびエステラに会うことはなかった。

彼女はある一つの逃走劇《ウイダ》に生じた傷《エリダ》だった。だがいまはわかる、彼女が逃げ去ったことで、彼女の像はかき消えてしまったのだ。鹿の影形が消えてしまうようなもので、狩人に見えるのはただ飛び去る黒い点だけ。わたしがいま書いている理由は、その獲物を仕留める《コブラール》ためでも彼女に取り戻して《レコブラール》やるためでもなく、逃げるその姿を完成させるため。一枚の写真のうちに捕らえられた雌ガゼルだ。二年後にはもうすでに、この物語はわたしについてまわり、行動をともにし、メモ帳の中に残されることになる、それも半世紀近くにわたって。いつも心に留めていたわけじゃないが、頭にはずっとあった。記憶が冒険をおかし――やがて倉庫に保管される頭という場所。卸値の記憶も小売値の記憶もあるが、小ぶりな記憶は些末事と呼ばれている。愛の饗宴から出たパンくず。プラトンよプラトン、なぜわたしにつきまとう？

夜の月もないし、きみの隣で月の光を浴びている誰かもいない。月すらないんだ。わたしもきみも月も、ここに残って、蜘蛛が門に巣を紡ぐのを見ることはないだろう。紡ぎ手も、きみもわたしも、けっして《ナダ》帰っては来ない、なぜならわたしたちは無《ナダ》へと入っていくからだ。先にいくのはきみだ、やがては不滅の存在になる女性も、いまは男性よりも壊れやすい存在なのだから。いまわたしにはわかる、人生こそがきみを滅ぼしたのだ。だがおそらくはこの本のページがきみを、近親相姦《パル・インセスト》の仲間である重ね書き《パリンプセスト》のようにして作りなおすだろう。ああ、エステリータ、なぜわたしを追ってくる？

ある人はこう言った、過去の回想には、隔たりが生み出す快楽が伴うことがある。とあるマイナーな小説家の言葉だ。これとは逆にある偉大な詩人は、不幸の日にあって幸福の時を思い出すほど辛い苦しみはない、と言った。じゃあ幸福の側から不幸の時期を見た時は、どんな痛みが生じるだろうか？

夜のハバナを、例えばラ・ランパの二十三番通りと十二番通りの交差点までを一人で歩いていると、こんな妙な自問までし始めてしまう。歩けば疲れ、思い出せば腹が減る。だからわたしは二十三番通りと十二番通りの角の真ん前にある、カフェ風のフラガ・イ・バスケスまで辿り着き、ライスと黒フリホーレスの煮込みを添えたキューバ風ステーキと、熟した揚げバナナを一皿頼んだ。ああ、それからよく冷えたアトゥエイ・ビールを一つ。アベ・マリア、ペレンチョ、まったくいい気分だぜ、ってやつだ。つまり、これからいい気分になるところだぜ、ってことだが。なぜならすべては思い出の中で起こるから、あるいはむしろ、すでに時の中で起こってしまっているからだ。ブリック・ブラッドフォードにはタイムマシンがあった、わたしにあるのは記憶なのだ。

訳者あとがき

本書は、Guillermo Cabrera Infante, *La ninfa inconstante* (Galaxia Gutenberg, 2008) の全訳である。作者ギジェルモ・カブレラ・インファンテについては、「ブーム」期のラテンアメリカ文学を代表するキューバ作家として、あるいはバルガス・ジョサの的を得た評言通り、地口や言葉遊びのオンパレードでページを満たす「言葉の曲芸師」として、あるいはキューバ革命政府による弾圧を受け、カストロ体制を口を極めて批判し続けた亡命作家として日本でもたびたび紹介されており、ここで繰り返して詳述するのは避けたい(作者の略歴については例えば、先に翻訳された『TTT トラのトリオのトラウマトロジー』の付録にある、訳者作成の年表を参照して頂きたい)。しかしながら、本作『気まぐれニンフ』については、その出版経緯を含めて少しばかり説明を加えておくことが必要かと思う。

『気まぐれニンフ』は、カブレラ・インファンテの死後に出版された。カストロ革命政府との軋轢を理由に一九六五年にキューバを離れて以降、四十年にわたり亡命作家として国外で(大部分はロンドンで)生きたカブレラ・インファンテは、二〇〇五年に敗血症により他界した際、未発表の遺稿群を大量に残していた。作家本人の指示を受けた妻のミリアム・ゴメスは、これらの遺稿を整理・編集するという大仕事に取り組み、ガラクシア・グーテンベルグ社からの出版に漕ぎつけた。これ以降、カブレラ・インファンテの未発表の作品群が矢継ぎ早に出版され始めるのだが、この死後の新生《ルネサンス》たる出版ラッシュの嚆矢となったのが、没後三年を経て世に出された本書『気まぐれニンフ』(二〇〇八)である。他にも未発表のものとして、『神聖な体』(二〇一〇)、『スパイが描いた地図』(二〇一三)などの、虚実入り混じりつつも回想録的性格の強い作品が上梓されたほか、二〇一二年からは『全著作集』と銘打った叢書も立ち上げられ、『ＴＴＴ』および『亡き王子のためのハバーナ』などの小説や、『二十世紀的商売』などの映画評論、『我が罪キューバ』などの政治・文学評論等といった従来の作品についても、遺稿とともに集成した形での出版が現在も継続されている。

『気まぐれニンフ』はもともと、カブレラ・インファンテが一九六〇年代から生涯にわたり書き継いでいき、草稿が膨大な分量に達していたと言われる『神聖な体』の一部として構想されたものであるらしい。カブレラ・インファンテ自身は自作をジャンル分けすることにこだわりを抱いていなかったが、『気まぐれニンフ』は出版当初から『ＴＴＴ』『亡き王子のためのハバーナ』と同じように革命前のハバナを舞台とした「小説」と分類されることが多く、三つの作品を三部作と考える向きも一部あった。一九五七年夏のハバナを主要な舞台とする『気まぐれニンフ』は、時代設定的には上記二作のあいだをつなぐものとなっている。

　現実の作者と同様、雑誌社『貼り紙《カルテーレス》』で映画批評を書いている主人公のGは、ある日(もう一人の言葉の曲芸師たる)同僚のロベルト・ブランリーとともに出かけ、偶然に金髪の少女エステラと出会い、(最初の妻との)既婚の身でありながら一目惚れの恋に落ちる。わずか十六歳にしてすでに世を儚なみ、不敵な無関心と大胆さを見せるエステラは、その謎めいた精神的・肉体的魅力によってGを惹きつける。やがてエステラは、憎悪している自身の継母を殺すことをGに持ちかけつつ、Gとともに家出する。エステラは継母から、Gは結婚生活から逃れるために始められた逃避行は、言葉遊びに溢れたとめどない会話をちりばめながら、ラ・ランパやエル・ベダードと呼ばれる地区を中心としたハバナの街路や公園、レストランやナイトクラブやホテルを、次々に巡っていく旅となる……というのが、おおまかなあらすじになるだろうか。各エピソードは章立てされていない断章形式で語られていくが、そこには直線的な時間進行のみならず、語り手の回想や考察による時間の飛躍、前後関係の入れ替わり、長い脱線や大胆な省略なども多分に含まれている（原稿を何度も読み直し、判読しがたいところは予想を加えるなどして『気まぐれニンフ』を出版した妻ミリアム・ゴメスは、この断片的構造を最終形態とするにあたり、映画のモンタージュの手法を参考にした、と述べている）。

あらすじだけをかいつまめばこの作品は、謎多き少女エステラに対する、ひと夏の恋の回想として要約できそうだ。だが、物語の筋と同じく、いやそれ以上にこの作品の核となるのは、「探検家兼ガイド」であるGが経巡る過去のハバナの街の姿そのものであり、その時空を再構成しつつも絶えずいくつもの脇道に逸れていく、記憶と言葉の迷路そのものなのである。したがって読者にとっての楽しみは、物語の進行を追いかけながら、「面白作家」によって連発される（ときにスノッブで、ときに馬鹿馬鹿しいほどの）言葉遊びに微笑み哄笑する（または眉をひそめる）だけにはとどまらない。読者自身が言葉の迷路の中を迷い歩き、そうするうちに見知らぬはずのハバナの街、エステラという一人の少女を「記憶」し「思い出す」ようになること自体が、本作の読書体験の中心にあるのだ。

そうして彷徨い歩く旅の中に、読者はさまざまな読みを見出すこともできるだろう。例えば読者は、本作に溢れる引用や言及の連なりを解きほぐしていくこともできる——文学作品のみならず、映画のシーンやボレロの歌詞、広告の文句から商品名、名もなき市井の人々の話しぶりに至るまで一緒くたに織り込まれた言語は、失われた革命前のキューバの空気を偲ばせるとともに、絶えずその光景を脱臼させてもいく。あるいはその言及の遊戯が、スペイン語だけでなく英語やフランス語、ドイツ語、イタリア語、ラテン語——そして何より作者が愛した「キューバ語」と、いくつもの言語を響かせていることに、ジョイスやキャロルの言語実験を受け継ぎ、自ら英語での創作もおこなった多言語作家カブレラ・インファンテの顔を覗き見る人もいるだろう。ひょっとしたら中には、巻頭言で触れられている「校正者」となって、長年ロンドンに住んだ自称「スペイン語で書く唯一のイギリス作家」が、いかなるイギリス性を、あるいはキューバ性を備えているのかと、その痕跡を躍起になって探そうとする物好きな人もいるかもしれない。

本作の大きな動力であるエロティシズムというテーマも、カブレラ・インファンテにとっては一貫して重要なものであるし、彼の作品の中で女性という存在が持つ意味合いも非常に大きい。そのことを想起しつつ、ここで語られるエステラという印象的な人物を、他の物語の女性たちと重ね、比較してみてもいいだろう（ちなみに、『気まぐれニンフ』で語られるエステラとの出会いの物語は、次作であり本作の母体でもあった『神聖な体』の中で、「エレナ」という別の名前とともにもう一つのヴァージョンとして語り直されてもいる）。主要な人物ロベルト・ブランリーについてもまた、本文中でも触れられている通り、すでに『亡き王子のためのハバーナ』で脇役として登場していたことを思い起こせば、他のカブレラ・インファンテ作品を読み直したくなる欲求はさらに湧いてくる。たびたび描写されるハバナの街路図や地形を眼前に描き、ハバナという場所、キューバという国について思いを馳せることだってできるだろうし、あるいは逆に、書かれていないことにこそ目を向けることもできるだろう。例えば、キューバ革命の足音が迫り、独裁者バティスタに対する反対派として活動していたカブレラ・インファンテの周囲でも逮捕者や死者が出ていた激動期の一九五七年を舞台にしながら、なぜほんの数ページしか、この歴史的な政治変動には触れられていないのか、といった風に。

上記のように、さまざまな深読みの要素がある本作ではあるが、まずはもちろん、あるひと夏の恋の回想を、言葉遊びの奔流に笑いつつ読み進めていくことが、王道の楽しみ方だと思う。しかしその場合も、ただただ先を急ぐのではなく、積極的に言葉遊びの迷路に仕掛けられた謎を読み解こうとする「参加する読者」であるほうが、より多くの楽しみを見出せる、ということはぜひ伝えておきたい。訳者自身も本作を読んだ時、しばしば思わず声を上げて笑ってしまう一方で、一見謎めいて思える一節にもたびたび遭遇し、迷路の闇の奥へと迷い込んでいった。しかし、カブレラ・インファンテが埋め込んだ（必ずしも手取り足取りというわけではない）ヒントを手掛かりにして考えていくうちに、意味が氷解し、まるで暗号を解読したかのような、二重三重に仕掛けられた「曲芸」のタネに気づいたかのような面白さを味わった。その結果、時には隠れた重要な含意に気づいたり、見知らぬ時空や見知らぬ作品へと誘われる楽しみを覚えたこともある（「楽ありゃ苦もある」で、そのあとはそれをどんな日本語にするかに頭を悩ませたわけだが）。「言葉の曲芸師」という評言が適切だと先ほど述べた理由は、つかみどころのない幻惑、異世界の不可思議を垣間見させる「言葉の魔術」というよりは、こんなわざができるのかという驚きや、なるほどそう来たかという得心を引き起こし、最終的にタネを明かしたとしても、まさにそれゆえに笑いや感心につながり、自分もいっちょ付き合ってみるかとさえ思わせる「曲芸」のような性質こそ、カブレラ・インファンテの言葉遊びに特徴的な要素ではないかと考えるからだ。

要するに本作は、『TTT』や『亡き王子のためのハバーナ』と同じく、迷路を迷う旅そのものにこそ魅力を感じられる作品なのである。そして訳者としての役目は、その迷路の魅力を失わぬよう、日本語で作り直すことにあった。その成否はともかく、役目以上の解説を加えることは蛇足に過ぎないかもしれない。とは言え本作が、先行する『TTT』や『亡き王子のためのハバーナ』とは多少異なる色味を帯びてもいることには、少し言及を加えておきたい。中でももっとも顕著と思われる特徴は、最晩年まで書き継がれた本作には、長年にわたる亡命生活から来る、もう戻れぬ過去への追憶が一段と色濃く感じられることである。

常にキューバに戻ることを夢見つつ、カストロ体制が異例の長期にわたり維持されたことでついに叶わなかったその望みを、カブレラ・インファンテは記憶という「タイムマシン」を駆使することで虚構のうちに実現し、自らが若き日々を過ごした時代のハバナを再構成していく。亡命後間もなく出版された『TTT』からすでに明確なこの目的意識は、『亡き王子のためのハバーナ』ではより自覚的に追求されているようだ。その原因の一つは、一九七二年、創作の重圧から心を病み、精神病院で投薬や電気ショック療法を受けたことに起因していた。カブレラ・インファンテは治療の影響により、創作に不可欠な記憶力が低下することに、大きな危惧を抱いていたという。そうした不安や鬱状態の中で、いわば記憶を試すようにして執筆した『亡き王子のためのハバーナ』では、『TTT』とは異なる作品との向き合い方を要したと、作家自身が告白している。『気まぐれニンフ』では、こうした過去の再構成への欲求、そして不安は、ますます切実なものになっているように思われる。そこには、祖国の政治体制が変わらぬまま、帰還を果たせず亡命の地で年老いていく自身への焦りもあっただろう。最初は一九九六年に断片的な発表がなされているものの、本作のどの部分がどの時期に書かれたものかはすべて明らかではないが、例えば巻頭言では「三十年以上も」亡命生活を送ってきたと明かされているし、序文や作品冒頭の断章などに見られる複雑な哲学的思索にも、そうした積年の思いが滲み出ているようにも思える（ちなみにミリアム・ゴメスは、『気まぐれニンフ』の編集作業中にこの序文を見つけ、それによってこの作品がよりよく「見える」ようになった、と述懐している）。

したがって、本作において記憶の担う意味は一段と重みを増している。作中には、「ハバナは当時存在していなかった」という記述が現れるが、これは記憶の中で再構築される亡命者にとってのハバナ、読者に提示されるハバナが、当時の現実のハバナとは隔たっていることを示唆しているのではないだろうか。思い出すことによってハバナの街は距離と時間を超えて再び現れるが、しかしその行為は再構成というよりはむしろ、再想像＝再創造となるような行為なのだ。そして、「書くことは記憶の一形態でしかない」「わたしが思い出すことはすなわちわたしが書くこと」と語られている通り、その記憶による再創造は、書くという特別な、そして屈折した営為を通してこそ実践されるものだ。

こうしたことを強く印象づけるのが本作における語りの二重性である。主人公かつ一人称の語り手であるGの視点は、常にそこから数十年後の（あるいはそこに至るいずれかの時点での）、「いま」現在本作を書いている語り手の視点と絶えず入れ子になっている（エステラがGのことを、別の時代、別の時間の人間ではないか、といぶかしむ場面は示唆的だ）。無数に繰り返される「いま」という言葉も、一九五七年当時の「いま」のことなのか、書き手の「いま」のことなのかを意図的に混同させ、読み手に対し時間の錯誤を引き起こさせるかのようだ（「常に必要なことは、読んでいる現在と語られている過去を読者が混同することであり、この二つの時制がともに、話《ナラシオン》の筋《アクシオン》の頂点《クルミナシオン》である未来へと進んでいくことなのだ」）。現実と虚構との、過去と現在とのあいだの隔たりを自覚すること、そしてそれでいて、現実と虚構とを、過去と現在とを融け合わせ、同時に両者であるような新しい想像の時空を描くこと。一見矛盾するような、それでいて本質的に連続していることの要請に応えることでしか、作家にとってもはや現実に不可能となりつつあった祖国への帰還を果たすことはできないだろう。本作の面白可笑しい「曲芸」の裏には、カブレラ・インファンテが常に追求してきたこうした創作の意志、書くことの「魔術《マジック》」が、これまでにも増して意識的に、痛切に目指されているようにも思われる。

その意味では、本作はこれまでのカブレラ・インファンテ作品の重ね書き《パリンプセスト》でもあるだろう。登場人物も少ないコンパクトな物語でありつつ、作者の晩年の、そして生涯を通じた問題意識が浮き彫りになってもいる本作を入り口とすることで、先行する作品に対しても多くの読みと旅の可能性が新たに生まれてくるのではないか。そんな期待が膨らむばかりである。

本書の翻訳についても一言付言しておこう。一口に翻訳と言っても、目指す第一目標《プリモ・カルテツロ》は作品や訳者によってさまざまだが、今回翻訳にあたってもっとも気をつけたのは、言語遊戯と、物語の筋や含意という両輪を、日本語においてもうまく両立させることだった。そのために様々な試みをおこなったのだが、第一に断っておかなくてはならないのは、言語の可能性を探求した原著の精神を写し取るための唯一可能な手段として、しばしば原文の位置から思いきり飛び上がり、まったく独自の言葉遊びや表現などを加えたり、時には通常なら誤訳となりかねないニュアンスをも、一番ふさわしい訳と信じて取り入れたりしたことである。また、物語の流れを妨げないためにも、次々に現れる言葉遊びや、テクスト外部への言及に一つひとつ注釈をつけることはしなかったことも、ここでお断りしておきたい。そう決断したもう一つの理由はすでに述べた通り、積極的な読者としての迷宮探索も、本作を読む楽しみの大きな部分を占めるからであり、また原著自体がそうした探索を誘っているからである。その代わりに、注はなくとも原著が意図する表現の必要を満たせるよう、迷宮の暗がりを日本語でも自力で探索、あるいは想像できそうな程度に補助線を加えたりした場合も多くあり、謎と手掛かりのバランスには最大限の注意を払った。

これらの翻訳方針と実際の作業は、一つひとつがまさに選択と試みの結果であり、これまでに関わった翻訳にも増して、とどのつまり、訳者の創作としての性格が強い。裁量の自由は大きいが、それがゆえに責任も重く、楽しさに溢れながらも悩みは尽きなかったが、それでも「翻訳者は裏切り者」という言葉を否認するよりも、むしろもっと推し進めていく道を選べたのは、カブレラ・インファンテ自身が翻訳者にそのような仕事を望んでいたからでもある。その産物としての本書が、作者の思いに対する「忠実な裏切り」となり得ていることを願うばかりである。

ついでに（蛇の足が長くなりすぎているけれど）、『気まぐれニンフ』（原題は *La ninfa inconstante*）という日本語のタイトルについても言い添えておこう。原題は直接的には、一九四三年のアメリカ映画 *"The Constant Nymph"* をもじったものであり、邦題の『永遠の処女』に掛けた題名も一つの案だった。しかし、本作をお読み頂けばわかる通り、「ニンフ」という言葉はマラルメ「牧神の午後」やスウィフト「若く美しきニンフのお床入り」といった文学作品、さらには蝶類の科名や繭などとも関連付けられた言葉であり、何重ものイメージが重ねられ、意味がずらされている。「変わりやすい」という意味を表す inconstante もまたさまざまな深読みが可能な語であるため、できる限りこうした重層的な意味に連なるような題名を最終的に選んだ。

重層的な意味を持つといえば、エステラという名前にもそれが当てはまる。本文中では例えば、ジョナサン・スウィフトと親密であったエスター・ジョンソンの愛称「ステラ」との、または、ある場面でパロディ化される映画『欲望という名の電車』の登場人物ステラとの関連について明に暗に言及があるが、一方では「流星の尾」という本来の字義にまつわるものをはじめとした他の言葉遊びもふんだんに使われている。また、慧眼な読者の中には、『TTT』に登場する「星」という名を持つスター歌手、エストレージャを連想する人もいることだろう。

これらの例のように、本作では単語一つをとっても、言葉遊びに仕掛けられた謎を見つけ出し、読み解き、多層的な含意を発見できることがままある。ぜひとも時にはゆっくりと立ち止まり、寄り道し、道中見つけた蝶や星の名を調べながら、気ままにそれぞれに、本作の迷路を味わい尽くしてもらえれば幸いである。

＊

本書の出版は、スペイン文化・スポーツ省の出版助成によって可能になった。本書を紹介することの意義を認めて頂いた同省のご助力に、この場を借りて深くお礼を申し上げる。また、一筋縄ではいかない「カブレラ・インファンテ語」の難所については、オストフォルド大学（Østfold University College）の文学研究者であり作家であるウラディミール・チャベス・バカ氏から、語学的知識のみならず文学者としての確かな手触りをも備えた、細やかな助言を受けることができた。また、作者の妻であるミリアム・ゴメス氏からも翻訳者宛ての覚え書きを頂き、その貴重な情報によって作業を助けられ、励まされた。ともに最大限の謝意を伝えたい。他方、カブレラ・インファンテを対象とした訳者の研究活動もまた、本書の翻訳と互いに抜きがたい関連を持つものである。この活動を支援頂いた科学研究費助成事業（研究課題番号18K12352）に対しても、記して感謝する次第である。

自身ミリアム・ゴメス氏から指名を受けた『TTT』の翻訳者でもある、本コレクション編集責任者の寺尾隆吉氏に対しては、とりわけ有難いものであった本書の翻訳の機会を頂いたことに対して、少しでも報いる仕事ができたことを祈りたい。そして何より、編集者として訳者を常に導き見守ってくださった井戸亮さんのご尽力なくして、本書が世に出ることはなかった。お二人をはじめ、至らぬ点ばかりの訳者をいつも励まし応援してくださっているすべての友人知人、関係者の方々、そしてまだ見知らぬ読者の方々すべてに、心からの敬愛とともに本書を捧げる。

諸般の事情により、本書の出版に至るまでには長い時間がかかってしまった。しかし、一冊の本に導かれたこの迷い旅は、その道行きにいくつもの発見と楽しみとがある、真新しい翻訳体験であり、読書体験であったことも事実だ。本作に漲る、熱帯の日差しとスクリーンの残像、聞き覚えはなくとも懐かしいボレロの響きが、読者のみなさんの心にも忘れがたい夏として残るとしたら、訳者としてこれ以上の幸福はない。

二〇一九年　東京

山辺　弦

著者／訳者について

ギジェルモ・カブレラ・インファンテ
Guillermo Cabrera Infante

一九二四年、キューバ東部オリエンテ州生まれ。

一九五四年から雑誌『貼り紙』に映画批評を寄稿していたが、独裁者打倒を目指すキューバ革命に共感し、反政府運動に加わる。

一九六一年、弟の制作した映画『P.M.』の上映禁止を機に、革命政府との軋轢を強め、作家として苦境に立たされる。

一九六五年、国外亡命を決意しロンドンに居を定める。

『TTT』（一九六七年）や、『亡き王子のためのハバーナ』（一九七九年）など、言葉遊びと引用に満ちた遊戯的な作品により、「ラテンアメリカ文学のブーム」を代表する作家となる。

そのほか、映画評論や映画シナリオを執筆するなど、活動は多岐にわたる。

一九九七年、セルバンテス賞を受賞。

二〇〇五年、ロンドンにて没する。

山辺弦《やまべ・げん》

一九八〇年、長崎県生まれ。
東京大学大学院総合文化研究科博士課程修了（学術博士）。
現在、東京経済大学准教授。
専攻、キューバを中心とする現代ラテンアメリカ文学。
主な著書には、
『抵抗と亡命のスペイン語作家たち』（共著、洛北出版、二〇一三年）、
主な訳書には、
レイナルド・アレナス『襲撃』（水声社、二〇一六年）、
ビルヒリオ・ピニェーラ『圧力とダイヤモンド』（水声社、二〇一七年）、
デイヴィッド・ダムロッシュ『世界文学とは何か？』（共訳、国書刊行会、二〇一一年）、
などがある。

Guillermo CABRERA INFANTE, *La ninfa inconstante*, 2008.
Este libro se publica en el marco de la "Colección Eldorado", coordinada por Ryukichi Terao.

Este libro ha recibido una ayuda a la traducción del Ministerio de Cultura y Deporte.

GOBIERNO DE ESPAÑA
MINISTERIO DE CULTURA Y DEPORTE

本書の出版にあたり、
スペイン文化・スポーツ省の助成を受けた。

フィクションのエル・ドラード

気まぐれニンフ

二〇一九年一二月二〇日　第一版第一刷印刷
二〇一九年一二月三〇日　第一版第一刷発行

著者　ギジェルモ・カブレラ・インファンテ
訳者　山辺弦
発行者　鈴木宏
発行所　株式会社 水声社
東京都文京区小石川二―七―五　郵便番号一一二―〇〇〇二
電話〇三―三八一八―六〇四〇　FAX〇三―三八一八―二四三七
［編集部］横浜市港北区新吉田東一―七七―一七　郵便番号二二三―〇〇五八
電話〇四五―七一七―五三五六　FAX〇四五―七一七―五三五七
郵便振替〇〇一八〇―四―六五四一〇〇
http://www.suiseisha.net
印刷・製本　モリモト印刷
装幀　宗利淳一デザイン

ISBN978-4-8010-0271-5
乱丁・落丁本はお取り替えいたします。

ガラスの国境	カルロス・フエンテス　寺尾隆吉訳	三〇〇〇円
案内係	フェリスベルト・エルナンデス　浜田和範訳	二八〇〇円
ライオンを殺せ	ホルヘ・イバルグエンゴイティア　寺尾隆吉訳	二五〇〇円
場所	マリオ・レブレーロ　寺尾隆吉訳	二三〇〇円
別れ	フアン・カルロス・オネッティ　寺尾隆吉訳	二〇〇〇円
犬を愛した男	レオナルド・パドゥーラ　寺尾隆吉訳	四〇〇〇円
帝国の動向	フェルナンド・デル・パソ　寺尾隆吉訳	（近刊）
人工呼吸	リカルド・ピグリア　大西 亮訳	二八〇〇円
圧力とダイヤモンド	ビルヒリオ・ピニェーラ　山辺 弦訳	二三〇〇円
レオノーラ	エレナ・ポニアトウスカ　富田広樹訳	（近刊）
ただ影だけ	セルヒオ・ラミレス　寺尾隆吉訳	二八〇〇円
孤児	フアン・ホセ・サエール　寺尾隆吉訳	二二〇〇円
傷痕	フアン・ホセ・サエール　大西 亮訳	二八〇〇円
マイタの物語	マリオ・バルガス・ジョサ　寺尾隆吉訳	二八〇〇円
コスタグアナ秘史	フアン・ガブリエル・バスケス　久野量一訳	二八〇〇円
証人	フアン・ビジョーロ　山辺 弦訳	（近刊）